블러드 스톰
Blood Storm

블러드 스톰 1

김종휘 판타지 장편 소설

초판 1쇄 찍은 날 § 2003년 1월 11일
초판 1쇄 펴낸 날 § 2003년 1월 21일

지은이 § 김종휘
펴낸이 § 서경석

편집장 § 문혜영
편집 책임 § 이종민
편집 § 장상수 · 권민정
마케팅 § 정필 · 강양원 · 이선구 · 김규진

펴낸곳 § 도서출판 청어람
등록번호 § 제1081-1-89호
등록일자 § 1999. 5. 31
어람번호 § 제1-0339호

주소 § 경기도 부천시 원미구 심곡1동 350-1 남성B/D 3F (우) 420-011
전화 § 032-656-4452 팩스 § 032-656-4453
http://www.chungeoram.com
E-mail § eoram99@chollian.net

값 7,500원

ISBN 89-5505-577-3 (SET)
ISBN 89-5505-578-1 04810

김종휘 판타지 장편 소설

블러드 스톰
Blood Storm

죽기 위해 싸우는 자 **1**

도서출판
청어람

목

차

'블러드 스톰'을 시작하기 전에…

나의 첫 작품인 『드래곤의 마법사』는 코믹스러운 요소가 많이 들어간 작품이었다.

이런 이유로 뭔가 진지한 소설을 쓰고 싶다는 생각이 들었고, 거기에서부터 시작한 것이 『블러드 스톰』이다.

이 작품을 본격적으로 쓰게 된 이유는 첫 번째 이야기인 블러드 스톰과 레아의 만남, 그리고 새로운 생명인 레비나가 태어나는 이야기를 구상하게 됐기 때문이다.

전쟁의 와중에 피해자가 된 레아는 원치 않은 아이를 가진 몸이었다.

현실 세계에 살고 있는 사람들이라면 과연 레아를 어떻게 보았을까?

마음속으로는 측은감을 느끼겠지만, 쉽게 블러드 스톰과 같은 모습으로 그 아이를 도와주지 못했을 것이다.

현실 세계의 많은 부조리함을 드러내며, 우리가 도와주어야 하고 다시금 돌아보아야 하는 것을 강조하기 위해 써보았다.

물론 회를 거듭할수록 처음에 내가 보여주고자 하는 현실 세계의 부조리함들을 판타지 세계로 그려보고자 하는 시도는 차츰 흐트러졌지만, 『블러드 스톰』에서 판타지 세계관을 통해 현실을 뒤돌아보게 하겠다는 생각은 계속 유지해 볼 생각이다.

2003년을 시작하며…

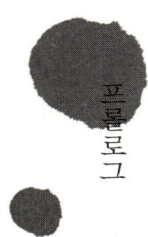

프롤로그

익숙해져 버린 어둠, 이제 기억 속에 남아 있는 사랑하는 이는 점점 사라져 가고 혼자만이 남아 의미없는 시간을 토내고 있다.

이것이 외로움일까?

사랑하는 사람이 죽어갈 때조차 흘릴 수 없었던 것이…… 이젠 흐른다.

"아빠, 빨리 와야 해요."

갈색 단발에 흰색 블라우스를 입고 있는 소녀. 갸름한 코가 너무 예뻐 건드려 주고 싶은 나의 딸이 떠날 수밖에 없는 나를 배웅하며 안타까운 미소를 짓고 있다.

"글쎄, 언제쯤 만날 수 있을까?"

"에이~"

언제 돌아올지 알 수 없는 대답에 금세 울먹이는 딸아이 모습, 헤어지고 싶지 않다.

"아빠… 빨리 돌아올게."

"정말?"

다시 미소를 찾지 못하는 딸을 보며 난 왜 떠날 수밖에 없는가 하는 생각이 들었다. 할 수만 있다면 같이 있고 싶은 것을……. 정말이라고 말해 주고 싶다.

슬퍼하는 딸을 두고 떠난 후 처음 찾아온 가을. 나의 딸은 죽었다.

하늘 깊은 곳, 그곳에서 살고 있을는지.

침묵만이 가득한 곳, 이젠 검을 들 힘조차 없다.

어쩔 수 없는 선택으로 처음 검을 잡았던 기억, 슬픔이 가득한 그때의 추억이 유리의 파편처럼 떠오른다. 그리고 들려온다.

「다시 울 수 있을까?」

누군가의 물음에 난 고개를 저었다.

왜 울 수 없을까?

내 자신에게 물음을 던져 보아도 그 대답을 알 수가 없다.

"레이!!"

피로 물든 대지가 고통에 울부짖으며 사람들의 손을 잡곤 놓아주지 않는다.

"어머니가 보고 싶어."

"정신 차리라고!"

피투성이가 된 친구의 몸을 끌며 난 가야만 했다.

「아빠.」

어디선가 들리는 듯한 딸의 목소리가 피와 함께 사라져 간다.

"죽는 건가?"

"죽긴 왜 죽어!!"

"힘들어. 이젠 나를 놔줘."

시들어 가는 목소리에 난 그를 바위에 기대어주었다.

"보고 싶지 않나?"

"보고 싶어."

난 그가 누구를 말하고 있는지 알고 있다.

한 번은 보고 싶고 안아보고 싶은 사람, 나의 딸은 그렇게 친구의 가슴에도 남아 있었다.

"우리에게 울 수 있는 자격이 있을까?"

감겨지는 눈을 간신히 버티고 있는 친구의 목소리에 난 대답을 할 수가 없었다. 나 자신도 알 수 없는 일이기 때문이었다.

"젠장!!"

마지막의 힘을 다한 듯 친구는 우리들을 고통으로 밀어 넣은 하늘을 보며 욕을 하곤 떠나갔다.

'젠장.'

왜 우리는 울 수 없는 것일까?

대지는 피로 물들고 식어가는 친구의 체온에서 난 떠나올 수 있었지만 지금 당장 무엇을 해야 한단 말인가.

과거 친구와 같이 체온은 점점 식어가고 있지만, 과거의 물음이 다시 나에게 돌아온다면 난 말할 수 있을 것이다.

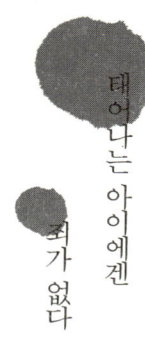

태어나는 아이에겐 죄가 없다

성 아이네스 여신의 교리에는 이런 말씀이 있었다.

'자살하는 자는 영원의 존재가 되어 지상 세계를 헤매이며 그가 속한 권속에게 영원한 저주로 남으리라.'

자살은 창조주가 내리신 고귀한 생명을 버리는 것이니 그것은 큰 죄악이 되며 그로 인해 자신에게 속해 있는 자들 또한 영원한 저주로 남는다는 말이었다.

그 때문에 난 자살할 수가 없었다. 나 하나의 평온함을 위해 죽어간 딸마저 저주의 늪으로 빠뜨릴 수 없기 때문이었다.

이런 이유로 전쟁이라는 더러운 상황에서 딸과 친구를 잃은 후 마지막 삶의 조각을 유지하며 끝내 살아남고 말았다.

처음 생명의 갈림길에서 살아남았을 때 내가 우지해야 하는 모든 것이 사라졌다 느꼈고, 죽어야 한다는 생각을 하며 다시 전쟁터로 나가려

했다.

하지만 내가 가진 모든 것을 잃게 한 전쟁은 허무하게 끝이 나고 말았다.

또 다른 죽음의 장소를 찾아 대륙의 이곳저곳을 돌아다니며 죽음과 가장 근접한 용병 생활을 하게 되었다.

그러나 20년이 지난 지금 사랑했던 두 사람의 곁에 남아 있지 못했고, 원하지 않은 명성과 블러드 스톰이란 피에 젖은 이름으로 대륙 특급용병에 적이 올라 있었다.

나이가 50이 넘었을 때, 이제 노년의 시기로 접어들고 있었기에 몸에 세월의 흔적이 남아야 했는데 이상하게도 시간이 지나면 지날수록 신체의 나이는 젊어지고 있음을 느낄 수 있었다.

그리고 지금 환갑이 다 되어가는 나이의 나는 청년의 모습과 흡사하게 변해 있었다.

죽기 위해 검을 휘두르며 살아왔던 시간, 이 시간 동안 난 마나라는 것을 느꼈고 오랜 시간 뒤 남들이 부러워하는 소드 마스터의 경지를 넘어 소드 오버러의 단계에 이르자 몸이 재구성되었던 것이다.

환갑이 다 되어가는 나이에 소드 오버러의 경지에 이른 내게 동료들은 축하해 주며 부러워하고 있었지만 그만큼 난 죽음과 점점 멀어지고 있다는 것을 알 수 있었다.

지금 이 순간 마치 수레바퀴 도는 것과 같이 난 또 다른 용병일을 찾기 위한 여행, 이국의 땅을 밟고 있다.

내가 걸음을 옮기고 있는 땅은 리프라이안 평원, 에르바니아 왕국의 주 곡물 생산지이기도 한 이곳은 서쪽의 스타인바이라 왕국과의 대전에서 전쟁터가 된 곳이다.

여기저기에는 치열했던 전투의 흔적인 듯 이름을 알 수 없는 병사들의 뼈가 뒹굴고 있었고, 시간이 지남에 푸른 여기를 뿜던 병장기들은 시뻘건 녹이 쓸어 여기저기 버려져 있었다.

이런 병장기들은 전쟁터를 돌아다니는 이른바 피의 하이에나라는 이름을 가진 자들에 의해 회수되지만, 이 땅에선 적국의 인간이라면 어느 누구도 살려두지 않을 정도로 치열했기 때문에 피의 하이에나들조차 함부로 활동하지 못하고 있었다.

그것을 증명하기나 할까 가끔씩 피의 하이에나로 생각되는 자들의 시체가 흩어져 있는 것이 보였지만 난 이 전쟁과 별 상관이 없었기 때문에 걸음을 재촉해 나갔다.

내가 가야 할 곳은 넓은 평원을 지나 프로이 산맥을 넘어 존재하는 땅 로아냐드 제국이었다.

현재 그곳은 중앙 귀족과 지방 호족들 간의 내전으로 시끄러운 곳이었기에 또다시 죽을 자리를 찾아 내 생의 숙명인 양 그곳으로 향하고 있었다.

리프라이안 평원을 걷고 있을 때 난 시체들 사이로 움직이고 있는 물체를 발견할 수 있었다. 이런 전쟁터에선 인간의 시체를 뜯으러 다니는 늑대나 이리 같은 짐승, 코볼트 같은 하급 몬스터들이 돌아다니기도 하기 때문에 허리에 차고 있는 검에 손을 대곤 움직이는 물체를 주시하였다.

'하이에나인가?'

걸음을 조심스럽게 옮겨 물체에게 다가가서 그 모습을 확인한 난 검에서 손을 놓을 수가 있었다. 나의 시선을 돌린 이는 열다섯 살 정도로 보이는 작은 아이였기 때문이다.

살아남은 아이, 전쟁으로 인해 하루 한 끼조차 먹을 수 없는 아이들은 이곳에서 살아남기 위해 피의 하이에나처럼 전쟁터를 돌아다니면서 병사들의 시체에서 돈이 될 만한 것을 찾아 그것으로 먹고 사는 방법밖에 없었다.

난 아무것도 보지 않은 것처럼 아이를 외면하며 지나가려 했는데, 그 순간 등줄기를 스치는 전율과 함께 온몸이 굳어지는 느낌을 받고 말았다.

한동안 씻지 못한 듯 시커먼 땟국물이 흐르는 아이의 얼굴에서 비쳐 보인 것은 오래 전에 죽어간 딸의 모습이었기 때문이다.

'레비나!!'

무의식적으로 딸의 이름을 속으로 읊조렸다. 하지만 나의 딸은 죽었다. 더러운 병사들에게.

그 아이가 나의 딸이 아니라는 것은 알고 있었지만 굳어버린 몸은 움직이지 않았고 어느 순간 병사들의 시체를 뒤지던 아이의 눈은 나와 마주치게 되었다.

전형적인 용병 복장을 하고 있는 나의 모습을 본 아이는 시체를 뒤적거리는 것을 멈추고는 급히 뒤돌아 도망갔고 난 나도 모르게 그 아이를 쫓아 뛰기 시작했다.

필사적으로 아이는 나에게서 멀어지기 위해 뛰어갔지만 이미 검사로서 소드 오버러의 단계에 이른 나의 스피드와는 상대가 되지 않았다.

아이는 금방 자신의 뒤쪽으로 다가온 나의 모습에 놀라 더 힘껏 뛰려 하다 이내 몸을 가누지 못하곤 넘어지고 말았다.

쓰러지는 아이를 보며 뛰던 것을 멈추고 천천히 다가가자 아이는 품에서 단검을 꺼내 들어서는 나를 노려보기 시작했다.

핏발 선 눈동자, 떨리고 있는 손에 들려 있는 단검은 결코 나에게 두려움을 줄 수 있는 모습은 아니었다.

그런 아이를 보며 천천히 다가갔다.

"이얏!!"

내가 다가오자 아이는 단검으로 나의 배를 노리며 뛰어왔지만 난 살짝 몸을 돌려 피하곤 손을 비틀어 단검을 뺏어 들었다.

나의 빠른 행동에 아이는 쓰러져 버렸고 이제 자신을 보호할 수 있는 무기마저 뺏겨 버리자 공포에 질린 표정으로 덜덜 떨며 뒤로 기어 갔다.

그런 아이를 보며 아무 말도 하지 않고 다가가자 서둘러 품에서 무엇인가를 꺼내고는 앞으로 내밀었다.

피로 물들어 버린 은목걸이와 몇 개의 반지들. 아마 시체들 사이를 헤집으며 찾아낸 물건일 것이다.

아이가 물건을 나에게 내민 이유를 알고 있었다. 피의 하이에나들은 곧잘 자신들의 사업터에서 물건을 찾으러 다니는 아이들을 협박하여 찾은 물건을 뺏기도 하기 때문에 내가 그와 같은 짓을 하기 위해 자신을 쫓아온 것이라 생각한 것이다.

난 아이의 행동에 한숨이 나올 수밖에 없었다.

"따라와라."

간단하게 말하곤 내가 뒤돌아 걸어가자 아이는 무서움에 벌벌 떨면서 나의 말을 거부하지 못하고 뒤를 쫓아왔다.

아마 아이는 내가 자신을 노예 상인에게 팔아먹기 위해 끌고 가는 것으로 생각하고 있을 것이다. 하지만 그런 불안함을 안심시켜 주는 말 같은 것은 하지 않았다.

이런 곳에서 갖은 미사여구를 사용하여 안심시키려 해도 믿어주지 않으리라는 것을 알고 있기 때문이다.

걸음을 옮기며 난 생각했다. 왜 이 아이를 데리고 가는 것일까.

한순간 딸의 모습이 이 아이에게 투영되어서일까? 하지만 다시 본 아이의 모습은 딸과는 전혀 다른 모습이었다.

아이와 함께 평원을 한참 걷자 다른 하나의 전쟁터가 모습을 드러내었다.

몇 명의 용병 차림을 하고 있는 자들이 시체 사이를 헤집으며 죽은 자의 몸에서 돈이 될 만한 것을 찾는 것을 볼 수 있었다.

'하이에나들이군.'

아이의 경우와 다르다면 이들은 모두 이삼십 대 이상의 성인이라는 것이었다.

용병으로 싸울 능력, 아니, 용기도 없어 시체들을 뒤져서 나온 물건을 팔아 생계를 유지하고 있는 쓰레기들. 이런 하이에나들은 대륙의 모든 길드에서 공식적으로 금지하고 있는 인신매매까지 비밀리에 행하고 있기 때문에 상당한 골칫거리로 자리 잡고 있는 자들이었다.

그들은 아이와 함께 전쟁터를 지나려는 나를 보고는 마치 동업자라도 본 듯이 크게 웃고는 가까이 다가와서는 말했다.

"크크크, 형씨 좋은 물건 하나 주웠군. 어때, 10실버에 나에게 팔지 않겠나?"

좋은 물건, 난 그가 말하는 물건이 뒤에서 떨고 있는 아이를 가리키는 것임을 알 수 있었다.

들을 필요도 없는 말에 거절의 대답으로 고개를 저었지만 그런 나의 모습을 보며 돈이 부족하다는 것으로 안 그들은 앞길을 막은 채 비켜주질 않았다.

"거참, 그래, 인심 썼다. 20실버 어때? 이 정도면 많이 쳐주는 거라고. 여자 구경 하려면 프레한까지 가야 하는데 그곳은 적어도 3일은 가야 하는 곳이야. 이곳에서 한 5일 정도 일할 생각으로 왔는데 몸이 근질근질해서 말이야. 웬만하면 20실버에 넘기지 그래?"

그의 말에 근처에 있던 다른 이들도 고개를 끄덕이며 동조했다.

만약 내가 이 아이를 저들에게 넘긴다면 저들의 노리개가 되어 시달리다 마지막에는 목숨을 잃고 버려질 것은 뻔한 일이었다.

다시 한 번 고개를 저은 난 그들을 지나치려 했는데 그자들은 나의 반응에 성질이 났는지 미간을 찌푸리며 협박까지 하기 시작했다.

"거참, 형씨 웬만하면 동업자끼리 좋게 나가려고 했는데, 안 되겠구만. 좋은 말할 때 적당히 고것을 넘기시지 그래?"

녀석이 허리에 차고 있는 검에 손을 대며 말했기에 어이없음을 느낄 수밖에 없었다.

귀찮은 일이 싫어 녀석들이 앞을 막자 떨굴 목적으로 투기를 드러냈지만, 삼류용병도 되지 않는지 그 투기조차 알아보지 못하고 자기 기분에 빠져 있었기 때문이다.

적당히 해서는 비켜서지 않을 듯이 보였기 때문에 할 수 없다는 생각에 검에 손을 가져갔다. 녀석은 나의 행동에 당황했는지 다른 이들에게 눈짓을 보냈고, 주변에 있던 자들은 한 명씩 허리에 차 있는 검을 뽑아 들기 시작했다.

한심한 녀석들이었다. 그들의 손에 들린 검은 전쟁터에서 주운 것들인지 하나같이 손질도 제대로 되지 않은 것은 물론 개중에는 시뻘건 녹이 슬어 무라도 베어질지 의문이 드는 검들이었기 때문이다.

녀석들이 검 뽑는 것을 보며 나도 천천히 검을 뽑아 들었다.

제법 실력있는 용병들 사이에서 잘 알려져 있는 나의 검은 블러드 소드란 이름을 가지고 있는 마검이었다.

과거 마족이 세운 나라인 마령의 기사가 사용하던 것으로 블레이드가 피와 같은 붉은색을 띠고 있는 검이기에 검 자체만으로도 상대로 하여금 공포를 느끼게 하기에 충분했다.

나의 검을 본 녀석들은 흠칫 놀라는가 싶더니 공포에 떨기 시작했다. 나의 상징이라고도 할 수 있는 블러드 소드를 보곤 내가 누구인지 알아버렸기 때문이다.

"브, 블러드 스톰!!"

블러드 스톰, 대륙의 용병들이 지어준 나의 용병 네임으로 적에게는 마치 피의 폭풍우와 같이 느껴진다 하여 붙여진 이름이었다.

정체를 알게 된 녀석들은 이미 반쯤 정신이 나가 있었다.

삼류용병조차 못 되는 이들이 대륙의 용병 중 열 손가락 안에 드는 실력자 중 하나인 나의 이름에 어찌 겁먹지 않겠는가.

일단 검을 한번 뽑은 이상 한두 명 정도는 베어야 했다.

내 자신의 이름을 녀석들에게 각인시켜 또다시 불필요한 일이 생기지 않게 하는 것이 상례이기 때문이었는데, 녀석들을 꼴을 보니 단 한 사람도 살려두고 싶은 생각이 없어졌다.

"사, 살려주십시오!!"

목숨이라도 부지할 목적으로 녀석은 나의 앞에서 빌고 있었지만 이미 나는 녀석들을 죽이기로 결심했기에 천천히 그들 앞으로 걸음을 옮겼다.

"우와악!!"

내가 다가서자 겁에 질린 녀석들은 검을 던져 버리고 사방으로 도망 가기 시작했지만 한 명도 살려두고 싶은 마음이 없었기 때문에 검에 마나를 주입했다.

"블러드 애로우!!"

다른 이들과는 달리 난 검에 마나를 주입하면 피와 같이 붉은 검기 가 나타난다.

블러드 애로우는 이 검기를 쏘아내는 기술로 검기의 형태가 마법사 들의 매직 애로우와 비슷했기 때문에 블러드 애로우라 이름을 붙였 다.

검기가 형성되자 난 망설이지 않고 도망가는 녀석들의 등을 향해 열 두 개 정도를 쏘았고, 잠시 후 블러드 애로우에 등을 관통당한 자들은 피를 흘리며 대지에 처박혀 갔다.

주제도 모르고 앞을 막던 일당들이 모두 쓰러진 것을 확인한 나는 검을 집어넣고는 다시 앞으로 걸어갔다.

뒤에 있던 아이는 방금 전에 있었던 싸움에 놀라서는 멍하니 있었 지만, 이내 앞으로 가는 나를 보며 겁먹은 얼굴로 따라오기 시작했 다.

만약 자신이 도망간다면 저들과 같이 될까 두려웠기 때문일 것이다.

날이 저물 무렵 평원의 작은 숲까지 온 나는 이곳에서 야숙을 하기 로 결정하고 등에 지고 있던 배낭을 내려놓았다.

아이는 내가 이곳에서 멈추자 겁을 집어먹은 듯 근처에 있는 나무 옆에서 몸을 떨며 서 있었다.

난 아이를 내버려 둔 채 근처에서 불을 피울 만한 나뭇가지를 주워

서 돌아왔는데, 충분히 도망갈 시간이 있었음에도 아이는 서 있던 위치에서 단 한 걸음도 옮기지 못하고 있었다.

주머니에서 부싯돌을 꺼내 나뭇가지에 불을 피웠다. 초여름의 날씨인지라 조금은 싸늘한 감이 있었기에 불은 나에게 따뜻함을 안겨주었다.

고개를 돌려 나무 옆에서 떨고 있는 아이를 보며 불 쪽으로 오라고 손짓했고, 추위를 감추지 못한 몸을 한 아이는 조심스럽게 모닥불 쪽으로 다가왔다.

아이가 다가오자 배낭에서 두 개의 육포가 들어 있는 두 개의 주머니를 꺼냈다. 보통 이런 곳에서 야영할 때 육포로만 간단히 끼니를 때우기 때문이다.

멍한 표정으로 나의 몸짓에 눈을 떼지 못하고 있는 아이에게 한 개의 주머니를 던져 준 나는 육포를 꺼내 들어 씹었다.

그런 나의 모습에 잠시 망설이는 듯하던 아이는 잠시 후 주머니에 손을 집어넣고는 육포를 꺼내어 씹기 시작했다.

처음에는 다소 긴장한 듯 조심스럽게 꺼내 먹는 듯했지만, 시간이 지나자 어느 정도 안심이 들었는지 걸신들린 듯이 육포를 꺼내 먹었기에 난 아이에게 한마디해 주었다.

"천천히 먹어라."

그 말에 깜짝 놀란 아이는 먹는 것을 멈추고 두려운 듯 나의 얼굴을 쳐다보았으나 내가 더 이상의 말은 하지 않는 것을 보며 안심한 듯 다시 육포를 먹기 시작했다.

주머니 하나에는 두 끼분의 육포가 있었지만 어느 사이에 아이의 손에 들려 있는 주머니는 텅 비어 있었다.

많은 양이었음에도 아이는 아쉬운 듯 주머니를 거꾸로 들어 가루까지 입에 가져갔다.

배낭에는 아직 육포가 많이 남아 있기는 하지만 너무 많은 음식을 한꺼번에 먹는 것은 좋지 않다는 것을 잘 알고 있었기에 더 이상 내주지 않았다.

아이가 먹는 것을 끝내는 것을 본 난 옆구리에 차고 있던 물 주머니를 던져 주었고, 주머니가 떨어지는 소리에 흠칫하던 아이는 그것을 한참 쳐다보다가 천천히 손을 내밀어 주워 들고는 물을 마셨다.

어느 정도 배를 채운 후 육포 주머니를 다시 배낭 안에 집어넣은 난 자리에 앉아 조용히 눈을 감았다. 내가 눈을 감자 안심한 아이는 모닥불 가까이로 조심스럽게 다가와서는 불을 쬐며 있었다.

잠시간의 정적, 하지만 그것 역시 오래 가자는 않았는데 눈을 감고 있는 나의 귀로 아이의 신음 소리가 들렸기 때문이다.

눈을 떠 아이의 모습을 보자 배를 움켜잡고 고통스러워하는 것을 볼 수 있었다.

거친 음식인 육포를 제대로 씹지도 않고 걸신들린 듯이 먹을 때부터 알아봤어야 하는 것인데…….

난 내 실수라 생각하며 조용히 아이 곁으로 다가갔다. 아이는 고통스러워하면서도 내가 다가오자 놀라며 뒤로 물러서려고 했는데 복통 때문인지 몸은 마음먹은 대로 움직여지지 않는 듯했다.

그런 아이를 보며 조용히 다가가선 난 배에 손을 올려놓았다.

겁에 질려 떨고 있었지만 어느 사이엔가 나의 손에서 느껴지는 열기에 복통이 사라지는 것을 느끼고는 아이는 조금 놀라는 듯했다.

복통에 고통스러워하는 것을 보며 손을 통해 배에 마나를 주입하여 위의 움직임을 활발하게 했기 때문이다.

어느 정도 시간이 지나자 아이는 복통이 완전히 사라진 듯 좁혀졌던 미간이 펴졌고 난 마나를 주입하던 것을 멈추고 자리로 돌아왔다.

나무 밑동에 등을 대고 앉은 나는 망토를 벗어 아이에게 던져 주었고, 나의 행동이 무엇을 의미하고 있는지 알고는 망토를 뒤집어썼다.

찢어진 옷 사이로 들어오는 차가운 바람에 추위를 느끼고 있었던 것이다.

어느 사이엔가 망토 안에서 들려오는 아이의 숨소리가 고르게 변하는 것을 들으며 난 잠들었다는 것을 알 수 있었다.

다음날 아이는 피곤했는지 아침이 훨씬 지나도 눈을 뜨지 않았기에 근처에 있던 식용 버섯 몇 가지와 배낭에 있던 육포로 간단한 스튜를 만들었다. 스튜라면 아이의 위가 어느 정도 음식을 받아들일 수 있다고 생각했기 때문이다.

아이는 스튜의 냄새에 일어난 듯했지만 나의 모습을 보고는 어제의 일이 생각났는지 아무 말도 못하고 자리에 앉아 있었다. 다행히 어제보다는 조금 나에 대한 무서움이 사라졌는지 겁에 질린 표정은 짓지 않았다.

육포가 연해지게 충분히 끓인 스튜를 그릇에 담아 아이에게 건네주었다.

스튜가 담긴 그릇을 받자 두 손으로 들어서 마시려 했지만 뜨거워서인지 쉽게 먹지 못하고 있었기에 아이에게 스푼을 건네주었다.

스푼을 받자 조그만 입으로 스튜를 불며 천천히 떠먹기 시작했고, 난 아이의 모습을 잠깐 쳐다보다 늦은 아침을 먹을 수 있었다.

아이의 모습을 보며 무엇인가 알 수 없는 기분이 들었다.

무엇일까? 천천히 생각해 보려 했지만 그 기분은 기억 속에 존재하지 않았던 것처럼 좀처럼 떠오르지 않았다.

오래된 기억의 파편일까?

아침을 먹은 후 대충 짐을 챙겨서는 자리에서 일어나자 다시 길을 가려 하는 것을 알고는 조심스럽게 어젯밤에 주었던 망토를 건네주었다.

아무 말도 하지 않고 건네준 망토를 걸친 난 예정된 행로로 걸음을 옮겼고 아이 역시 조용히 나를 따라왔다.

맑게 개인 하늘은 걷고 있는 작은 숲 속의 나무들 틈새로 빛을 비추었고, 아이는 상쾌한 아침 공기를 맡으며 나의 뒤를 쫓아왔다.

상쾌한 아침이란 생각이 들었을 때 난 섬뜩한 기분을 느꼈다.

'오랜만이군.'

딸이 죽고 또다시 친구가 죽은 이후 수많은 아침을 맞았건만 한 번도 상쾌하다는 느낌을 가진 적이 없었기 때문이다.

'아이 탓일까.'

아이를 만난 게 오래되지도 않았건만 얼마 되지 않은 시간 속에도 내가 바뀌고 있다는 것을 느낄 수 있었다.

전쟁터를 돌아다닌 지 수십 년, 수많은 헐벗고 굶주린 아이의 모습을 보았어도 아무런 느낌조차 없었던 나인데 왜 저 아이에게는 이런 느낌이 드는 것일까? 알 수 없는 일이었다.

이런저런 생각을 하며 걷고 있을 때 뒤에서 가쁜 숨을 몰아쉬고 있는 아이를 느낄 수 있었다. 용병인 내 걸음을 따라오기 위해 아이는 있는 힘을 다해서 쫓아오고 있었던 것이다.

가빠진 숨소리를 들으며 난 조금 속도를 늦추어갔고, 그제야 아이는 조금은 안심한 듯 숨을 내쉬고는 뒤를 따라왔다.

4시간가량을 걸었을 때 작은 마을을 발견할 수 있었다.

평원에 위치하긴 했지만 숲 속에 감춰져 있는 듯한 마을이었기에 전쟁의 소용돌이에 휩쓸리지 않았다고 생각하며 마을로 향해 걸어갔다.

마을 주위에는 작은 방책이 쳐져 있었고 입구에는 두 명의 청년이 자경대인 듯 어설프게 만든 창을 들고 서 있는 것을 볼 수 있었다.

마을로 들어서려고 하자 기다리고 있었다는 듯 입구를 지키던 청년 한 명이 앞을 막아서고는 말했다.

"무슨 일로 오셨습니까?"

청년은 내가 입고 있는 용병 복장을 달갑게 보지 않는 듯 조금은 날카로운 목소리였지만, 그리 기분 나쁘게 생각하지 않았기에 조용히 이곳에 들른 이유를 말했다.

"잠시 여행에 필요한 물품을 구하려 하오."

나의 대답에 청년은 뒤에 있던 아이를 흘겨보고는 말했다.

"최대한 빨리 마을에서 나가줬으면 합니다."

그의 말에 난 고개를 끄덕였다.

전쟁의 소용돌이에 휩쓸리지 않은 마을인 덕에 여행자들을 막아서지는 않았지만, 그렇다고 용병이 들어서는 것을 좋아할 리는 없었기 때문이다.

만약 그 용병이 병사들에게 쫓기고 있는 상태라면 마을에도 피해가 오는 경우도 있는 데다가 용병 중에선 난폭한 사람이 꽤 있었기에 작은 마을에서 곧잘 행패를 부리곤 했기 때문이다.

청년이 길을 비켜주자 난 천천히 마을 안으로 들어갔다. 내가 안으

로 들어서자 마을 사람들은 길에서 뛰어노는 아이들을 서둘러 안아서
는 집으로 들어가기 시작했다.

자주 있었던 일이기에 아랑곳하지 않고 근처를 둘러보며 잡화점이
나 주점을 찾았다.

'녹색 엘프의 잡화점'이란 간판을 달고 있는 잡화점을 찾을 수 있던
나는 안으로 들어갔다.

작은 마을이기 때문인지 도시와는 달리 물품의 수는 별로 없었지만
내가 필요로 하는 물건은 이런 곳에서도 쉽게 찾을 수 있는 것이기에
카운터로 걸음을 옮겼다.

녹색 엘프의 잡화점이란 단어와는 다르게 뚱뚱한 몸매의 중년 여인
이 뚱한 얼굴로 자리를 지키고 앉아 있었는데, 내가 들어서자 그녀는
퉁명스럽게 말했다.

"뭘 찾으시우?"

"육포와 등기름, 또……."

여인에게 필요한 물품을 말한 후 뒤에 있는 아이를 가리키고는 말했
다.

"이 아이가 입을 수 있는 옷가지도 몇 벌 구했으면 하오."

여인은 진열되어 있는 사탕을 먹고 싶은 듯 지켜보던 아이를 잠시
응시하고는 알았다는 듯이 고개를 끄덕이며 말했다.

"육포와 등기름은 여기 있긴 한데, 아이 옷을 구하려면 시간이 약간
필요하니까 여기서 나가 우측에 있는 종달새 주점에 있으시우. 여관도
같이 겸하는 곳이니까 저 지저분한 아이도 씻길 수 있을 거요."

그녀의 말에 고개를 끄덕이고는 밖으로 나가 종달새 주점이라는 곳
으로 향했다.

주점과 여관을 겸하는 덕에 근처에 있는 다른 집보다는 커 쉽게 찾을 수 있었고, 주점임을 확인한 난 아이와 함께 안으로 들어갔다.

안으로 들어서자 열일곱 정도의 나이로 보이는 빨간 머리 아가씨가 사냥꾼으로 보이는 중년의 남자들에게 맥주를 가져다 주고 있었다.

비어 있는 탁자로 가 반대쪽에 서 있는 아이에게 앉으라는 손짓을 한 후 자리에 앉았다.

점원인 듯한 빨간 머리 아가씨는 사냥꾼들에게 맥주를 갖다 준 후 내 앞으로 왔다. 그리고는 마치 역겨운 것을 본 것처럼 얼굴을 찌푸리고는 퉁명스러운 목소리로 말했다.

"뭘 주문하시겠어요?"

"흑맥주 한 잔, 그리고 이 아이를 목욕탕으로 안내해 주게."

"네."

소녀는 차가운 목소리로 대답하고는 큰 잔에 가득 찬 흑맥주를 갖다 준 후 아이를 데리고 계단으로 올라갔다.

점원이 가져다 준 흑맥주를 들이키고 있을 때 사냥꾼 한 명이 다가와 험상궂은 인상을 쓰며 말했다.

"용병이슈?"

조금은 신경질적으로 물어왔지만 그런 것에 별로 신경 쓰지 않는지라 고개만 끄덕였다.

사냥꾼은 나의 모습에 인상을 찌푸리며 말했다.

"어디서 저런 아이를 주워 왔는지는 모르지만 이 마을 안에서 더러운 짓은 하지 말기를 바라우."

그렇게 말한 그는 바닥에 침을 뱉고 자신의 자리로 돌아갔다.

난 사냥꾼의 행동에 화를 내지 않았다. 아니, 그의 행동이 당연하다고 생각하고 있었다.

전쟁터의 용병들은 여자에 굶주린 것처럼, 아이나 노인 할 것 없이 여자라면 가리지 않고 강간하기 일쑤였고 심지어는 마을에서까지 행패를 부렸기 때문이다.

그 때문에 선량하게 살고 있는 사람들은 그런 자들을 역겹게 생각할 수밖에 없었던 것이다. 방금 전의 사냥꾼 역시 지저분한 몰골을 하고 있는 여아를 데리고 다니는 것을 보고는 그런 소리를 한 것이다.

"얼굴은 멀쩡하게 생긴 자식이 더러운 짓이나 하고 다니니……."

"용병이란 새끼들이 다 그런 놈들 아니겠어?"

화를 내고 간 사냥꾼은 자신들의 탁자에 앉아 욕하며 노골적으로 싫은 기색을 드러내고 있었다.

난 그런 그들을 보며 비웃음을 지었다. 정작 그런 더러운 용병에게서 아이를 구할 용기조차 없는 것들이란 생각을 하면서 맥주를 들이켰다.

내가 데려온 아이는 신전에 맡길 생각이다. 이런 작은 마을에 아이를 맡겼다가는 사람들이 안 좋은 시선으로 보기 때문에 자칫하면 쫓겨날 수도 있고, 버려진 아이들을 받아주다가는 마을로 몰려드는 난민들 때문에 마을이 위험할 수도 있다는 생각에 죽이는 경우도 심상치 않게 있었기 때문이다.

얼마 지나지 않아 주점 안으로 잡화점 주인이 몇 벌의 옷과 자루를 들고는 나에게 왔다.

"이건 육포와 등기름이고 이건 아이가 입을 수 있는 옷이우. 모두 합쳐 80실버."

그녀가 내주는 물건을 받으며 주머니에서 백 실버짜리 은화 하나를 건네주며 말했다.

"나머지는 가지시고 이 옷을 목욕탕에 있는 아이에게 건네주시겠소?"

나의 말에 그녀는 건네 준 은화를 잡아채고는 옷을 들고 이층 계단으로 올라갔다.

여인이 계단을 오르는 모습을 보며 육포와 등기름이 든 자루를 배낭 안에 집어넣었다.

맥주를 마시며 얼마 지나지 않으면 내려올 아이를 기다렸는데 그때 이층에서 누군가가 난폭하게 쿵쿵거리며 계단을 내려오는 소리가 들렸다.

계단 쪽을 본 난 이층으로 옷을 가져다 주러 간 잡화점 여인이 내려오는 것을 볼 수 있었는데, 그녀는 무슨 일인지 크게 화가 난 표정으로 나의 앞으로 다가왔다.

영문을 알 수 없어 그녀를 쳐다보았는데, 갑자기 큼지막한 손을 들어서는 다짜고짜 나의 뺨을 후려갈겼다.

멋도 모르고 그녀가 휘두르는 손바닥에 뺨을 맞은 후 황당함에 쳐다보고 있었는데 그녀는 나를 보며 말했다.

"더러운 용병 새끼야! 저 어린것을 임신시키고도 모자라 저렇게 고생시켜, 이 인간쓰레기 같은 놈아!!"

난 그녀의 말에 놀라고 말았다. 임신?

"임신?"

"그래, 임신이다, 임신! 너 같은 더러운 녀석의 아이를 저 아이가 배고 있단 말이야!!"

그녀는 나의 물음에 멱살을 잡고 흔들며 소리쳤고 난 다그침에 아무 말도 할 수가 없었다.

'열다섯도 안 된 아이가 임신을?'

하지만 어느 정도 짐작할 수 있었다.

전쟁터에서 살아남은 아이는 아마 용병이나 병사들에 의해 강간당하고 버려졌던 모양이다.

여인이 나의 멱살을 잡고 다그치고 있을 때 새 옷으로 갈아입은 소녀가 점원인 빨간 머리 소녀에게 이끌려 밑으로 내려왔다.

난 멱살을 잡고 있는 여인의 손을 뿌리친 후 아이에게 다가가 손목을 잡았다. 나의 행동에 그 여인은 놀란 듯한 표정을 지었지만 난 행동을 멈추지 않았다.

손목을 잡아 아이의 몸에서 나오는 마나를 살펴보았는데, 잠시 후 몸에서 이질적인 마나의 기운이 하나 더 있다는 것을 느낄 수 있었다.

아직은 그 반응이 크지 않은 것으로 보아 3개월이 갓 넘었다는 것을 알 수 있었다.

"입덧은 언제부터 했지?"

난 조용히 아이에게 물었고 아이는 눈물을 흘리며 말했다.

"오, 오 일 전부터……."

아이의 말을 들은 난 아이의 손목을 놔주고는 자리에 앉아 생각에 잠겼다.

로아냐드 제국으로 가기 위해선, 아니, 아이를 맡길 만한 가까운 도시의 신전으로 가기 위해선 프로드 산맥을 넘는 험한 길을 걸어야 하는데, 임신한 상태에서 그런 길을 걷는다는 것은 상당히 위험한 일이기 때문이다.

한숨을 쉴 수밖에 없었다. 그냥 버려두고 갈 수도 있었지만 왠지 그러고 싶은 마음은 생기지 않았다.

"이곳의 촌장을 만나려면 어떻게 해야 하지?"

증오 어린 눈으로 쳐다보고 있는 빨간 머리 점원에게 물었는데, 그녀는 대답하기도 싫다는 표정으로 있다가 떨고 있는 아이의 모습을 보고는 할 수 없다는 듯이 차가운 목소리로 말했다.

"주점을 나가서 광장이 있는 곳으로 가면 빨간색 지붕의 집이 있을 거예요. 그곳이 촌장님 댁이에요."

점원에게서 촌장이 사는 집의 위치를 들은 나는 아무 말도 하지 않고 밖으로 나갔다. 그녀가 가르쳐 준 방향으로 향하자 잠시 후 빨간 지붕의 집을 찾을 수 있었다. 촌장의 집은 작고 아담한 모양을 하고 있었다. 문으로 다가가서는 천천히 노크를 했다.

"뉘시오?"

얼마 안 있어 문이 열리면서 초로의 노인 한 명이 얼굴을 내밀었다.

"로아냐드 제국으로 가는 용병인데 촌장님께 부탁을 드리고 싶어 찾아왔습니다."

최대한 예의를 차리며 촌장에게 말했고 그는 나의 모습을 유심히 살펴보고는 안으로 들어가며 말했다.

"일단 안으로 들어오시오."

촌장의 말에 난 안으로 들어갔다. 여기저기 싸구려 장식품이 걸려 있는 초라한 집이었지만 거실 한가운데 걸려 있는 한 자루의 블러드 소드만은 달랐다.

사파이어가 박혀 있는 검은 상당히 고가품인 듯 보였지만, 검집의 여기저기 나 있는 흔적으로 보아 단순히 장식품이 아닌 한때 많은 싸움을 거친 물건임을 쉽게 알아볼 수 있었다.

검을 보고 있는 나를 본 촌장은 미소를 지으며 말했다.

"젊은 시절, 한때의 혈기로 여기저기 돌아다닌 적이 있었는데 그때 얻은 검이라우."

촌장은 그렇게 말하고는 탁자 쪽으로 가 의자에 앉으며 말했다.

"자, 자리에 앉게나."

내가 자리에 앉자 촌장은 그런 날 지그시 쳐다보고는 미소를 지으며 말했다.

"자네의 몸에서 풍겨 나오는 기운을 보아하니 꽤 실력있는 용병인 것 같은데 이 늙은이에게 부탁을 한다니 무엇인지 알고 싶군."

그 말에 그가 상당한 실력을 가지고 있던 검사였음을 알 수 있었다. 보통 때의 나의 기운을 알아차릴 수 있는 검사는 적게 봐도 일급용병은 되어야 하기 때문이다.

"제가 데리고 온 아이가 임신을 했더군요. 로아냐드 제국으로 가는 도중이었는데 아이의 몸으로는 험한 길을 가지 못해 잠시 이 마을에 머물러야 될 것 같아 촌장님께 부탁을 드리는 것입니다."

나의 말에 촌장은 기묘한 표정을 짓더니 조심스럽게 나에게 물었다.

"자네의 처인가?"

어떻게 들으면 상당히 뉘앙스가 안 좋은 말이기는 하지만 용병의 생리로 보아선 그런 물음이 당연한지라 별 상관하지 않은 난 조용히 고개를 저었다.

"이곳을 지나던 중 알게 된 아이입니다. 신전에 위탁하려고 데리고

가던 중이었지요."

그 말에 촌장은 고개를 끄덕이고는 말했다.

"자네쯤 되는 사람이 이 늙은이에게 거짓말 같은 것은 하지 않겠지. 좋네. 마을 서쪽에 일 년 전쯤 마을을 떠난 사람의 집이 있을 테니 그곳에서 머무르도록 하게나. 얼마나 머물 생각인가?"

"그 아이가 해산할 때까지 있을 생각입니다."

그 말을 한 후 난 잠시 멈칫거렸다. 나도 모르는 사이에 아이가 해산할 때까지 남아 있어야 된다고 생각했기 때문이다.

"그러도록 하게나. 한데 이곳에서 머무르려면 할 일이 있어야겠지?"

아이를 보살피기로 마음먹었다면 아무 일도 안하고 있을 수는 없다는 생각에 난 고개를 끄덕였다.

"그렇다면 마을에 있는 청년들에게 검을 좀 가르쳐 주게나. 일 년 전만 해도 내가 가르쳤네만 나이가 먹어가니 몸이 불편해서 요즘은 그 아이들끼리만 자체적으로 연습하고 있는 형편이네. 마을의 젊은 것들이 검을 휘두르는 것은 별로 안 좋은 일이지만, 때가 때인만큼 어느 정도 마을을 지킬 수 있는 실력이 되어야 하니 별수가 있나. 어떤가?"

"한번 해보겠습니다."

"고맙네. 내 사람들에게 말은 해놓을 테니 가 있게나."

"감사합니다."

생각지도 않게 마을에 머물게 된 나는 주점으로 가는 길에 고민할 수밖에 없었다.

하지만 오랜 시간 동안 떠돌아다녔기 때문에 한군데서 잠시 머무르는 것도 나쁘지 않다는 생각도 들어 이곳에 머물러 있기로 마음먹었다.

주점 안으로 들어가자 아이를 앉혀놓고 잡화점 여인과 주점의 소녀가 이야기를 나누고 있었다. 내가 들어가자 자리에서 일어난 두 사람은 미안한 기색의 얼굴을 하고 있었다. 아마 아이에게서 나에 대한 이야기를 들은 것 같았다.

잡화점 여인은 나에게 다가와서 말했다.

"알지도 못하고 때려서 미안하구려. 하지만 화가 나는 것을 어떡하겠나?"

그녀가 상당히 성질이 급하다는 것을 알 수 있었지만 나쁘지는 않은 사람이라는 것은 알 수 있었기 때문에 조용히 말했다.

"촌장님께 부탁드려 마을 서쪽에 있는 빈집에서 머물기로 했소."

"그렇구면. 뭐 부탁할 거 있음 말하라고. 내 미안해서라도 최대한 빨리 준비해 둘 테니."

그녀의 말에 간단히 고개를 끄덕이고 아이에게 다가갔다.

"잠시 이곳에 머무를 생각이다."

그 아이는 고개를 숙이곤 아무 말도 못했다.

사실 이 아이가 무슨 죄가 있겠는가. 그런 생각을 하며 자리에 앉아 점원에게 다시 맥주 한 잔을 주문했다.

고개를 숙이고 있는 아이를 보았다. 아니, 이제 아이라고 할 수 없을 것이다. 한 생명의 보호자가 될 사람이라면 아무리 나이가 적다 하더라도 성인으로 보아야 했기 때문이다.

예상외로 마을 사람들은 우리 둘을 잘 맞아주었고, 내가 다른 용병들과는 다르다 생각했는지 처음 적대시하던 사냥꾼들도 자신들의 행동을 사과하며 친해지기를 원했다.

하지만 사람과 친숙하게 지내는 것을 무의식적으로 거부하는 난 그다지 말을 받아주지 않았고, 이런 이유로 이들 역시 나에게 그리 친근감 같은 것은 느끼지 못하는 것 같았다. 잘 대해주기는 하지만 나와 가까이 지내려는 사람은 없었기 때문이다.

하지만 임신한 아이는 달랐다. 불행한 일을 겪은 아이였지만, 생각과는 달리 열심히 살려 하는 모습을 보여주고 있었다.

아이의 이름은 레아. 평원의 작은 마을에서 살고 있었지만 스타인바이라 왕국에서 고용한 용병들에 의해 마을은 폐허가 되고 자신은 그들에게 잡혀 흉한 꼴을 당하다가 겨우 도망 나올 수 있었다고 했다.

그때 레아는 울면서 자신의 처지를 이야기했지만, 동정은 하지 않았다. 어찌 보면 냉혹할 수도 있겠지만 지금 세상에서 그런 일은 흔히 있는 일이었다. 레아가 그것을 극복하고 살 수 있을지는 몰랐지만 만약 극복하지 못하면 평생 행복은 없을 것이라 생각했다.

열심히 자신의 일을 행하는 아이는 잡화점 주인 프레이아나와 주점의 아가씨인 레시아 등과 상당히 친해질 수 있었고, 레시아의 소개로 주점에서도 일할 수 있게 되었다.

그녀가 일을 하러 나가게 됐다는 소식을 듣고 조금은 안심이 됐다. 아무리 암울한 처지라 할지라도 최소한의 노력이라도 할 수만 있다면 전혀 다른 삶을 살 수 있기 때문이다.

남과의 친분을 별로 쌓지 않으려는 나와 유일하게 이야기하며 지낼 수 있었던 사람은 마을 촌장 지브렌 씨였다.

올해 나이 67세의 노인인 그는 모험가로 대륙을 돌아다니며 여행을 했었다고 했다.

내가 환갑을 넘었음을 알게 된 그는 너털웃음을 지으며 생전 처음으로 소드 마스터보다 한 단계 높은 단계인 소드 오버러에 이른 검사를 보게 된 것을 기쁘게 생각한다고 말했다.

용병의 생을 알고, 나를 이해해 주는 지브렌이 친한 친구처럼 지내자는 말에 그러면 상관없다는 생각에 나 역시 승낙했다.

몸이 재구성되어 또래의 동료들과도 친하게 지낼 수 없는 나의 모습을 이해해 주는 지브렌에게 친근감도 들었기 때문이다.

처음 촌장에게 약속한 대로 마을 청년들을 가르치기 위해 동쪽에 위치한 검술 연습장으로 향했다. 그곳에는 여덟 명 정도의 청년들이 검술 연습을 하고 있었다.

"어떤가?"

옆에 있던 촌장의 말에 난 고개를 저으며 말했다.

"기초를 소홀히 하는 것 같군."

"허허허. 역시 소드 오버러의 경지에 다다른 사람답구먼. 일 년 전에만 내가 닦달하는 덕에 기초 검술을 수련했지만, 나이가 들어 손을 떼니 아직 나이가 어려 겉멋에만 관심이 있는지라 기틀도 쌓지 못한 채 고급 검술을 익히기 시작하더군."

스승이 없는 검사들에게 흔히 있는 현상이었다.

검술은 먼저 기초를 단단히 닦아야 하며 이러한 기초를 통해 기본적인 체력과 자세를 가다듬은 후에야 기초를 중심으로 한 간단한 연결 동작을 익히게 되는 것이다.

이러한 기초의 연결 동작을 능숙하게 익혀야만 대륙에 알려져 있는 고급 검법이라는 것을 익힐 수 있게 된다.

이러한 검법들 또한 몇 가지 단계가 있어 그것을 차례차례 넘어선 후에야 어느 정도의 검을 다룰 수 있는 경지에 달해 있다 말할 수 있다.

검술사의 등급을 나누는 말 중 소드 익스퍼트의 실력자들의 단계의 초급과 중급은 고급 검법을 익힌 자들을 말하는 것이고, 이 단계에서 마나의 기운을 느꼈을 때 소드 익스퍼트 상급, 마나를 다룰 수 있을 때 익스퍼트의 단계를 넘어선 소드 마스터 초급의 경지에 오르게 되는 것이다.

그런 것을 생각한다면 마을 청년들의 검술 실력은 형편없기 그지없었다. 기초를 닦을 시기에 겉멋에 눈이 어두워 몸에 익숙하지 않은 검법을 익히고 있었기에 검의 무게에 휘둘리거나 그릇된 자세로 몸이 안정되지 않아 검을 휘두를 때마다 무게 중심이 흔들림을 보이고 있었기 때문이다. 이렇게 계속 간다면 이들 중에 아무리 기초가 있는 자라 할지라도 잘해야 이류검사 수준에 머물러 있을 뿐이다.

다행히 겉멋에 눈이 어두워 안정되지 않은 검법을 익히는 다른 청년들과 달리 한 청년이 꾸준히 기초를 연습하고 있는 것이 보였다.

기초 자세인 아래 베기, 위 베기, 좌 베기, 우 베기와 찌르기 이 다섯 가지 동작을 꾸준히 반복 연습하고 있는 것이다.

내가 한 청년만을 보고 있는 걸 본 촌장이 고개를 끄덕이며 말했다.

"저 아이는 리베드라고 하네. 평원 쪽에 살던 내 조카인데 스타인바이라 왕국의 용병들에게 아내를 잃고 이곳으로 도망쳐 온 아이지. 그 후론 복수한다고 매일 검을 휘두르고 있는데 내가 말한 기초의 중요성을 듣고는 저렇게 다섯 가지 동작을 꾸준히 반복하고 있는 것이라네."

촌장의 말을 듣고 기초를 연습하고 있는 청년이 충분히 뛰어난 실력을 가질 수 있는 자질을 가지고 있다고 생각했다. 다섯 가지 동작에선 군더더기를 찾아볼 수 없었고 검을 휘두름에 중요한 하체 역시 안정되어 있었기 때문이다.

"리베드란 청년에겐 응용 동작을, 나머진 기초부터 다시 해야겠군."

"나도 그렇다고 생각하네."

촌장은 나에게 간단하게 말하고는 연습하고 있는 마을 청년들에게 갔고, 청년들은 촌장이 오자 검술 연습을 멈추고 고개를 숙이며 인사했다.

"촌장님 오셨습니까?"

"열심히도 연습하고 있구먼. 오늘은 그런 자네들에게 훌륭한 검술 선생을 소개시켜 주러 왔네."

촌장의 말에 청년들은 기뻐하는 표정을 지었지만, 내가 그들에게 가자 실망하는 표정으로 바뀌어졌다. 나의 모습이 너무 젊어 보였던 것이다.

그 모습에 촌장이 무엇인가를 말하려 했지만 난 그를 제지하곤 근처에 있던 목검을 집어 들고는 그들의 앞으로 가 말했다.

"검으로 나의 옷을 스칠 수 있는 자가 있다면 자네들 가르치는 것을 포기하기로 하지."

나의 말에 얼마나 실력이 있겠냐 생각했는지 코웃음을 치더니 그들 중 갈색 머리의 건장한 체격을 가진 한 청년이 보통 사람의 두 배는 됨직한 목검을 들고 나의 앞으로 걸어왔다.

"슈텐이라고 하오. 당신이 자신있어하는 것을 보니 어느 정도 실력이 있다는 것인데 한번 시험해 보고 싶소."

그는 앞으로 나와 검을 들고 자세를 잡았다.

검을 두 손으로 잡고 오른쪽으로 세운 자세는 그의 덩치에 걸맞게 강타를 위주로 하는 '휴레든 검법'의 자세였으나 아직 검의 형태도 제대로 잡혀지지 않은지라 겉멋만 들어 있는 허수아비 같은 모습이었다.

그의 모습을 보며 검을 앞으로 세웠다.

약간의 투기를 슈텐이란 청년에게 보내었으나 그는 자신의 역량조차 제대로 알지 못할 정도의 실력이었기에 투기를 알아채지 못하고 있었다.

한참 나를 노려보던 그는 마음의 결정을 했는지 빠르게 앞으로 뛰어왔다.

"차앗!!"

슈텐은 앞으로 세운 검을 쳐낼 생각으로 나의 검을 강하게 내려쳤지만 그 정도의 강타는 나에게 아무런 소용도 없었다.

그의 검은 나의 검과 부딪침과 동시에 둔탁한 소리를 내며 부러져 날아가 버렸다.

자신의 검이 부러져 날아가자 크게 놀란 슈텐은 뒤로 물러서더니 한참을 생각하다가 말했다.

"연습하다 검에 금이 갔던 모양이군."

나의 실력이란 것을 알지 못한 그는 검에 금이 갔다 생각하고는 다시 근처에 있는 검을 들어 나에게 다시 달려들었지만 역시나 나의 술수에 의해 아까와 같이 검은 부러져 날아가 버렸고, 두 번이나 같은 결과가 나오자 그는 황당함을 감추지 못하는 듯했다.

그가 나의 기술을 전혀 이해하지 못한다는 것을 알고 이 정도쯤에서 끝내기로 결심하고 연습장 옆에 서 있는 나무 쪽으로 걸어갔다.

어른 한 아름 두께의 나무였지만 천천히 검을 들어 나무를 내려쳤다.

그 순간 나무는 둔탁한 소리와 함께 부러져 땅으로 쓰러졌고 그것을 본 마을 청년들은 놀라 입을 다물지 못하고 있었다.

아무리 검이 예리하다 하더라도 그 정도의 속도로 한 아름의 나무를 일격에 쓰러뜨리는 것은 불가능한 일이었고, 들고 있는 검 또한 진검이 아닌 목검이었기 때문이다.

"단순히 검을 휘두른 것이 아니다. 이것은 소드 브레이커 기술의 하나인 '바이브레이션 소드'로 한 번 내려친 것으로 보이나 그 사이엔 마나의 진동파를 이용한 40번 정도의 짧은 타격이 있었다. 그것으로 나무를 부러뜨릴 수 있었던 것이지. 이 기술을 사용한다면 보통의 목검으로도 갑옷을 입은 전사에게 타격을 줄 수 있다."

"와~!"

청년들은 나의 말에 크게 감탄하며 탄성을 내지르니 난 목검을 앞에 있는 청년에게 던져 주고는 계속 말을 이었다.

"이 비술을 너희에게 가르쳐 주겠다. 하지만 이 기술은 적어도 마나를 느낄 수 있는 단계인 소드 익스퍼트 초급 이상의 기술, 아직 기초도 제대로 닦지 않은 너희들이 익히기에는 어려운 기술이다. 적어도 십수년 이상의 고된 훈련을 겪어야만 가능한 것이지. 어떤가, 나에게서 이 비술을 가로채지 않겠는가?"

목검으로 한 아름의 나무를 부러뜨릴 수 있는 기술, 어느 누가 이 기술에 탐을 내지 않겠는가?

마을 청년들은 나의 말에 모두 무릎을 꿇고는 말했다.

"저희에게 검을 가르쳐 주십시오."

"검을 가르쳐 주십시오!"

청년들의 모습에 난 고개를 끄덕이며 지금부터 필요한 것들을 이야기해 주었다.

"검을 익히기 위해서 필요한 것은 강한 체력과 안정된 자세다. 이 두 가지가 이루어지지 않는다면 어떠한 기술을 익힌다고 해도 그자는 삼류용병에 머무를 수밖에 없다."

나의 말에 지금까지 자신들이 해왔던 수련이 잘못되었다는 것을 깨달은 청년들은 촌장의 수련 방법에 따르지 않은 것을 부끄럽게 생각하는 듯했다.

그들의 표정을 보며 마음 자세를 가다듬어 주기 위해 계속 말을 이었다.

"너희들이 나에게 검을 배우기로 결심했으니 이제부터 지금까지 해왔던 훈련과는 다른 힘든 훈련을 지시할 것이다. 견디지 못하는 자는 나가도 좋지만 다시 돌아올 수 없다는 것을 명심하기 바란다. 그 정도의 기초 훈련을 견디지 못하고 도망가는 자는 검을 배울 자격이 없다고 생각할 수밖에 없으니까 말이다. 어떤가, 나의 훈련을 따라오겠는가?"

"예!"

이렇게 해서 난 마을 청년들에게 검을 가르치게 되었다.

처음 일주일간은 나의 훈련에 따라오지 못하고 지쳐 쓰러지는 청년들이 속출했으나 일주일이 지나자 어느 정도 익숙해졌는지 반 이상은 훈련을 따라올 수 있게 되었고, 한 달이 지나선 거의 모두가 나의 훈련을 견딜 수 있게 되었다.

난 하루에 5시간 정도를 청년들에게 검을 가르치는 데 투자했고 나머지는 마을의 주점에 앉아 시간을 보냈다.

평생 전쟁터를 전전하며 살아온 나이기에 마을 청년들의 검술 지도를 하고 남은 시간을 때울 취미 같은 것은 없었기 때문이다.

명상에 잠겨 시간을 보내고 있는 나를 레아와 레시아는 처음에는 이상하게 쳐다보았지만 시간이 지나자 이런 모습이 익숙해졌는지 아무렇지 않게 행동했다.

이러한 명상은 처음에는 남과 이야기하는 것을 싫어한 이유로 행해왔던 것이지만, 오랜 시간 반복했을 때 난 생각지도 못한 것을 얻게 되었다. 바로 마나의 존재를 알게 해준 것이다.

많은 용병들은 훈련과 실전을 통해 검을 익히게 되지만 그 대부분이 소드 익스퍼트의 경지가 한계다.

그러한 것들의 가장 큰 이유는 소드 익스퍼트 이상 수준의 훈련을 알지 못하기 때문에 자질이 있다고 해도 마나라는 존재를 얻을 수 없는 것이었다.

마나라는 것은 이 세계를 존재하게 하는 기운, 그것을 얻기 위해선 자연을 느낄 수 있어야 하지만 단순한 검술 훈련만으로는 그것을 익히는 것이 어려운 일이기 때문이다.

전혀 예상하지 못한 일이었지만 난 명상을 통해 깨달음을 얻어 마나를 얻게 되었고, 지금에는 신체를 변화시킬 정도의 경지에 오른 것이다.

이런 이유로 명상은 별다른 일이 없을 때는 나의 일상생활이 되어버렸다.

난 명상으로 거의 대부분의 날을 보냈고… 한 달여가 지나자 레나의 배는 조금 불러오고 있었다.

레시아는 레아의 배가 불러오기 시작하자 힘든 일은 시키지 않으려고 했다. 하지만 레아는 한사코 자신의 일은 꼬박꼬박 해갔기 때문에 곁에서 보고 있던 레시아가 불안해할 정도였다.

그런 모습을 보며 나는 레아에게 가끔씩 마나를 전달하는 것을 잊지 않았다. 뱃속에 있는 태아는 레아가 가지고 있는 양분을 나누어 가지기 때문에 레아가 쉽게 지쳤기 때문이다.

하지만 이렇게 조용한 하루만 있는 것은 아니었다.

어느 날 조용한 마을로 반갑지 않은 손님들이 찾아왔다.

내전이 있는 로아냐드 제국으로 향하는 작은 용병단의 일원들이었다. 이곳에 마을이 있다는 것을 알고 있던 용병들은 여행에 필요한 물건을 구입하기 위해 이곳에 들렀던 것이다.

"두 사람 정도만 들어가 물건을 사 오시오."

마을 청년은 이십여 명이나 넘는 용병들이 한꺼번에 마을로 들어가려고 하자 그들의 앞을 막아서며 말했지만 용병들이 그들의 말을 들을리 없었다.

물러서지 않고 자신들을 막아서는 청년을 기분 나쁘게 생각한 자가 검을 휘둘렀다.

제일 앞에 서 있던 자는 상당히 아니꼽다는 얼굴로 검을 뽑아서는 청년의 어깨를 그어버렸고, 그는 외마디 비명과 함께 어깨를 움켜잡으며 쓰러졌다.

용병들은 그가 쓰러지자 큰 소리로 웃으며 방책을 지나 마을 안으로 들어섰다.

이십여 명의 용병들이 마을 청년에게 상처를 입히며 들어오자 마을 사람들은 놀라 급히 집으로 도망가기 시작했다.

난세의 시대, 이러한 용병들은 마을에서 약탈과 강간을 일삼기 일쑤였기 때문이다.

내가 돌아간 뒤에도 계속 검술을 연습하던 마을 청년들은 용병들이 들이닥쳤다는 소리를 듣고는 검을 들고 용병들과 싸우기 위해 뛰어왔으나 촌장이 다급히 막아 간신히 충돌은 막을 수 있었다.

하지만 이러한 일이 오히려 용병들에게는 역효과였는지 자신들에게 겁을 먹었다고 생각한 그들은 기고만장해져 마을 기물을 부수며 주점 안으로 들어섰다.

그때 주점 안에는 나와 레아, 그리고 주점에서 일하는 사람뿐이었다.

용병들은 주점의 문을 박차고 안으로 들어와서는 큰 소리로 음식과 술을 내오라고 소리치기 시작했다. 레시아는 이들이 오기 전의 상황을 알 수 없었기 때문에 인상을 찌푸리며 말했다.

"기다려요. 당신들에게 내줄 음식을 하려면 한참 기다려야 하니까요."

"대충대충 만들고 빨리 가져오라고! 아! 빨간 머리 아가씨, 음식 내오기 전에 흑맥주나 한 잔씩 돌려."

용병들의 말에 레시아는 조리실로 들어가 주방장에게 말하고는 흑맥주 잔을 들고 그들에게 건네주기 시작했다.

이십여 명이나 되는 용병들이었기에 레아도 나서서 흑맥주를 날랐는데, 용병들 중 한 명이 예쁘장하게 생긴 레아를 보고 흥미가 당기는지 그녀의 허리를 잡아 자신의 무릎 위로 끌어와 앉혔다.

"거참, 이쁘게 생긴 계집이로세. 아직 파릇파릇한 것이 맛있게도 생겼는걸."

"하하하하!"

레아를 강제로 자신의 무릎에 앉힌 용병의 말에 다른 자들은 크게 웃어 젖혔다.

레아는 용병의 손에서 빠져나가려고 했으나 그러지 못하곤 발버둥 쳤다. 그러한 것이 재밌는지 더욱 거세게 끌어안고 있던 용병은 레아의 가슴에 손을 집어넣었다.

레아는 놀라 비명을 지르며 더욱 발버둥 치다 빠져나오려 했고, 비명에 놀란 레시아가 흑맥주를 가져다 주다가 소리쳤다.

"이 미친 자식아! 무슨 짓이야!! 그 아이는 지금 임신 중이란 말야!!"

"크크크, 임신했음 어때?'

"임신한 것도 색다른 맛일 텐데 대충 하고 나한테 넘기라고."

레시아의 말에도 아랑곳하지 않으며 용병들은 이제는 임신한 레아의 옷을 벗기려 하였다. 레아는 안간힘을 쓰며 막으려 했지만 역부족이었다.

"아이를 놓아라."

난 조용히 눈을 뜨며 레아를 잡고 있던 용병에게 말했다.

레아를 욕보이려 한 녀석은 나의 말에도 별 상관 없이 자신이 하던 일을 멈추려 하지 않았기에 나는 식탁 앞에 놓인 맥주 잔을 잡아 그에게 집어 던졌다.

맥주 잔은 정확히 그의 관자놀이에 적중했고 외마디 비명과 함께 용병은 옆으로 쓰러졌다.

레아는 용병이 쓰러지자 간신히 그의 손에서 벗어날 수 있었다.

용병들은 내가 맥주 잔을 던져 동료를 쓰러뜨리자 격분하여 자리에서 일어났고, 그중에 한 명이 고함을 지르며 뛰어왔다.

"이 자식이 겁도 없이!!"

녀석은 나에게 주먹을 휘둘렀지만 그 정도의 주먹에 맞을 내가 아니었다.

그의 주먹이 얼굴로 다가오기 전에 명치를 발로 차자 그는 숨 막히는 소리와 함께 뒤로 자빠져서는 기절했다.

그것을 본 다른 용병들이 나에게 달려들었는데, 난 주점 안에서 싸우면 레시아와 레아에게 피해가 갈 것이 걱정되어 가볍게 주먹을 피하며 주점 밖으로 향했다.

녀석들은 내가 천천히 유인하며 밖으로 나가자 뒤를 따라왔다. 주점 밖으로 모두 나오자 나는 그들을 보며 말했다.

"경고다. 조용히 사라진다면 용서해 주겠지만 이곳에서 행패를 부린다면 너희의 더러운 목숨을 부지하기 어려울 게다."

"미친새끼!!"

"저 자식을 죽여 버려!!"

녀석들은 내 말에 화가 머리끝까지 났는지 허리에 차 있던 검을 뽑아 들고는 달려들기 시작했다.

마을 안에서 더러운 피를 뿌리는 것이 싫었기에 허리에 차 있는 블러드 소드로 일차 경고할 생각으로 검을 뽑았다.

핏빛의 검이 드러나자 녀석들은 그것을 보고는 잠깐 놀라는 표정을 지었지만 한 사람의 말에 그 표정들은 사라졌다.

"이 자식, 어디서 블러드 스톰에 대한 소문은 들어서 시뻘건 검을 들고 다니는지 모르지만 그런 허세에 우리가 속을 것 같냐?!"

녀석의 말에 헛웃음도 나오지 않았다.

내 몸에서 뿜어 나오는 투기도 느끼지 못하는 삼류용병 집단들이기 때문이다.

녀석들을 대충 보내기가 어렵다는 것을 깨달은 난 검을 다시 검집에 집어넣었다. 나의 행동을 보며 블러드 스톰을 사칭했다고 생각했는지 녀석들은 내 주위를 둘러싸곤 살기를 드러내며 다가왔다.

"감히 어르신들 앞에서 사기를 치려고 해? 저승으로 보내줄 테니 거기에서 실컷 놀도록 해라!!"

녀석의 말과 함께 둘러싼 용병들은 나를 베기 위해 뛰어왔다.

"어리석은 녀석들."

난 주제도 모르는 녀석들을 보며 한마디 해주곤 적당히 마나를 이용하여 빠른 속도로 녀석들의 주위를 누비며 급소를 강타했다.

삼류용병도 안 되는 녀석들 스무 명 정도라면 심심풀이도 되지 않았다.

"끄아악!!"

"컥!!"

상대의 수준도 가늠할 수 없는 녀석들을 상대로 시간을 끌 필요는 없다고 생각했기에 차 한잔 마실 시간도 되지 않은 시간에 하나둘씩 녀석들의 급소를 강타하며 땅으로 쓰러뜨렸다.

녀석들이 모두 쓰러진 것을 보며 간단히 먼지로 더럽혀진 옷을 털고, 녀석 중 한 명을 발로 차서 깨웠다.

"크윽!!"

주먹에 급소를 맞아 기절했던 녀석은 내 얼굴을 보자 신음 소리를 내며 뒤로 기어갔다.

"잠시 이곳에서 신세 지는 덕에 더러운 피를 뿌리는 것이 폐가 될까

네 녀석들의 목숨은 살려둔다만, 계속 더러운 낯짝을 마을 사람들에게 보인다면 나 블러드 스톰에게 사지가 절단되어 평생 불구로 살아가야 할 것이다."

보통 사람도 강하게 느낄 정도의 살기를 흘리며 말하자 그는 공포 속에서 간신히 고개를 끄덕였다.

하지만 나의 이런 말을 알아듣지 못하는 녀석도 있었다.

주점 안에서 레아를 괴롭히다가 맥주 잔에 맞아 기절했던 녀석은 깨어나 동료들이 모두 쓰러지는 것을 보자 주점 안에 있던 레아를 인질로 잡고는 밖으로 나와 소리친 것이다.

"이 자식!! 이년을 죽이고 싶지 않다면 당장 무릎을 꿇지 못하겠냐!!"

녀석은 레아의 목에 단검을 들이밀며 소리쳤고, 난 그의 행동에 한숨이 나왔다.

용병들 중 부끄러운 것을 모르고 더러운 짓을 행하는 자가 있다는 것은 알았지만 내 앞에 있는 녀석은 거기에다 상대가 누구인지 모르며 날뛰는 겁없는 멍청이었기 때문이다.

녀석의 행동에 놀란 사람은 오히려 발로 차서 깨운 용병이었다.

어느 정도 용병 생활을 한 사람이라면 세상에 건드려서는 안 될 인물들이 있다는 것을 알고 있었고, 그중에 한 부류가 용병 중에서도 최고 클래스인 특급용병이란 것이란 것은 머리에 각인시킬 정도로 명심해야 했기 때문이다.

"브, 브레든."

녀석은 동료의 행동에 놀라 막으려고 했지만 분노한 내가 뿜는 살기에 제대로 말도 못하고 있었다.

레아를 잡고 있던 녀석도 나의 살기에 놀라기는 마찬가지였지만 자신의 손에 있는 인질을 믿고 떨리는 목소리로 말했다.

"무, 무릎을 꿇으라, 라고 했다!!"

썩어버린 자존심 덕에 차마 도망가지는 못하고 떨리는 목소리로 말하는 것을 보며 난 비웃어줄 수밖에 없었다.

"넌 이미 내가 용서해 줄 수 있는 범위를 벗어났다."

그 말이 끝남과 동시에 마나를 운용한 난 순식간에 녀석의 앞으로 몸을 날렸고, 레아를 잡고 있던 그의 팔을 움켜쥐었다.

"평생 불구로 만들어주지!!"

"끄악!!"

녀석의 두 손목을 잡은 난 손에 힘을 주어 뼈를 부수어 버렸고, 멱살을 잡아서는 용병들이 쓰러진 곳으로 집어 던졌다.

손목은 마나를 이용하여 철저하게 부숴놓았기 때문에 성직자의 힘이 있다고 해도 영영 손을 쓰지 못하리라는 것은 자명했다.

땅으로 던져진 녀석은 손목의 고통 때문에 숨조차 제대로 쉬지 못하고 옷에다 오줌과 똥을 지리고 있었다.

"당장 마을 밖으로 꺼져라."

나의 말에 깜짝 놀란 용병은 동료를 깨우기 시작했고, 스무 명의 용병들은 간신히 일어나 손목이 부서진 동료를 끌어서는 마을 밖으로 도망갔다.

녀석들이 마을 밖으로 도망가는 것을 확인한 난 레아를 보았다.

아직 공포가 사라지지 않았는지 가냘픈 손가락이 크게 떨리고 있었다.

그녀 곁으로 다가간 난 천천히 그녀의 등으로 마나를 불어넣었다.

그제야 떨림은 천천히 사라지고 두려움이 가득한 눈빛도 잔잔해져 갔다.

레아에게 마나를 주입하는 것을 끝내자 레시아는 레아를 부축하고 주점 안으로 들어갔고, 난 천천히 원래의 자리로 돌아가 또다시 명상에 잠겼다.

시끄러웠던 하루의 일이었지만 그 일로 난 마을 사람들에게서 지금까지는 없었던 신뢰의 눈길을 받을 수 있었다.

어느 날 추억 속에서 사라져 간 그리웠던 사람의 일이 생각났다.

나의 기억 속에 커다란 아픔을 가져다 준 사랑한 여인, 바로 나의 아내였다.

고통스러운 기억을 잊을 수 있었던 시간, 그때의 사랑하던 아내가 또 다른 나의 생명과도 같았던 딸을 임신했을 때, 무척이나 신 것을 많이 찾았던 생각이 들었다.

용병이 된 이후 생각지 않았던 여인의 기억이 레시아가 나에게 부탁을 하자 떠오른 것이다.

"무슨 일이지?"

주점의 구석 자리에서 명상에 잠겨 있는 나를 보며 덩굴로 만든 바구니를 검지로 들어서 흔들어 보이던 레시아는 미소를 지으며 말했다.

"마을 밖 서쪽의 산 중턱쯤에 엘크온 나무가 있을 거예요. 거기서 열매를 좀 가져다 주실래요?"

"엘크온 열매."

엘크온 나무는 남쪽 대륙의 산간 지방에서 자생하는 과일 나무였다.

열매에는 약간의 단맛과 함께 신맛이 강하게 배여 있기 때문에 음료나 식초를 담글 때 많이 사용되는 열매였다.

하지만 이곳 주점에 쓰는 식초는 사과를 사용하는 것을 알고 있었고, 이런 일을 나에게 부탁한 적이 없었는지라 무슨 연유로 나에게 이 일을 시키려고 하는지 알 수가 없었다.

하지만 그녀의 부탁을 굳이 거절할 이유도 없었기에 고개를 끄덕인 나는 서쪽 산으로 열매를 따기 위해 걸음을 옮겼고, 그때 아내의 일이 생각났던 것이다.

그 당시 나는 사냥을 주업으로 삼는 사냥꾼이었기에 아내의 엘크온 열매가 먹고 싶다는 말을 듣고 기쁜 마음으로 뛰어가 한 아름의 열매를 안겨다 주었었다.

'그리고 레비나가 태어났지.'

아내의 기억 뒤로 딸아이 추억이 떠올랐다. 그토록 사랑했던 아내는 레비나를 낳을 때 난산으로 숨을 거두었다.

한때는 아내를 앗아가고 나온 레비나가 미웠었지만, 시간이 지나면서 아내를 사랑했던 마음은 천천히 레비나에게 흘러갔다.

그렇게 딸은 나에게 없어서는 안 되는 하나의 희망으로 자리 잡았던 것이다.

하지만 수십 년의 시간이 흐른 지금 세상에서 내가 사랑하던 이들은 단 하나도 남아 있지 않다. 나를 두고 떠나간 사람들.

암울한 추억이 가슴을 메어오자 고개를 휘저으며 그 생각에서 벗어나려 했다.

하지만 추억은 쉽게 사라지지 않았다. 난 더 이상 걸음을 옮길 수 없었다. 떨리는 몸 때문인지 다리를 움직일 수 없었기 때문이다.

'보고 싶다.'

하지만 볼 수 없는 사람들이었다.

한참을 그렇게 서 있은 후에야 어느 정도 마음을 안정시킬 수 있었고, 그런 후 걸음을 옮길 수 있었다.

30분 정도 걸어갔을 때 레시아가 말했던 나무를 찾을 수 있었다.

마나를 사용하여 점프해 굵은 나뭇가지에 올랐다.

엘크온 열매는 초록색 잎새 사이로 간간이 모습을 드러내며 먹음직한 빛을 자아내고 있었다. 한참을 그렇게 바라보던 난 열매 한 개를 따서는 천천히 입으로 가져갔다.

온몸을 자극하는 듯한 신맛, 아내는 이런 열매를 왜 그리 좋아했는지. 그 신맛 덕분에 아내에게 주었던 엘크온 열매를 단 한 번도 입에 댄 적이 없었다.

엘크온 열매를 입에 물고 레시아가 건네준 바구니에 열매를 따 담았다. 얼마 지나지 않아 바구니는 가득 찼고, 난 바구니를 나뭇가지 사이에 끼워놓고는 물고 있던 열매를 한입 깨물어 먹으며 하늘을 쳐다보았다.

맑은 하늘로 간간이 드러나는 흰구름, 평범한 여름의 하늘이었지만 지금 나는 한없이 바라만 보고 싶었다.

'레아가 좋아하겠군.'

가득 담긴 열매를 보며 좋아할 레아를 생각한 난 하늘 보던 것을 멈추고 잠시 눈을 감았다. 미소 짓고 있는 레아의 모습이 머리 속으로 떠올랐다.

아직 열매가 다 익지 않아서인지 신맛이 유난히 강한 열매를 던져버린 난 바구니를 들고 나무 아래로 뛰어내렸다.

왠지 레아가 엘크온 열매 먹는 모습을 보고 싶었다.

급하진 않았지만 이런 생각으로 마나를 운용하여 마을로 빠른 걸음으로 내려갔다.

바구니를 들고 마을 안으로 들어서자 주점 쪽에서 예상치도 못한 모습을 보게 되었다. 촌장의 조카인 리베드란 청년이었다.

그는 주점의 창문에 살짝 고개를 들이밀고는 누군가를 쳐다보고 있었다.

내가 녀석의 행동에 의아함을 느끼며 다가가자 그는 내가 온 것을 눈치 채고는 놀라 한달음에 줄행랑을 쳐버렸다.

그가 보고 있던 것이 무엇일까 하는 생각에 창문으로 주점 안을 쳐다보았는데, 안에선 레아가 이마의 땀을 닦아가며 열심히 탁자를 닦고 있는 모습이 보였다.

'설마?'

레아의 모습을 보며 방금 전 리베드가 창문을 보고 있던 모습을 생각해 보았다.

주점 안을 숨어서 지켜보며 그가 짓던 표정, 난 그것이 무엇을 의미하는지 알 수 있었다.

리베드는 레아를 좋아하고 있었던 것이다.

그런 생각이 나자 갑자기 화가 치밀어 올랐다.

하지만 내가 왜 그에게 화를 내는가 하는 생각이 들며 당황스러워졌다.

무엇일까, 나의 가슴을 뒤흔드는 원인은.

고개를 흔들며 바구니를 들고 안으로 들어가자 레아는 탁자를 닦다가 고개를 돌려 날 바라봤다. 난 바구니를 레아의 앞에 내려놓고는 말했다.

"레시아에게 건네주도록 해라."

내 말에 레아는 고개를 끄덕이고는 열매를 들고 이층으로 뛰어갔다.

뛰어가는 레아의 얼굴에서 비친 밝은 미소를 보자 그것은 하나의 만족감으로 다가왔다.

자리에 앉아 언제나 했던 것과 같은 명상을 시즈했다.

하지만 그 명상은 이층에서 들리는 레아와 레시아의 웃음소리 때문에 그리 오래가진 않았다. 무엇이 그리 좋은 것일까? 비슷한 또래의 소녀들인지라 둘은 꽤 잘 어울려 지냈기에 레아가 이 마을에 온 것을 다행이라고 생각했다.

아이에게 행복을 다시 찾아줄 수 있었던 것을 말이다.

그런 생각을 하다 문득 창문에서 레아를 숨어보던 리베드가 생각이 났다.

용병들에게 자신의 아내를 잃은 청년, 두 사람은 어찌 보면 같은 아픔을 지니고 있다 생각할 수 있었다.

가족을 잃은 레아와 아내를 잃은 리베드.

이곳에서의 시간은 생각보다 빠르게 흘러갔다. 어느새 내가 이곳으로 온 지 다섯 달이 넘어가고 있었던 것이다. 그 시간 동안 레아의 배는 만삭이 되어 크게 부풀어져 있었고, 무거운 몸 때문에 요즘 들어 레아는 주점의 식탁을 걸레로 닦는 등 쉬운 일만을 하며 지냈다.

그런 레아를 보며 난 평상시와 똑같이 한쪽 구석에 앉아 명상에 잠겨 있었다.

이 다섯 달의 시간 동안 달라진 것이 있다면 매일 한쪽 구석에 자리

잡고 앉아 있던 나와 함께 또 다른 사람이 매일 이곳에 드나들고 있다는 것이다.

오랜 시간을 머물러 있는 것은 아니었지만 그는 적은 시간이나마 매일 주점에 들르고 있었다. 바로 검술을 익히고 있는 청년 중의 하나인 리베드였다.

그는 창문을 통해 레아를 숨어서 지켜보다 세 달 전 용기를 내어 주점으로 들어와서는 레아에게 떨리는 목소리로 맥주를 주문했었다.

레아는 마을 사람들에게 모두 친절했기에 리베드에게도 친절한 모습을 보이고 있었다.

그녀의 미소를 보며 조금은 멍청한 듯한 웃음을 짓던 그는 그 후 매일 빠지지 않고 주점에서 맥주 한 잔을 시켰다.

멀리서 지켜보는 그의 모습을 보며 이 맥주 한 잔의 시간이 그에겐 하루의 어느 시간보다 중요하다는 것을 느낄 수 있었다.

하지만 만삭이 되어버린 레아는 이제 리베드에게 맥주를 가져다 주는 것조차 버거울 정도가 되어버렸고 그것을 아는 그는 레아에게 맥주를 주문할 수가 없었다.

"저어… 리베드 씨, 맥주를 가져다 드릴까요?"

맥주를 주문할 수 없자 주점에 들어오기는 했지만 무엇을 해야 할지 모르며 안절부절못하는 그에게 레아가 다가와 말했다.

리베드는 자리에서 벌떡 일어나더니 떨리는 목소리로 말했다.

"레아 씨는 힘드실 테니 제가 가져다 먹지요."

그는 빨게진 얼굴을 밑으로 숙여 감추고는 그녀에게서 도망이라도 치듯 허둥대며 맥주 잔 하나를 들고 저장 창고로 내려갔다.

그런 행동이 우스워 나도 모르게 미소를 보이고 말았는데, 그런 모습을 본 레아는 깜짝 놀란 얼굴을 하며 말했다.

"어머! 아저씨가 미소 짓는 걸 처음 봤어요."

그 말에 난 다시 미소를 감추었다.

그러고 보니 난 그녀에게 미소를 보여준 적이 없었다. 물론 용병 생활을 시작한 후 난 어느 누구에게도 미소 지은 모습을 보여준 적이 없었다.

그녀는 내가 다시 무표정으로 변하자 조금 실망한 얼굴을 보였다. 하지만 맥주를 가득 담은 리베드가 올라오는 소리를 듣고는 간단한 안주거리를 가져다 주기 위해 조리실로 들어갔다.

그녀가 사라지자 난 나의 미소에 대해 생각해 보았다. 몇십 년 동안 한 번도 지어보지 않았던 미소이다. 단순히 리베드의 행동이 우스워서 흘린 미소였을까. 그것은 아니었다. 용병으로 지낸 수십 년간 여러 가지 일이 있었지만 그동안 어느 누구에게도 보인 적이 없었기 때문이다.

맥주 잔을 가지고 자리에 앉은 리베드는 맥주가 아닌 레아의 미소에 취한 듯 마실 생각도 하지 않고 멍하니 있었다.

"리베드 군."

내 목소리에 정신이 든 리베드는 자신을 부르고 있다는 것을 알고는 고개를 돌리며 대답했다.

"부르셨습니까?"

리베드를 비롯하여 검을 배우는 청년들은 자신들과 비슷한 나이로 보이긴 하지만 스승에 대한 예우로 나에게 경어를 사용했다.

하지만 그의 얼굴을 보자 말문이 막힌 난 고개를 저으며 말했다.

"아니네."

영문을 몰라 하며 머리를 갸우뚱거리던 리베드는 안주거리를 들고 오는 레아의 발자국 소리를 듣고는 다시 고개를 돌려 딱딱한 모습이 되었다.

주방에서 가져온 안주를 리베드의 탁자에 옮겨준 그녀는 다시 걸레를 들고 탁자를 닦아 나갔고, 리베드는 맥주 잔을 입에 가져가며 멍한 눈으로 레아를 바라보고 있었다.

난 리베드에게 무슨 말을 하려 했던 것일까······.

또 두 달의 시간이 흘렀고 난 주점에 평상시와 같이 앉아 있었다.

아니, 지금은 평상시와 조금 다른 나의 모습이었다. 불안감에 가득 차 있었기 때문이다.

'젠장!!'

소드 오버러의 경지에 이르러 어떠한 위험 속에서도 한 번도 긴장하거나 불안해 본 적이 없었지만 오늘은 그간의 수행이 아무런 소용이 없었다.

"꺄아악!!"

주점 이층에서 들려오는 여인의 비명 소리가 들릴 때마다 심장이 멈추는 듯한 기분을 맛보아야 했다.

레아가 임신한 지 열 달이 되는 때, 여인만이 겪을 수 있는 해산의 고통을 접하고 있었기 때문이다.

'휴.'

아무리 명상에 잠기려고 해도 위층에서 들려오는 비명 소리에 마음을 안정시킬 수가 없었다. 누군가가 저 비명 소리를 막아줄 수 있다면 좋으련만.

그러는 사이에 난 또 잊혀졌던 기억이 떠올랐다. 바로 아내가 죽던 그날이었다.

그날 역시 고통스러워하던 레아처럼 참을 수 없는 비명이 들려왔다. 아내의 고통… 그때 난 그 고통이 차라리 나에게 일어났으면 하는 바람이 가득했었다.

그녀의 비명 소리는 마치 가슴을 찢는 듯한 느낌을 나에게 안겨주었다. 그리고 아내는 나와 딸만을 남겨둔 채 영원히 돌아오지 못할 곳으로 떠나갔다.

'설마.'

불안함이 엄습해 왔다.

혹시 레아마저 아내와 같이 떠나지 않을까 하는 생각이 들었기 때문이다.

하지만 절대 그런 일이 벌어져서는 안 된다. 나로서는 똑같은 일을 두 번 이상 겪고 싶지 않았다. 하지만 그때와 같이 내가 할 수 있는 일이라곤 아무것도 없었다.

불안감을 감추며 주위를 돌아보자 눈에 익은 몇 사람의 모습이 보였다. 레아와 나를 이곳에 머무르게 해준 촌장, 레아를 주점에서 일할 수 있게 도와준 레시아, 그리고 레아를 사랑하는 청년 리베드.

그중 촌장의 얼굴에서 보이는 표정은 담담함이었다.

아마 그는 레아가 이 고통을 참고 견디어낸다면 생명을 안게 되리라는 것을 믿어 의심치 않는 모습이었다.

그가 알고 있는 삶의 여러 가지 것 중엔 이런 일에 대해 담담할 수 있는 경험이 있지 않을까 하는 생각이 들었다.

레시아의 얼굴에선 눈물이 흘러내릴 정도로 안타까움이 흐르고 있었다.

아직 해산의 고통을 겪어보지 못한 그녀는 친구가 지르는 비명에서 그 고통을 짐작하며 눈물을 흘린 듯했다.

리베드의 표정은 당장이라도 위층으로 뛰어올라 가고 싶은 것 같은 안절부절못함이 보였다. 사랑하는 여인의 고통. 그도 나와 같이 그 고통을 자신이 겪었으면 하는 생각이 들리라.

세 사람의 모습을 보며 난 지금 내 모습을 돌아보았다.

무엇일까? 그들에 비하면 난 아무것도 아니었다.

아무런 상관 없는 무의미함이 가득한 나의 표정은 아무 변화가 없었다.

레아가 나에게 무엇이기에 이런 불안감을 표정으로 보일 수 있단 말인가? 난 그녀의 부모도 아니었으며 그렇다고 친구의 존재도 아니었다.

그녀는 현실적으로 우연히 보게 되어 데리고 다니던 아이란 것 외에는 아무런 의미도 되지 않지 않은가?

하지만 이런 생각과는 달리 불안감은 사라지지 않았다. 이런저런 생각 중에서도 레아의 비명 소리는 그치지 않아 나의 불안감은 점점 커져만 가고 있었다.

얼마나 지났을까? 드디어 불안감의 결말이 나에게 다가왔다.

"응애! 응애!"

아이의 울음소리.

모든 것이 끝났을까? 이제는 어떤 결과에 다가올까 하는 생각에 손끝이 떨려오고 있었다.

'제발.'

나도 모르게 레아가 무사하기만을 빌었다.

얼마 지나지 않아 아이의 울음소리가 가까워지며 이층에서 발자국 소리가 들려왔고 주점 안에 있던 사람들은 마른침을 삼키며 다가올 결과에 긴장을 보이고 있었다.

나 역시 예외는 아니었다.

이윽고 계단에서 누군가의 모습이 천천히 드러났다.

사람들의 사이를 울리는 아이의 울음소리, 레아의 해산을 돕던 잡화점 여주인 프레이아나는 갓 태어난 아이가 들린 포대기를 가슴에 안고는 얼굴 한가득 웃음을 지으며 우리 쪽을 바라보곤 말했다.

"어여쁜 공주님이에요. 공주님."

그 말이 끝남과 동시에 주점은 사람들의 환성 소리가 터져 나왔다. 언젠지 모르게 주점 안에는 많은 마을 사람들이 들어와 있었고, 그들은 프레이아나의 공주님이란 말에 크게 소리를 지르며 환호하고 있는 것이다.

그녀는 아이를 조심스럽게 안아서는 걸어왔고 난 천천히 자리에서 일어났다.

포대기 속으로 살짝 보이는 아이의 모습은 아직 양수 때문인지 주름이 많이 보이는 것이 조금은 이상해 보였지만 과거 레비나의 모습을 본 적이 있었던 난 얼마 안 있으면 보송보송하고 부드러운 피부를 가지게 되리란 것을 알 수 있었다.

프레이아나는 살짝 아이를 들어 나의 품에 안겨주었다. 조용히 눈을 감고 잠자고 있는 아이의 모습.

생각났다. 아내의 죽음 뒤에 나의 품에 안긴 작은 생명, 지금은 볼 수 없는 나의 딸 레비나.

그때의 아련한 기억이 나의 가슴을 헤집기 시작했다. 그리고 난 잊었던 그 무엇인가를 되찾았다. 나도 모르는 사이에 눈에선 물줄기가 흘러내리고 있는 것이다.

"크흐흑."

울음소리가 새어 나왔다. 다 큰 어른의 울음소리는 조금 추한 면이 있었을 테지만 나의 울음에 뭐라 하는 자는 없었다.

난 눈물이 아이에게로 떨어지자 화들짝 놀라 다시 프레이아나에게 아이를 건네주고는 의자에 앉아버렸다. 아니, 쓰러져 버렸다.

고개를 숙이고 두 손으로 이마를 잡고는 오열했다. 눈물이 멈추지 않았다. 수십 년을 지켜오던 나의 평상심은 깨져 버리고 만 것이다.

누군가 나의 어깨 위로 손을 올렸다. 촌장의 따뜻한 손이었다. 그는 모든 것을 이해하는지 나의 모습을 보며 미소 지었고 난 눈물을 감추지 못한 추한 얼굴로 미소를 지었다.

"레아에게 올라가 봐야 되지 않는가?"

촌장의 말에 난 정신을 차릴 수 있었다.

아무리 내가 전쟁터에서 주운 아이를 아무 의미 없이 데리고 다녔다고 해도 지금 현재의 난 레아의 보호자였던 것이다.

난 손으로 눈에서 흐르는 눈물을 닦고는 촌장과 함께 이층으로 올라갔다. 아기를 안고 있는 프레이아나도 함께였다.

이층으로 올라가는 시간, 그 시간이 나에겐 정말 억겁의 시간 이상으로 길었다.

한 발자국 한 발자국의 발걸음이 옮겨지는 시간은 태고에서 현재까지의 시간처럼 느리게 펼쳐지고 있었고 난 어떠한 감각도 느끼지 못한 채 레아가 있을 방으로 걸어갔다.

레아의 방에 도착하자 촌장은 방문을 열었다.

그리고 나의 눈에는 한 사람의 모습이 보였다.

나에게 다시 눈물이라는 것을 안겨준 한 여인 레아. 그녀의 모습이 보인 것이다.

레아는 나의 모습을 발견하고 반갑게 미소를 지었다.

난 아무 말도 하지 않고 조용히 레아의 앞으로 걸어갔고, 그런 나의 모습을 보며 레아는 조용히 말했다.

"눈물 자국이 보여요."

그 말에 난 급히 옷소매로 눈 주위를 닦았지만 눈물 자국이 사라지지 않는지 레아는 나의 모습을 보며 미소를 멈추지 않았다.

뒤에 있던 프레이아나는 포대기에 싸여 있는 아이를 레아에게 조심스럽게 건네주었다. 레아는 아이를 받아 들고는 아름다운 미소 지으며 지그시 아이를 쳐다보았다. 한없이 아름다운 순간이었다.

레아는 아이의 모습을 평온한 눈으로 쳐다보다 고개를 들어 나를 보며 말했다.

"아이… 아이의 이름을 지어주세요."

레아의 말에 난 아무 말도 할 수가 없었다.

왜 나에게 아이의 이름을 지어달라고 말하는 것일까. 난 레아에게 아무것도 아닌 존재에 불과할 텐데 말이다.

"더럽혀진 몸에서 태어난 아이지만 전 이 아이를 사랑하며 키울 거예요. 세상이 아무리 욕한다 해도 난 이 아이를 한없이 사랑할 거예요."

레아는 그 말을 끝으로 눈물을 흘렸다. 난 레아의 눈물을 보자 참을 수가 없었다.

"태어나는 아이에겐 죄가 없다. 어떤 추악한 일로 아이가 태어난다 해도 태어나는 아이에겐 죄가 없다. 죄는 우리에게 있을 뿐이지."

이렇게 말한 난 레아의 품에서 아이를 받아 가슴에 안아 들고는 말했다.

"나에게도 딸이 있었다. 하지만 나의 딸은 전쟁으로 인하여 펴보지도 못하고 생을 마감해야 했지. 레아… 레아, 네가 허락한다면 이 아이의 이름을, 이 아이의 이름을 과거 내 딸의 이름인 레비나라 하고 싶구나."

난 조용히 레아에게 말했고 레아는 그 말에 더 큰 미소를 지으며 말했다.

"아저씨, 이 아이에게 아저씨가 사랑하는 딸의 이름을 붙여준다는 것에 전 한없이 고마울 뿐이에요."

레아는 그 말을 끝으로 큰 미소를 감추지 못한 채 눈물을 흘리고 있었다. 난 아이의 모습을 보았다.

울지 않았다. 아이는 울지 않고 웃음을 짓고 있었다.

"아이야, 이제 너의 이름은 레비나란다. 나의… 나의 사랑하는 딸인 레비나란다."

더 이상 안고 있을 수가 없어 난 아이를 다시 레아에게 건네주고는 밖으로 나갔다. 눈에서 눈물이 흘러내린다. 멈출 수가 없다.

「빌어먹을 자식아! 이제야 울 수 있냐!!」

나의 눈물이 말라 버렸음을 욕하며 죽어간 친구의 목소리가 들렸다.

'우린 아직 울 수 있다고 생각한다.'

모든 감정이 메말라 평생 눈물을 보일 리 없다 생각한 난 오늘 울고 있었다. 감정을 말라 버리게 한 나의 딸이 다시 세상으로 나오면서 모든 감정을 되찾을 수 있었던 것이다.

난 울 수 있다.

그리고 난 지금 울고 있다.

오늘 난 이곳을 떠난다.

이제 내가 이 마을에 남아 있어야 할 이유가 사라진 것이다.

검을 가르쳐 주었던 청년들은 이제 어느 정도의 기틀을 닦아놓았기 때문에 리베드에게 가르쳐 준 검술을 익히고 열심히 수련한다면 내가 약속한 비기 '바이브레이션 소드'를 사용할 수 있을 것이다.

촌장은 길을 떠나겠다고 말하는 나를 보고 미소를 지어주었다.

"그래, 갈 곳은 정했는가?"

"로아냐드 제국, 처음 가고자 했던 곳을 이제야 가게 되는 거지."

"언제 돌아오겠나?"

난 그 말에 아무 대답도 하지 않았다. 용병의 길, 그곳에서 돌아올 수 있냐고 묻는다면 난 대답할 수가 없기 때문이다.

언제 죽을지도 모르는 길이기 때문에.

촌장에게 작별의 인사를 나눈 후 난 주점으로 갔다.

주점에는 검을 배운 청년들과 프레이아나, 레시아, 그리고 레아와 나의 딸 레비나가 있었다.

그들은 내가 이곳을 떠난다는 걸 알고는 주점으로 모여든 것이다. 난 그들의 모습을 보며 미소를 지었다.

"이젠 쉽게 미소를 지으시는군요."

레아는 나의 미소가 상당히 좋았는지 즐거운 목소리로 말했고, 난 그런 레아의 말에 답해주었다.

"이젠 찾았으니까."

난 레아에게 다가가 레아의 품에 안겨 있는 아이를 받아서 안았다. 아이는 나의 품에 안기자 까르르하며 웃었고 난 그런 아이의 모습이 너무나 사랑스럽게 느껴졌다.

하지만 아이와 헤어져야 하는 나이기 때문에 계속 안고 싶은 마음을 참고 아이를 레아에게 건네주었다.

레아는 아이를 받아 안으며 조용히 말했다.

"계속 아이를 안아주실 수는 없나요?"

난 고개를 저었다.

물론 나 역시 이곳에 남아 레비나와 함께 여생을 보내고 싶었지만 이곳에 있어서는 안 된다는 것을 알고 있었기 때문이다.

"언젠가 다시 볼 수 있을까요?"

레아는 이젠 참을 수 없는지 눈물을 흘리며 물었다. 난 레아의 눈물을 참을 수 없었기에 손으로 그녀의 눈물을 닦아주며 말했다.

"물론."

나의 대답에 레아는 눈물을 흘리며 미소를 지어 보였고 난 두 손으로 살며시 그녀의 얼굴을 잡고 이마에 입맞춤해 주었다. 그리곤 품에서 하나의 물건을 꺼내 들었다.

"이건?"

나무 인형이었다. 아이를 안고 있는 자상한 어머니의 모습을 한 나무 인형. 난 그 나무 인형을 레아에게 건네주었다.

"어설프긴 하지만 너와 아이에게 주려고 열심히 만든 것이다."

레아는 나의 말에 어설프기만 한 나의 작품을 받아 조심스럽게 아이의 가슴에 올려놓았고 아이는 모자의 인형을 받아 들고는 또 웃음을 터뜨렸다.

레아에게서 벗어나 검을 수련받은 청년들에게로 갔다.

그들의 맨 앞에는 리베드가 서 있었다.

그는 내가 자신의 앞에 서자 눈물을 감추려 고개를 숙이고 있었다. 난 그런 리베드의 손을 잡고는 말했다.

"리베드 군."

"예."

"레아를 지켜줄 수 있겠는가?"

나의 말에 리베드는 깜짝 놀라 고개를 들어 나를 쳐다보았다. 그의 얼굴에는 갑작스러운 말에 놀란 기운이 가득해 있었다.

나는 그런 그의 모습을 보곤 미소 지으며 말했다.

"다시 한 번 묻겠네. 레아를 지켜줄 수 있겠는가?"

"무, 무, 물론입니다. 제가 죽는 한이 있다 해도 레아를 지켜줄 것입니다."

"고맙네."

리베드의 대답을 들은 후 안심할 수 있었다. 그 후 아무 말도 하지 않고 뒤돌아 주점을 빠져나갔다.

"스승님!!"

청년들이 나를 부르고 있다는 것을 알면서도 난 멈추지 않았다. 아니, 멈출 수가 없었다.

그들의 바람을 뒤로하고 마을 방책의 입구를 지나 숲 속으로 사라지려 할 때 큰 목소리로 누군가가 소리쳤다.

"아저씨! 꼭 돌아오셔야 해요!!"

난 잠시 그녀의 목소리에 발걸음을 멈출 뻔했지만, 정신을 추스리고 걸음을 멈추지 않았다. 하지만 난 대답하고 있었다.

'물론 아저씨는 레아와 레비나에게 반드시 돌아올 게다.'

전쟁 속의
아이들

　레아를 만나기 전의 행로를 따라 로아냐드 제국에 도착할 수 있었다. 대륙의 삼대강국 중 하나인 로아냐드 제국은 현재 심각한 내전 상황에 봉착해 있었다. 제국의 중심부를 가르는 대로 주변에 위치한 도시들은 어느 정도 살 만한 모습을 하고 있었지만, 대로를 벗어난 곳의 마을들은 피폐하기 그지없었다.

　귀족들의 수탈로 인하여 하루 한 끼 먹기도 힘든 사람들. 빈민은 아니었지만 나의 눈에 그들은 빈민으로만 보일 뿐이다.

　여기저기엔 내전의 흔적인 전쟁터의 모습이 눈에 띄었고, 간혹 들른 마을은 피폐하게 마른 몸에 풍선처럼 부풀어 오른 배를 가진 아이들이 음식 찌꺼기라도 주워 먹기 위해 돌아다니고 있었다. 사람들은 전쟁으로 인하여 부모에게 버림받거나 부모를 잃은 이런 아이들을 꽃제비라 부르고 있었다.

간혹 가다 그런 아이들에게 적은 음식이라도 내주는 사람이 있긴 했지만 거의 대부분은 자신들도 살기 벅차기에 아이들을 내치기에 급급했다.

물론 살기 위해 아이들은 아랑곳하지 않고 손톱 때보다 작은 음식 쓰레기라도 더 주워 먹기 위해 땅을 뒤적이고 있었다.

마을 음습한 곳에는 아이들 중에서도 힘이 없어 음식 찌꺼기도 먹지 못한 아이들이 굶어 죽어 썩어가고 있었고, 몇몇 아이들은 그런 시체에서 낡은 옷이라도 얻기 위해 썩은 몸을 뒤적이고 있었다.

썩은 시체를 뒤적이는 아이들의 옆에서는 귀족들이 고용한 용병들이 고아 소녀들의 몸을 강제로 범하고 있었으며, 용병들에게 희생된 아이는 같은 꽃제비에 속하면서도 조금 나이가 많고 힘있는 아이에게 똑같은 꼴을 당하고 있었다.

하지만 내전으로 마음마저 피폐해진 사람들은 자신들의 옆에서 일어나는 반윤리적인 행위를 보면서도 무관심한 눈으로 돌아볼 뿐 아무도 그 여자 아이에게 도움을 주지 않았다.

아니, 오히려 자신의 힘이 아이들보다 세다면 소녀를 능욕하는 것을 서슴지 않았다.

꽃제비의 소녀들이 더러운 자들에게 능욕당하고 일어선 자리에선 또 다른 아이들이 당연하기라도 한 것처럼 강간당한 소녀의 곁을 지나며 떨어져 있는 헝겊 쪼가리를 주워 들고 있었다.

무엇이 이곳을 이렇게 만들었단 말인가.

대륙 삼대강국이란 허울의 밑에는 수많은 사람들의 울분이 깔려 있었다.

하지만 길 가는 행인에게 끈덕지게 붙으며 적선을 요구하는 꽃제비 아이들도 나에게만은 좀처럼 다가오지 않았다. 이런 생활 속에서 용병들에게 적선을 요구하다가 죽임을 당하는 일이 많다는 것을 알고 있기에 용병으로 보이는 자에게만은 아무도 다가서려 하지 않는 것이다. 간혹 가다 다른 용병들에게 적선을 요구하는 아이들이 보였지만, 그들은 냉혹한 용병들의 손에 폭행당해 피를 흘리며 땅바닥에 나뒹굴어져야 했다.

"한 푼만 주세요."

용병에 대한 두려움을 알면서도 지저분한 몰골의 고아가 나에게 적선을 받기 위해 접근해 왔다.

퇴색한 갈색 머리카락에 며칠은 굶은 듯 말라 버린 아이의 얼굴은 광대뼈가 유난히 드러나 보였고, 과거에 여행자의 망토였던 것으로 보이는 누더기 조각에는 누구의 피인지 모르는 핏자국이 군데군데 얼룩져 있었다.

난 아이의 모습을 한참 쳐다보다 품에서 동전을 꺼내어 소년에게 던져 주었다. 소년은 기대하지도 않았던 나에게서 동전을 받자 기쁜 얼굴을 하고는 내가 다시 그것을 빼앗기라도 할 것처럼 서둘러 뛰어갔다.

그러자 그 소년의 모습을 본 다른 아이들이 봉이라도 만난 것처럼 나에게로 몰려들어 왔다. 아무리 아이들이 불쌍하다고 하지만 이렇게 몰려온 아이들 때문에 길을 가지 못하는 것이 조금 짜증났다.

"악!!"

조금 전 나에게 적선을 받은 아이의 비명 소리였다.

그곳을 쳐다보았을 때 난 그 아이가 다른 큰 아이들에게 몰매를 맞으며 적선받은 동전을 빼앗기는 걸 볼 수 있었다.

'아이들 역시 다르지 않단 말인가.'

약육강식. 강자는 살아남고 약자는 죽을 수밖에 없는 세상. 이곳에서 가장 나약한 모습을 하고 있는 꽃제비 아이들에게서도 그러한 것은 적용되었다.

큰 아이들에게 몰매를 맞고 땅에 쓰러진 아이는 자신을 때리던 아이들이 사라지자 아픈 몸을 간신히 일으키고는 골목으로 사라져 갔다.

난 아이들 역시 약육강식의 법칙을 따르는 것을 보고 고개를 내저을 수밖에 없었다.

이것은 과연 누구의 문제일까? 아이들은 눈으로 보고 몸으로 익힌 그것을 따라하는 것뿐이었다.

세상은 아이들에게 그러한 것을 가르치고 있었던 것이다.

한 움큼의 동전을 바닥에 뿌리고서야 간신히 꽃제비 아이들의 무리 속에서 빠져나올 수 있었다. 레아와 레비나를 생각하면 그들을 도와주고 싶지만 나의 힘으로는 그 많은 아이들을 모두 다 도울 수 없었다. 이들을 도울 수 있는 유일한 존재는 바로 이 나라뿐이기 때문이다.

그들의 모습을 뒤로하고 여행을 계속했던 난 목적지인 로아냐드 제국의 수도 헤브로니아 황성에 도착할 수 있었다.

헤브로니아 황성은 제국 500년의 고도답게 상당히 아름다운 도시인 것은 사실이었지만 제국의 수도라는 이곳 역시 다른 곳과 사정은 다르지 않았다.

귀족들이 살고 있는 황성 주변의 대저택에는 연일 파티가 끊이지 않으며 돈 많은 귀족들이 흥청망청 돈을 써대고 있다면, 황성을 벗어난 빈민가에서는 굶주려 죽어가는 이들이 수두룩했던 것이다.

한 나라의 모습은 수도에서 나타난다고 할 수 있다.

내가 본 수도의 모습은 더러운 미학을 가진 가학자들의 지배 장소였을 뿐이다.

헤브로니아 황성의 용병 길드. 거의 50년 동안을 지속하고 있는 내전 덕에 다른 곳의 용병 길드와는 달리 이곳은 대귀족의 저택을 뺨칠 정도로 휘황찬란한 모습을 하고 있었다.

용병 길드라는 이미지와는 다르게 저택으로 들어서는 정원에는 귀족의 저택과 비교해도 뒤지지 않을 장식품들이 군데군데 눈에 띄이고 있었다. 그것의 모양이 상당히 정교하고 아름다운 것으로 보아 최고의 고가로 평가되는 드워프들의 솜씨란 것을 알 수 있었다. 이 정도 장식품 한 개라면 빈민가에 살고 있는 모든 아이들을 족히 한 달은 배부르게 먹여 살릴 수 있을 것이다. 썩어 빠진 황성에 있는 길드답게 용병 길드 역시 타락해 있었던 것이다.

첫인상부터 기분 나쁜 용병 길드였지만 이곳에 온 만큼 길드에 들러야 했기 때문에 정문으로 걸어갔다. 정문에는 험악한 인상의 용병 두 사람이 문을 지키고 있었다. 나의 차림새를 본 그들은 내가 용병이라는 것을 눈치 채고 아무런 제지도 가하지 않았다. 몸에서 풍겨 나오는 강한 기운을 알아차린 덕도 있을 것이다. 그들은 적어도 이류용병 이상의 실력을 가지고 있었기 때문이다.

날카로운 인상의 용병들을 지나 길드 건물 안으로 들어갔다.

건물 안으로 들어서자 고급스러운 카펫이 깔려 있는 공간이 드러났다. 용병 길드가 아닌 귀족의 저택처럼 군데군데에는 고가의 미술품들이 전시되어 있는 것이 눈살을 찌푸리게 만들 뿐이었다.

한쪽 면에 길게 자리 잡고 있는 책상에선 몇 명의 아가씨들이 앉아서 사무를 보고 있었다.

그들이 용병 길드의 접수를 맡아보고 있는 사람들이라는 것을 알 수 있었기에 몸을 옮겼다.

푸른색 머리칼을 가진 미모의 접수처 아가씨는 내가 자신의 앞으로 걸어오자 처리하던 서류를 잠시 물리고는 말했다.

"로아냐드 제국에서 포고한 용병 모집을 보고 오셨나요?"

그녀의 말에 고개를 끄덕여 주었다. 그녀는 나의 모습에 서류 사이를 뒤집으며 한 장의 종이를 꺼내 들었다.

그것은 신상명세서로 용병이 전쟁 도중 도망가거나 할 수 있었기 때문에 그 사람에 관한 것을 자세하게 기록하는 것이다. 이것을 작성하고 전쟁 중에 도망이라도 가면 대륙의 모든 용병 길드에서는 도주한 자를 발견 시에는 즉각 사살할 수 있는 권한이 생긴다. 그렇기 때문에 용병들은 죽을 각오로 싸우게 되는 것이다.

물론 이러한 것들은 개인적으로 다니는 용병들에게 한한 것이다. 용병들 중에는 많은 수가 모여 용병단을 이룬 자들이 있는데 그들은 전쟁에 참여하다가 승산이 없다고 생각하면 용병 길드에 뒷돈을 주며 전체가 그곳에서 빠져나간다.

이러한 뒷거래를 통해 용병단의 전멸을 막고 어느 정도 명성을 유지하기도 하는 것이다.

물론 뒷돈을 대면 개인적으로도 빠져나갈 수 있지만 개인이 내기에는 조금 벅찬 액수이고, 그 정도의 돈을 가진 자라면 급수가 높은 용병일 테니 보통 뒷돈 거래는 그리 많이 생기지 않았다.

"용병패를 내주세요."

용병패는 용병에 처음 가입한 때 대륙 용병 길드 본사에서 나오는 것으로 처음 용병에 가입하면 청동으로 만든 용병패가 나오지만 시간이 지나면서 급수가 늘어나게 된다.

용병패는 청동, 황동, 철, 은, 금, 미쓰릴 등으로 바뀌어 나간다. 용병들은 이것은 급수로 나누어 최하급의 청동 용병패를 가진 용병들은 오급이라 부르고 금으로 된 용병패를 가진 이들을 일급이라 부른다.

그리고 미쓰릴 용병패를 가진 이들을 특급이라 분류하는데 특급용병패를 가진 용병은 대륙에 열 명도 채 되지 않았기에 미쓰릴 용병패의 주인들은 대륙의 어느 용병 길드에 가도 최고의 대우를 받게 된다.

난 그녀의 말에 따라 용병패를 꺼내어 주었다. 미쓰릴. 나의 용병패는 미쓰릴이다. 이 때문에 돈이 떨어진다고 해도 대륙의 아무 용병 길드에 들어가서 용병패를 내밀면 모든 숙식을 공짜로 해결할 수 있었다. 물론 난 이 용병패를 숙식을 위해 사용해 본 적은 단 한 번도 없었다.

용병패를 본 아가씨는 놀라는 표정을 지으며 나의 얼굴을 한번 쳐다보고는 숨넘어가는 소리와 함께 자리에서 벌떡 일어났다.

"저, 저… 잠시만 기, 기다려 주세요."

떨리는 목소리로 간신히 입을 연 아가씨는 나에게 기다려 달라는 말을 하고 접수처를 떠나 어디론가 급하게 뛰어갔다.

난 그녀의 행동을 어느 정도 이해할 수 있었다. 물론 내가 특급용병이란 것에 놀란 이유도 있었지만, 그렇다고 그녀가 공포에 떨 정도는 아니었다.

그녀가 공포에 떤 이유는 바로 용병패에 새겨진 블러드 스톰이란 이름 때문이었다.

블러드 스톰. 이것은 과거 대륙 서남부의 소국인 치란 공국과 아이드란 왕국의 전쟁에서 얻은 이름이다.

당시 나는 미치란 공국의 용병으로 아이드란 왕국과 대적하고 있었는데, 아이드란 왕국은 무슨 돈이 갑자기 생기기라도 했는지 알렌하비스트 왕국에서 마법 용병 100여 명을 고용했다.

알렌하비스트 왕국은 마법 강국으로 이름나 있는 곳으로 대륙과 떨어져 있는 바다 건너에 위치한 섬, 아니, 대륙이라고 칭해도 될 만큼 거대한 섬 왕국이었다.

알렌하비스트의 마법 용병은 본국에서 직접 지원하는 마법 용병단에서 나오기 때문에 마법 실력은 대부분 5서클 이상의 급이 주를 이루고 있었고, 이런 이유로 전쟁 중 상당한 활약을 하고 있었다.

그 때문인지 마법 용병들의 몸값은 가장 낮은 등급이라도 용병으로 치면 일급, 즉 금의 용병패를 가진 용병만큼 돈을 받았고 이런 이유로 쉽게 그들을 고용하는 자는 없었다.

이런 그들을 실력있는 마법사로 100여 명이나 고용한다는 것은 아이드란 왕국이 돈벼락이라도 맞기 전에는 불가능한 일이었던 것이다.

하지만 놀랍게도 100여 명의 마법 용병단을 고용했고 미치란 공국은 최악의 사태에 직면하게 되었다.

마법 용병단에 의해 공국에서 고용한 2,000여 명의 용병들이 순식간에 전멸하고 만 것이다.

하지만 용병들이 모두 쓰러진 것은 아니었다.

당시 나의 직급은 부대장. 100여 명의 이, 삼급용병들과 팀을 짜서 움직이고 있었는데 마법 용병단의 마법을 마나를 이용하여 간신히 막을 수 있었던 것이다.

나와 부하들은 그들의 공격에 전멸한 동료들을 생각하며 분노로 가득 찼고, 부대원들은 검 한 자루를 들고 100여 명의 마법 용병단을 기습했다.

대륙 마법 길드의 마법사들과 실전 용병 마법사들은 그 질 면에서 상당히 다르다.

마법 길드의 마법사들은 여러 가지 잡다한 마법을 알며 지식 습득 위주의 마법사라 한다면 실전 용병 마법사들은 주로 공격 마법에 치우쳐 있었기 때문이다.

마법 병단은 1,000여 명의 기사와 병사들이 호호하며 지키고 있었지만 우리들은 그런 것에 상관하지 않았다. 물론 돈을 받으며 일하는 용병들인 우리들이 이런 미친 짓을 할 까닭은 없었지만 우리가 분노한 것은 단순한 것이 아니었다.

알렌하비스트들의 마법 용병단은 우리들을 간단히 처리하기 위해 금지 마법인 매스에크레를 사용했기 때문이다.

매스에크레를 집단에게 사용하면 그들은 서로를 적으로 인식하고 무차별하게 싸움을 하게 된다.

만일 이 마법을 많은 병사들에게 걸고 목표로 지정한 나라로 진격시킨다면 그들은 인간으로서의 이지를 잃고 살아 있는 모든 것을 파멸시키며 진격하게 된다.

또 이 마법이 사라지게 되면 병사는 자신이 행한 행동에 대한 역반사를 받아 이지가 무너지며 미쳐 가거나 자살하게 된다.

그 추악한 마법은 과거 대륙의 십대전쟁 중 하나인 아무르 대전에서 아무르 군에게 사용되어 대륙의 삼 분의 일이나 되는 인간들이 학살된 전적이 있었다.

메스에크레의 무서움을 알게 된 마법 길드는 그것을 금지 마법으로 정하고 이 마법을 해제할 수 있는 마법들을 만들어갔다.

알렌하비스트의 마법 용병단은 용병으로만 이루어져 있는 우리들에게 이러한 마법을 써 상잔한 후 전멸시켜 입을 막으려 했던 것이다. 마법사들의 비열함에 분노한 우리들은 마치 버서커가 된 것마냥 검을 미친 듯이 휘둘러 갔다. 왕국의 병사들과 마법사들은 버서커처럼 달려드는 우리를 죽이기 위해 몰려들었지만 소용없었고, 그 싸움에서 난 나의 부하 100여 명과 함께 1,200명이나 되는 적을 모두 쓰러뜨릴 수 있었다. 물론 이 싸움에서 살아남은 나의 부하는 두 명뿐이었다.

난 이 싸움에서 소드 오버러의 경지를 넘어설 수 있었으며 다른 두 명 역시 살아남은 대가로 죽지 않을 검술을 얻게 되었다.

이 싸움 후 양국에서 군대가 파견되었을 때 수많은 시체 더미 속에서 살아남은 자들은 나와 나의 부하 단 두 명뿐이라는 것을 알게 되었고, 그 후로 우리들은 용병 직급이 하나씩 올라가며 난 블러드 스톰이라는 새로운 이름을 얻게 되었다.

하지만 이후에 그 싸움에 대한 소문이 와전되어 용병 최고의 학살자란 말도 떠돌아다녔기 때문에 보통의 사람들은 나의 이름만 들어도 공포에 떨곤 했다.

원래는 그때의 100여 명을 모두 지칭했던 말이지만, 메스에크레에 대한 보상비로 막대한 돈을 얻게 된 우리들 중 나 혼자만이 용병으로 계속 일을 해왔기 때문에 블러드 스톰이라는 이름은 나 하나를 가리키는 상징이 되어버린 것이다.

거의 모든 나라에서 손짓을 하고 있는 내가 로아냐드로 왔다는 것은 이곳 길드로서는 상당히 큰일이었기에 접수대에 있는 여자가 황급히 책임자에게 간 것은 당연한 일이었다.

피의 명성으로 인하여 내가 어디로 가느냐에 따라 다른 용병들이 그곳으로 몰릴 수 있기 때문이다.

얼마 지나지 않아 온몸을 비계로 두르고 있는 듯한 거대한 남자가 급하게 뒤뚱뒤뚱 나에게로 뛰어오더니 간사한 미소를 지으며 말했다.

"헤헤헤, 저희 길드에 블러드 스톰님이 오시다니 영광입니다. 전 이곳 헤브로니아 황성 지부의 길드 지부장을 맡고 있는 로크 브로이란이라고 합니다."

녀석은 나의 얼굴을 보며 간사한 미소를 지으며 말했는데, 그 모습에 마치 상인이 비싼 물건을 보며 짓는 탐욕스러운 미소와 같은지라 그의 모습을 보며 인상을 찌푸렸다.

보통 길드의 지부장이 되기 위해선 일급용병의 실력과 함께 용병 길드 본부에서 10년 동안 근무를 해야만 가능한 것이다.

하지만 나의 눈앞에 보이는 지부장이란 자는 결코 일급용병의 실력으로 보이지 않았다.

어찌나 살이 쪘는지 잠시 서 있는 것만으로도 이마에서 연신 물 흐르듯 땀이 흘러내리고 있었고, 그 흉한 몸을 가리기 위해 두르고 있는 옷들은 값비싼 보석으로 장식되어 있어 용병 길드의 지부장이라기보다 탐욕스러운 악질 영주나 상인의 모습과 같았다.

내가 아무 말도 하지 않고 있자 그는 알겠다는 듯이 품에서 주머니를 한 자루 꺼내더니 나의 앞으로 가져오며 말했다.

"이곳에서 머무르시면 좋겠지만 상당히 누추한 곳이라서 말입니다. 블러드 스톰님께서 황성 안에 계시는 동안 모든 숙박에 관한 비용은 저희가 처리하겠습니다. 라이콘스 양."

그는 자신의 옆에 있던 푸른 머리칼의 접수원 아가씨를 부르더니 말했다.

"블러드 스톰님을 프로든 로얄 호텔로 안내하도록. 그리고 나머지는 잘 알겠지?"

그 말에 라이콘스라고 불린 아가씨는 망설이는 듯한 표정을 보이다가 고개를 숙이며 대답했다.

"예, 잘 알겠습니다."

난 라이콘스라는 아가씨를 따라 호텔에 도착할 수 있었다.

그곳은 상당한 고급 호텔로 보통 제국의 귀빈들이 거처하는 숙박소였다. 귀족들만이 머무를 수 있는 곳이었지만 실제로는 돈만 있다면 충분히 머무를 수 있는 곳이기도 했다.

용병 지부에서 몇 번 같은 경우가 있었는지 호텔의 지배인은 나에게로 와 정중하게 인사를 하고는 말했다.

"저희 호텔을 찾아주셔서 감사합니다. 자, 짐을 이곳에 맡기시고 저를 따라오시지요."

지배인의 안내에 따라 들어간 방은 호텔 내에서도 상당한 귀빈실에 속하는지 화려하게 채색되어 있는 방 안에는 고급 장식품들과 양탄자들은 물론 값비싼 예술품들로 치장되어 있었다. 원래 이런 고급스러운 방이 어울리지 않는 나였기에 인상을 찌푸렸다. 그것을 보고 지배인은 죄송스러운 표정을 하며 말했다.

"조금 누추하기는 하지만 현재 이곳이 호텔에서 가장 좋은 방인지라 손님께서 양해해 주셨으면 합니다."

그의 말에 조금 어이없는 생각이 들었다.

이곳에서 하룻밤 묵는 요금은 적어도 평민들의 집 한 채, 아니, 그이상이리라는 것을 알고 있었기 때문이다.

하지만 거의 모든 나라에서 이런 일은 흔했기에 아무 말도 하지 않고 지배인을 지나 거실에 있는 소파에 앉았고, 그제야 지배인은 안심했는지 숨을 내뱉고는 말했다.

"저녁 식사는 이곳으로 올리도록 하겠습니다. 필요한 것이 있으시다면 저 줄을 당기십시오. 저희 직원이 최대한 빨리 필요하신 물건을 가져다 드리겠습니다."

그 말을 끝으로 지배인은 나갔고 난 머리를 소파에 기대며 명상에 잠기려 했다. 하지만 한 사람의 기척이 사라지지 않았기 때문에 그 시도는 오래가지 않았다. 용병 길드에서부터 안내를 해온 라이콘스란 아가씨가 나가지 않고 있었던 것이다.

"안내가 끝났으니 돌아가라."

하지만 나의 말에도 아가씨는 나가려고 하지 않았다. 조금 망설이는 표정을 짓고 있던 라이콘스는 간신히 힘을 내어 나에게 말했다.

"오, 오늘 밤 시중을 들겠습니다."

난 그제야 이 아가씨가 나가지 않은 이유를 알 수 있었다.

용병 길드에서 나를 안내하는 것 외에 지부장에게서 자신의 몸을 제공하라는 임무를 맡은 것이기 때문이다. 제국에서 여성의 지위라는 것은 천하기 그지없었기에 주인이나 부모에 의해 몸이 팔리는 것은 흔한 일이었다. 하지만 난 몇십 년 동안 여자와 자본 일이 없었기 때문에 단호한 목소리로 말했다.

"여자는 필요없다. 돌아가라."

하지만 라이콘스는 돌아갈 생각을 하지 않았다. 아니, 돌아가지 못하는 것이 정확하리라.

난 그녀가 나가려고 하지 않자 그냥 명상에 잠기기로 결심했다. 어차피 이 상태로 그녀가 돌아간다면 그녀는 지부장에게 좋은 꼴을 못 당하리라는 것을 알고 있었기 때문이다.

세 시간 정도 명상에 잠겨 있다가 눈을 떴을 때도 라이콘스는 떠나지 않고 남아 있었다.

3시간 동안 내가 무슨 말을 할까 기다리며 서 있었던 탓인지 조금 힘든 표정을 하고 있었다.

"이곳에 앉아라."

라이콘스는 아픈 다리를 간신히 끌어서는 내가 앉아 있는 정면의 소파에 앉았다.

난 대충 로아냐드 제국의 상황에 대해서 알아두는 것이 필요하다 생각하고 그녀에게 몇 가지 질문을 하기로 했다.

"몇 가지 물어볼 게 있다."

"예, 말씀하세요."

라이콘스는 무슨 질문이라도 하라는 듯이 진지한 표정을 지어 보였기에 나는 고개를 끄덕이며 그녀에게 물어보았다.

"제국에 나 외의 특급용병이 있나?"

"아, 예. 두 분이 더 계시는데요, 한 분은 지방시의 영주인 아이란 백작님이 고용하신 뇌검 유라이님과 중앙 귀족들께서 고용하신 화룡 페레이라님이 계세요."

뇌검 유라이는 뇌속성이 있는 마법검을 사용하는 용병으로 '아리안식 검법'의 달인으로 알려져 있었다.

세인에게 알려져 있는 실력은 나보다 한 수 아래로 평가되지만 용병 사회에서는 상당한 인맥을 가지고 있는 사람이기 때문에 그가 있다면 플러스 효과를 가져올 수 있었다.

화룡 페레이라는 알렌하비스트에서 마법을 배운 마도사로 현재 7서클 마스터의 실력을 가지고 있는 용병이었다.

용병 마법사임에도 불구하고 대륙 마법 길드의 길드 총장인 멘도사

와도 친분 관계가 있는 자였다. 이렇게 본다면 지방 호족들은 검을 사용하는 용병들에게, 중앙 귀족은 마법 용병들에게 지지를 받고 있는 셈이다.

"지부장이 나에게 특별 대우를 해주는 것도 그런 이유에서인가?"

"예. 현재 로아나드 제국에 있는 용병 길드는 두 개의 파로 나뉘어져 있는 상태예요. 로크 브로이란님은 현재 중앙 귀족을 돕고 계시기 때문에 블러드 스톰님을 놓치지 않으려 하는 겁니다."

접수처에서 근무하는 아가씨치고는 많은 정보를 알고 있었기에 만족할 수 있었다.

"잠시 나갔다 오지. 저녁 식사가 오면 먼저 들도록 해라."

"저……."

라이콘스는 나에게 무슨 말을 하려고 했지만 더 이상의 말은 잇지 못했다. 난 그런 그녀를 잠시 응시하고 있다가 몸을 일으켜 밖으로 나갔다.

과거 황성의 고도는 아름다운 도시였다고 한다. 순백색의 대리석으로 깔려진 광장, 드워프들이 만들어놓은 수많은 영웅들의 석상, 도시를 가로질러 흘러가는 아름다운 루빈스 강. 그 모든 것이 어우러져 인간과 자연이 합작하여 황성을 만들었고, 제국의 국민들은 황성을 사랑했다고 한다. 하지만 그것은 이제 과거의 일이 되어버렸다.

모든 것은 시간이 지나면서 변해가는 것인지 대국 로아나드 제국의 황성은 이제 아름답지 않았다. 광장, 석상, 강. 그것들은 변하지 않았지만 아무도 황성을 아름답다고 하지 않았다. 그 이면에 숨겨진 추악함을 알기 때문이다.

뒷골목에서 벌어지는 수많은 살인, 강도, 강간들. 황성은 추악함과 아름다움을 동시에 가진 얼굴이 되어 있는 것이다.

리벤트라 고아원, 로아냐드 제국의 황도 안에 유일하게 존재하는 고아원인 이곳은 빈민가 한가운데 위치해 있는 곳이지만 다른 곳과는 다르게 번듯한 모습을 유지하고 있었다.

내가 이곳으로 온 이유는 과거의 동료를 만나기 위함이다.

'차렌 폰 유그하리트'. 이름에서 알 수 있듯이 그는 귀족이지만 전혀 귀족 같지 않은 녀석이었다.

몰락해 가는 집안에서 벗어나 30년간 용병 생활을 한 녀석. 녀석은 용병 생활을 끝내고 황성으로 돌아와 이곳에 리벤트라 고아원을 세운 것이다.

굳게 닫혀진 고아원의 정문 앞에 서자 한 노인이 문밖에 서 있는 나를 보며 말했다.

"무슨 일인가?"

노인의 말은 차갑기 그지없었다. 무엇 때문인지 용병 자체를 상당히 싫어하는 것 같았다.

"차렌을 만나러 왔소."

"차렌? 원장님 말인가?"

"그렇소."

나의 말에 그는 잠시 내 모습을 아래위로 훑어보더니 무슨 생각을 하는 듯하다 고개를 끄덕이며 말했다.

"잠시만 기다리시오."

하지만 아직도 나에 대한 경계를 늦추지 않았는지 문을 열어주지도 않은 채 고아원 안으로 들어간 탓에 난 계속 문밖에서 서 있어야 했다.

안에선 십여 명의 아이들이 있었는데, 얼굴에 한가득 웃음이 가득한 아이들은 넓은 고아원 마당에서 뛰어놀고 있었다.

'다르군.'

이곳 아이들의 모습에서 황성으로 오면서 보았던 수많은 꽃제비나 황도 안의 빈민가에서 본 아이들과는 다른 얼굴을 하고 있다는 것을 알 수 있었다.

이곳이 천국이나 되는 양 즐겁게 뛰어노는 아이들. 그 아이들에게 약육강식의 법칙은 존재하지 않는 듯했다.

얼마나 기다렸을까. 안으로 들어간 노인과 함께 낡은 갈색 평상복을 입은 노인 한 명이 지팡이를 짚고 따라 나왔다.

'늙었군.'

차렌이었다.

마지막으로 보았을 땐 중년이긴 했어도 그의 얼굴에선 세월의 노쇠함이 보이지 않았지만 현재의 그는 완전한 노인이 되어 있었다.

인자할 것 같은 눈, 입가에 짓고 있는 작은 미소, 연륜이 느껴지는 그의 몸짓에서 난 그가 용병이었을 때 억눌렀던 피의 젖값에서 완전히 벗어나게 되었음을 알 수 있었다.

차렌은 문밖에 서 있는 나의 모습을 보더니 크게 놀란 얼굴을 하면서 소리쳤다.

"아니!! 사일런스 아닌가!!"

사일런스. 내가 처음 용병으로 적을 올렸을 때 즘처럼 말을 하지 않는 나의 모습을 보며 한 용병 마법사가 붙여준 별명이었다.

차렌은 십수 년간 들어본 적이 없던 나의 별명을 반갑게 소리치면서 노인에게 명령하여 문을 열어주라고 지시했다.

문이 열리고 안으로 들어서자 차렌은 나에게 와서는 반갑게 안아주었다.

"오랜만이군."

난 그런 차렌을 보며 말했고, 오랜만에 자신을 보면서도 역시 말을 아끼는 나를 보고는 크게 웃으며 말했다.

"사일런스! 아직도 옛날 그대로군!"

변하지 않는 나를 보며 그는 과거 생각이 났는지 더욱 반가운 표정을 지었다.

변하지 않는다. 난 그것을 부정하는 것처럼 그에게 미소를 지어 보였다.

그 순간 차렌은 내 미소를 보고는 갑자가 멍한 얼굴이 되어버렸다.

그도 그럴 것이 그와 함께 생활한 십여 년 동안 단 한 번도 미소를 지어본 적이 없었기 때문이다. 아니, 미소는 물론 화를 내거나 슬퍼하는 표정조차 짓지 않았던 내가 그의 앞에서 감정 표현을 하자 있을 수도 없는 일이 일어난 것처럼 멍해져 버린 것이다.

"자, 자네가 미소를 지었나?"

"물론이네."

나의 말에 차렌은 갑자기 감격한 표정을 지어 보였다.

그는 마치 세상에서 가장 귀중한 것을 얻었다는 표정이 되어 있었고, 난 그의 도가 넘치는 반응에 놀랄 당황될 뿐이었다. 나의 미소가 그에게는 그렇게 감격스러웠던가 하는 생각으로 말이다.

"자, 안으로 들어가세."

차렌의 안내를 받으며 내가 건물 쪽으로 들어서자 마당에서 뛰어놀던 아이들은 전형적인 용병 복장을 하고 있는 내가 들어오는 것을 보고는 크게 놀라더니 겁먹은 얼굴로 고아원 안으로 도망가듯 뛰어갔다.

용병들이 거칠기는 하지만 이렇게 극단적으로 반응하는 아이들은 본 적이 없었기 때문에 좀 이상하게 생각하기는 했지만 깊이 생각하지는 않기로 했다.

고아원 안은 아이들의 극성 탓인지 온전한 물건이 하나도 없었다.

거기다가 상당히 오래된 물품인 듯 낡아 빠진 가구들 천지였지만, 하나하나 정성 들여 닦은 듯 반짝반짝 윤이 날 지경이었다.

한 걸음 옮길 때마다 삐그덕 소리를 내는 바닥과 계단을 올라 위층에 도착한 차렌은 다락방의 문을 열었다.

들여다보이는 방의 모습은 간소했다. 낡은 책상 하나와 두 개의 의자, 그리고 침대 하나. 그 외에는 아무런 물건도, 아무런 장식품도 보이지 않았다.

차렌은 의자 하나를 내 앞에 힘들여 가져다 주고는 옆의 의자에 앉았다.

"오랜만이군. 치사레 내전 이후 처음인가?"

치사레 왕국에서 있었던 내전으로 왕당파와 귀족파 간의 내전이었다.

소국치고는 지하 자원이 풍부해 비교적 잘살고 있던 치사레는 각지에서 용병들을 고용하여 전쟁을 벌였는데, 그곳에서 난 그의 적이 되어 싸운 적이 있었다.

그 당시 난 일급용병에 적이 올라 있었지만 차렌에 비해선 실력이 한 수 아래였다.

이에 반해 그는 치사레 왕국의 왕당파, 귀족파를 모두 통틀어 용병 중에서는 최고의 실력을 가지고 있었기에 몇 번인가 죽을 고비에 봉착했었지만, 그때마다 나를 보며 윙크를 한번 해주고는 미소 지을 수 있을 때까지 살아야 되지 않겠냐 하며 다른 이들을 상대하곤 했다.

'그땐 차렌 녀석이 날 죽이지 않는 것을 원망했었지.'

난 차렌의 얼굴을 유심히 쳐다보았다.

현재 차렌의 얼굴에서 과거의 용맹스러운 모습을 찾아보기는 힘들었지만, 반가운 친구를 만난 듯 얼굴에 가득 담겨 있는 미소는 그때와 같았다.

"그렇군."

"여기까지 흘러들어 온 걸 보면 아직 용병 생활을 계속하는가 보군."

"이번엔 로아냐드 내전에서 싸워볼까 하네."

"음."

그 말에 차렌은 잠시 생각을 하더니 말했다.

"중앙 귀족을 도울 셈인가?"

"돈이 많은 쪽으로."

"그렇다면 중앙 귀족 쪽이로군."

그는 중앙 귀족 쪽으로 내가 고용될 것 같다고 생각하자 얼굴을 찌푸리며 노골적으로 안 좋은 감정을 드러냈다.

물론 나 역시 그가 왜 안 좋은 감정을 가지고 있는지 알고 있다.

나 역시 로아냐드 내전의 양상을 알고 있었기 때문이다. 현재의 내전은 서민들에게 수탈만을 일삼는 중앙 귀족의 타락한 귀족들을 상대로 기사도를 내세우는 젊은 기사들이 중앙으로의 진출을 모색하는 지방의 호족들과 힘을 합쳐 싸우고 있었기 때문이다.

물론 귀족이란 작자들은 별 차이가 없는 것은 사실이지만, 고아원을 운영하는 차렌이야 당연히 서민들의 수탈하는 중앙 귀족보단 그래도 그나마 나은 젊은 기사들과 지방 호족 쪽의 편을 드는 것은 당연한 것이다.

차렌은 착참한 표정으로 나를 보더니 말했다.

"자네는 이곳에 오면서 아이들을 보았겠지?"

그 말에 난 고개를 끄덕였다.

"아이들은 무엇을 알고 있는 것 같은가?"

차렌의 갑작스러운 질문에 난 어리둥절할 뿐이었다. 아이들은 무엇을 알고 있냐니. 다짜고짜 그런 엉뚱한 질문을 하고 있는 차렌이 이상할 뿐이었다.

"무슨 뜻이지?"

난 그의 질문을 다시 물어보았고, 잠시 탁자에 놓인 차를 한 모금 마신 그는 나의 물음에 답을 해주었다.

"썩어 빠진 귀족들의 수탈, 나라 곳곳에서 산발적으로 터지는 전쟁, 아무런 죄 없이 죽어가는 수많은 사람들. 다시 한 번 물어 보겠네. 아이들이 무엇을 알고 있는 것 같은가?"

난 그의 질문을 곰곰이 생각해 보았다.

아이들은 무엇을 알고 있는가? 그 애들이 이 나라를 혼란스럽게 만드는 귀족들의 다툼을 알고 있을까? 아니, 내전을 일으킨 몇몇 기사들… 그들이 생각하는 자신들만의 숭고한 이상을 아이들은 알고 있을까?

누군가 아이들에게 먹을 것을 내주고 중앙 귀족들이 나쁘다면 그쪽으로, 지방 호족 쪽이 나쁘다면 그들에게 욕을 할 것이다.

하지만 이런 것을 알고 있다고 말할 수 없다. 아이들이 알고 있는 것은 무엇일까?

내가 자신의 말에 답하지 못하고 생각에 빠져 있자 그는 나의 답을 기다려 주지 않고 자신의 생각을 이야기했다.

"아이들이 알고 있는 것은 아무것도 없네."

"아무것도 없다고?"

"귀족들의 수탈 속에 풀뿌리를 캐 먹으며 근근이 살다가 전쟁의 소용돌이 속에 부모를 잃고, 전쟁터의 시체들 사이를 떠돌아다니다가 이곳으로 온 아이들. 아이들은 고통의 역사 속에 돌아다니며 살고자 하는 본능에 따라 나의 품으로 왔을 뿐, 아이들이 알고 있는 것은 아무것도 없다네. 아이들은 슬픔과 고통을 몸에 지니고 살다 어른이 되고, 어른이 된 후에야 비로소 자신이 겪은 슬픔, 고통의 원인을 알며 분노하게 된다네. 그리고 똑같은 일이 되풀이되는 것이지."

난 이곳으로 오면서 헐벗고 굶주린 수많은 아이들을 보아왔다. 그들은 살아가기 위해 다른 약한 이들을 공격하며 또 다른 가해자로 태어난다.

그런 아이들이 어른이 된다면 무엇을 하고자 하겠는가? 자신에게 가해진 역사에 분노한 그런 사람들. 복수하자는 마음이 가득한 그런 아이들은 아마 또 다른 시간 속에서 똑같은 역사를 되풀이할 것이다.

"현재 국가의 권력을 잡고 있는 중앙 귀족들이 전쟁에서 승리한다면 이 아이들에게 미래는 없네."

차렌의 말에서 난 그가 나에게 부탁하고자 하는 바를 알 수 있었다.

현재 두 세력을 비교하면 중앙 귀족들이 강하다 할 수 있으나 전쟁을 그리 유리하게 이끌어가는 것은 아니었다.

그런 와중에 용병들 사이에서 상당한 지지력을 가지고 있는 특급용병이 중앙 귀족으로 간다면 세력은 크게 기울어질 것이 분명하기 때문이다.

내가 두 세력 중 어느 쪽으로 가나 하는 것은 상당한 중요한 일이 될 수 있는 것이다.

난 레아를 생각했다. 나와 만나지 못했다면 그녀는 어떻게 되었을까?

시체를 뒤지며 살다 아이를 낳았을 테고, 갓 태어난 아이를 버려야 했을 것이다. 어린 그녀는 부양할 수 있는 힘이 전혀 없었을 테니 말이다.

나와 만나지 못했을 그녀는 갓 태어난 아이와 같이 힘없는 자 중 한 명뿐이었을 것이다.

난 차렌에게 무언의 승낙으로 미소를 지어주었고, 차렌은 그런 나의 모습을 보며 만족스러운 얼굴을 보였다.

"고맙네."

"나의 딸에게 고맙다고 하게나."

"딸?"

나 역시 팔불출인가 보다.

난 그동안 있었던 일을 차렌에게 이야기해 주었다. 물론 예쁜 레비나의 이야기는 얘기 중간마다 빠지지 않았고 그런 나의 모습을 보며 그는 크게 웃기 시작했다.

"이 사람! 딸 자랑을 하고 싶어서 얼마나 참았으면 딸 얘기를 할 때는 쉬지도 않는가. 하하하하!"

몇십 년의 침묵을 보상이라도 하는 것처럼 난 쉼없이 이야기를 했고 그 이야기를 들으며 차렌은 자신의 일이라도 되는 양 좋아했다. 난 그런 그의 모습에서 만족감을 느낄 수 있었다.

한참을 이야기하던 그는 나를 창문 쪽으로 불러서는 말했다.

"아이들이 보이는가?"

그의 말에 고개를 끄덕이자 그는 미소를 지으며 말했다.

"난 말이야. 용병 시절에도 쾌활한 사람이었다고 생각하지만 솔직히 그때 나의 웃음은 진짜가 아니라고 생각하네."

"진짜가 아니라고?"

"그래. 언제 죽을지 모르는 앞을 볼 수 없는 생활 속에서 공포를 잊고자 필사적으로 쾌활하게 보이려고 악을 썼다는 기분이 드네."

그의 말을 이해할 수 있는지라 난 고개를 끄덕일 수 있었다.

용병, 돈을 받고 전쟁터에 뛰어들어 언제 죽을지 모르는 자들이었기 때문이다.

"난 사실 내가 용병이었던 것이 부끄럽기 짝이 없었네. 살기 위한 것이라고는 하지만 돈을 위해 사람을 죽였다는 그 자체가 마치 부모의 몸에 검을 박는 듯한 기분이 들었었지."

"……."

"하지만 지금은 다르네. 용병, 그것은 내가 하지 않아도 누군가는 했을 일이고 수많은 사람들이 죽임을 당하는 것은 피할 수 없는 일이었던 것이지. 오히려 내가 용병 생활을 했기에 지금의 고아원을 세울 수 있었고, 그로 인해 많은 아이들을 구할 수 있다는 것에 용병 생활을 잘 했다는 생각이 들지."

"단순히 자기만족이 아닐까?"

나의 물음에 그는 내 얼굴을 잠시 쳐다보고는 미소를 지으며 말했다.

"글쎄, 자기만족일 수도 있겠지. 하지만 아이들의 저 웃는 모습을 보면 자기만족이라도 상관없지 않은가?"

그의 말에 난 창문 아래로 아이들의 모습을 쳐다보았다.

이곳으로 오는 도중에 보았던 고아들과는 전혀 다른 모습의 아이들. 그의 말대로 그가 용병 생활을 하지 않았다면 절대로 그 미소를 보지 못할 것은 자명한 일이었다.

하지만 아직까지는 그의 만족감을 완전히 이해할 수 없었다.

난 차렌과 헤어지면서 내가 가지고 있는 돈의 일부를 그에게 건네주었다.

용병 일을 그만두고서 그동안에 모아둔 재산의 전부를 고아원에 사용했지만, 평생을 놓고 먹을 수 있는 돈으로도 긴 전쟁의 시간 동안 늘어나기만 하는 고아들을 먹여 살리기엔 부족했다는 말을 들었기 때문이다.

내가 그에게 건네준 돈은 그가 용병 생활을 통해서 번 돈의 두 배는 될 액수였지만, 그 돈 역시 얼마 가지 않으리라는 것을 알 수 있었다.

그만큼 이 나라는 수많은 고아들을 만들어내고 있기 때문이다.

난 호텔에 도착하자마자 짐을 쌌다. 그런 나의 모습을 보고 라이콘스는 의아해하는 듯했지만 내가 지방 호족의 용병으로 들어갈 것이라는 말을 해주자 급하게 밖으로 뛰어나갔다. 아마 길드 지부장을 부르려고 하는 것이리라.

호텔을 나왔을 때 라이콘스의 말을 듣고 십여 경의 부하들과 급하게 뛰어온 로크 브로이란은 문을 나서는 모습을 보고는 앞에 서서 나의 길을 막아서며 말했다.

"차라리 하지 않겠다면 모르겠지만 지방 호족군의 용병으로 가신다면 막을 수밖에 없습니다."

그는 가쁜 숨을 고르며 간신히 말했다. 난 그런 그를 상관하지 않곤 옆으로 비켜 가려고 했지만 그의 부하들이 앞을 가로막았다.

사실 그의 입장도 이해가 가긴 했다.

차렌에게 들은 바에 의하면 이곳의 용병들은 중앙 귀족과 상당히 연계가 되어 있어 뒷돈으로 상당한 액수를 받는다고 한다.

그런 와중에 특급용병인 내가 중앙 귀족에게 간다면 길드는 중앙 귀족들에게 많은 액수의 돈을 받을 수 있을 테지만, 이곳으로 온 내가 지방 호족들의 용병으로 가게 된다면 그의 위치가 흔들릴 수도 있기 때문이다.

하지만 그의 썩어 빠진 사정을 생각해 줄 만큼 난 아량이 넓은 사람이 아니었다.

난 그들을 지나쳐 가려고 했지만 로크의 지시로 그의 부하들은 나를 향해 검을 뽑아 들며 살기를 내뿜었다.

로크가 데리고 온 용병들의 수는 10명. 과연 제국의 황도에 위치한 지부답게 그들 모두가 꽤 실력있는 용병이었지만, 이 정도의 숫자에 물러설 내가 아니기 때문에 투기를 뽑았다.

소드 오버러의 경지에 이른 나의 투기를 제대로 받아낼 자는 적어도 기를 다룰 수 있는 능력자인 소드 마스터의 경지에 이른 사람들뿐이었다.

하지만 이들은 아직 소드 마스터의 경지에 이르지 못했기에 나의 몸에서 뿜어 나오는 투기 때문에 전의를 잃고 움직이지도 못할 만큼 몸이 굳어버렸다.

난 투기에도 견디지 못하는 그들에게 비웃음을 보이며 지부에서 나온 용병들의 사이를 지나가고 있었는데, 놀랍게도 전혀 싸울 능력이 없을 것이라 생각되는 로크가 앞을 가로막고서 검을 뽑았다.

그의 몸에서 풍기는 기운은 아직 소드 마스터에는 이르지 못했지만 노력만 한다면 충분히 5년 안에 소드 마스터를 넘볼 수 있을 정도였다.

하지만 난 그가 영원히 소드 마스터에 이르지 못하리란 것을 알 수 있었다. 더러운 돈의 향기에 취해 버린 그에게 이제 검이란 것은 너무 멀리 존재하는 것이기 때문이다.

"비켜라."

살기를 흘리며 그에게 말했지만 그는 비키지 않았다.

온몸에 식은땀을 흘리고 사지가 떨리는 가운데서도 앞을 막아서며 내가 뒤돌아가기만을 바라고 있는 것이다.

권력과 재물, 그것이 검사로서의 정신을 무너뜨린 것은 물론 죽음에 대한 공포마저 무디게 만들고 있는 것을 알 수 있었다.

난 앞을 막아서는 그를 보며 애검 블러드 소드를 뽑아 가볍게 휘둘렀고, 그는 검과 함께 두 동강이 되어 땅으로 쓰러졌다.

돈과 권력에 취한 채 살아간 그는 소드 마스터에 근접해 있음에도 일 검조차 막지 못할 정도로 타락해 있던 것이다.

처음 용병패를 받았을 때 그는 한 명의 용병이었지만 나에게 죽은 시점엔 더 이상 용병이 아니었던 것이다.

그를 쓰러뜨린 후 난 천천히 제국의 황성을 빠져나왔다.

황성 안에서 사람을 죽였음에도 아무런 제지가 없는 것을 보면 신고하여 용병 길드 본부의 눈총을 사는 것보다 막대한 돈이 들어오는 길드 지부장의 자리를 차지하기 위해 놓아주는 것을 선택했음을 알 수 있었다.

사실 특급용병의 직급을 가지고 있는 용병들은 총길드장이라 하더라도 그가 하는 선택을 제지할 수 없었다.

길드 역시 특급용병에겐 예우를 취해주고 있는 것인데, 그런 것을 한낱 길드 지부장이 막아서다 죽임을 당했으니 오히려 상대가 멍청하다 인식될 뿐이었다.

아마 내가 황성을 떠난 후 그들은 내가 왔다는 증거가 되는 문서를 삭제하고 길드 지부장을 실종으로 처리했을 것이다.

그리고 지부장의 자리를 차지하기 위해 수많은 암투가 벌어질 것이다.

내가 가는 곳은 로아냐드 남동부에 위치한 피렌드 시다.

지방 호족의 일원 중 한 명인 칸트 데 피오르드 남작이 시장으로 있는 도시로 로아냐드 제일의 상업 도시로 이름을 날렸던 곳이다.

물론 그러한 명성은 오랜 시간 동안 이어진 내전으로 인하여 사라진 지 오래이지만 아직까지 상업 도시로서의 명성은 유지가 되는지 국제 상인들의 발걸음은 계속되고 있었다.

내전의 상황으로 나라 경제가 흔들린다고 하지만 국제 상인들에겐 그런 것들도 돈으로 보이기 때문이다.

피렌드 시로 가는 길은 그리 험한 길은 아니었지만 잘 닦여졌다고 말할 수도 없었다.

간간이 도시와 도시를 지나다니는 상인들만이 이 길을 이용할 뿐 보통의 여행자들이라면 이 길을 별로 이용하지 않는다.

내전의 상황이 오래되면서 많은 수의 사람들이 피렌드 시로 가는 길의 중간에 있는 로몬 산으로 올라가 살다 산적이 되어 이곳을 지나는 여행자들을 습격하기 때문이다.

이 때문에 이곳을 지나는 상인들은 많은 수의 용병들을 고용하거나 중소 상인들이 모여 팀을 이루어 산을 넘고 있었다.

하지만 어차피 유랑민이 모여 만들어진 산적들이야 별로 문제될 것이 없었기 때문에 혼자 로몬 산을 넘어가기로 했다.

산의 중턱쯤에 이르렀을 때 근처에서 병장기가 부딪치는 소리를 들을 수 있었다.

"싸우고 있는 자들은 대략 스무 명 정도로군."

많은 수의 기운이 느껴지지만 그 가운데 싸우고 있는 자는 대략 20여 명 정도가 있다는 것을 파악했기에 그쪽으로 발걸음을 옮겼다.

당하는 자가 상인이라면 어느 정도의 돈을 받을 수 있는 데다가 귀찮은 일을 피하려면 무리를 지어 다니는 것도 나쁘지 않았기 때문이다.

얼마 지나지 않아 싸움이 일어난 곳에 도착했는데 조금 이상한 것을 발견할 수 있었다.

상인들의 마차를 두고 그것을 뺏으려는 산적들과 싸우는 것이 아닌 고용된 용병과 용병들이 싸우고 있었기 때문이다.

많은 수의 용병들 시체가 여기저기 피를 흘리며 쓰러져 있었고, 현재 남은 수는 이십 명 정도였다.

상인으로 보이는 자들을 보호하는 용병들이 네 명 정도인 데 비해 그들을 공격하는 수는 열 명 정도였다.

네 사람의 실력이 이급 정도 되는 듯했지만 크게 지쳐 있는 데다가 상대방은 두 배를 넘어서고 있었기에 이기는 것은 어렵다는 것을 알 수 있었다.

"가이도!! 고용된 용병이 의뢰주를 배신하다니!! 용병 길드에서 너희를 가만히 두지 않을 것이다!!"

네 명 중 리더인 자가 상대방 쪽의 리더인 듯한 용병을 노려보며 소리쳤지만 당사자는 아무렇지도 않다는 듯이 콧방귀를 뀌며 말했다.

"무슨 소리. 너희들만 죽으면 어떻게 용병 길드에서 이 일을 알겠는가? 자, 쳐라!!"

이야기를 들어보니 고용된 용병이었는데, 의뢰주의 물건을 탐내고 이곳에서 물건을 가로채려 하는 것 같았다.

이곳이라면 충분히 산적들의 행위로 덮어씌울 수 있었기 때문이다.

죽은 자는 말이 없다라는 말처럼 그들은 상인과 자신들의 편이 아닌 용병들을 모두 죽임으로써 입을 봉하려고 했던 것이다.

하지만 이미 나의 출현으로 그들의 의도는 빗나갔다고 할 수 있었다.

난 천천히 그들이 싸우고 있는 곳으로 걸어갔는데, 그 모습을 본 용병들은 크게 놀라며 뒤로 물러섰다.

"네 녀석은 뭐냐!!"

가이도라 불린 용병은 내가 나타나자 얼굴을 일그러뜨리며 소리쳤지만 그런 그를 아랑곳하지 않은 채 상인을 보호하던 용병의 리더에게 다가가 말했다.

"이 상행의 책임자는 누구인가?"

내가 지고 있던 배낭을 내려놓으며 묻자 구석에서 숨어 떨고 있던 상인 중 한 명이 간신히 입을 열고 말했다.

"저, 접니다."

그는 동대륙의 특산물인 비단으로 짜여져 있는 값비싼 옷을 입고 있는 중년의 남자였다.

마차의 화물을 보며 그가 어느 정도 수준의 상인이라는 것을 가늠한 난 그를 보며 단도직입적으로 물었다.

"얼마를 주겠는가?"

"예?"

나의 말을 상인은 이해하지 못했다는 듯이 되물었다.

"얼마를 주겠는가?"

다시 한 번 똑같은 말을 되풀이하자 그제야 상인은 내가 하는 말을 이해했는지 급히 옆구리에서 돈주머니를 꺼내어서는 그것을 나에게 건네주었다.

그가 던져 준 돈주머니를 받은 난 액수를 가늠해 보고는 배낭 안에 집어넣으며 말했다.

"이것은 계약금으로 알겠소."

"돈이라면 더 줄 테니 제발 목숨만 살려주시오!"

상인을 제발 살려달라며 두 손을 비비며 사정하기 시작했다.

나의 모습을 지켜보던 가이도와 용병들은 어이가 없는지 입을 벌린 채 아무 말도 못하고 있었고, 잠시 후 화가 치솟는지 얼굴이 시뻘겋게 변하고 있었다.

"꺼져라. 그럼 목숨은 부지할 테니."

"이 자식이!!"

나의 말에 가이도는 이제 더 이상 참을 수 없다는 듯이 검을 뽑아 달려들었다.

뽑어 나오는 기운을 느끼며 그가 이류급 중상위에 속하는 실력이란 것을 알 수 있었다.

하지만 그 정도의 실력은 나에게 어린애 장난 같을 뿐이었다.

느리게만 보이는 그의 검을 피한 후 복부를 주먹으로 가격하자 녀석은 외마디 비명과 함께 거품을 물고는 쓰러져 기절해 버렸다.

다른 녀석들은 가이도가 일격에 쓰러지자 그를 구하기 위해 달려들려고 했지만 이어지는 나의 행동에 멈추어 서고 갔다.

녀석들을 보며 애검인 블러드 소드를 뽑았기 때문이다.

"브, 블러드 소드? 설마……."

"블러드 스톰이다!!"

용병들 사이에선 핏빛의 검인 블러드 소드를 지난 자가 나라는 것을 모르는 자가 없었기에 내가 누구인지 알게 된 것이다.

그들은 내가 검을 뽑아 앞으로 다가서자 한 명씩 뒷걸음질치기 시작했고, 잠시 후 하나둘씩 황급히 도망가기 시작했다.

녀석들이 사라지는 것을 보며 난 블러드 소드를 검집에 집어넣고 내려놓은 짐을 챙겨서는 마차 밑에서 떨고 있는 상인을 보며 말했다.

"나머지 원금을 주겠나?"

"아! 예!"

나의 모습에 그제야 정신이 든 상인은 마차에서 나와서는 다시 품에서 돈주머니를 꺼내어서는 나에게 건네주었다.

목숨을 구해준 사례비를 받자 난 그들을 뒤로한 채 계속 길을 가려 했는데 그때 상인이 황급히 나를 보며 소리쳤다.

"자, 잠시만 기다려 주십시오!!"

황급한 소리로 부르는 소리에 고개를 돌리자 그는 잠시 움직인 것도 숨이 차는지 헐떡거리더니 말했다.

"검사님은 어디까지 가십니까?"

"피렌드 시."

그의 물음에 간단하게 대답해 주었는데, 그는 내가 피렌드 시까지 간다는 말을 듣고는 기뻐하며 말했다.

"현재 저의 상행이 피렌드 시까지 가는데 검사님을 고용했으면 합니다. 어차피 피렌드 시까지 의뢰가 없을 것 같은데 검사님께도 좋은 일이고 저에게도 좋은 일이 아니겠습니까?"

그 말에 난 어차피 할 일도 없었기에 고개를 끄덕였다.

상인은 내가 승낙하자 안심했다는 표정으로 안도의 한숨을 내쉬었는데 그런 그의 모습을 보며 그들을 보호하던 용병 중 리더인 자가 혀를 차며 말했다.

"쯧쯧. 상인양반, 당신 엄청난 실수를 한 것 같군."

"무슨 소린가, 이스트 군?"

상인이 이해할 수가 없다는 듯이 묻자 그는 그가 한 실수에 대해 답을 해주었다.

"당신의 앞에 있는 사람은 블러드 스톰이라고 불리시는 특급용병이라고. 상인양반, 당신은 특급용병의 의뢰비가 얼마나 되는지 알고 있기나 한 건가?"

그 말에 상인의 얼굴은 시퍼렇게 변하고 말았다.

그 역시 특급용병에게 하는 의뢰비가 얼마나 비싼 줄 알고 있었기 때문이다.

보통의 용병들과는 달리 숫자가 적은 데다 세인들에게 그 위치가 알려져 있는 자들도 전무해 의뢰를 맡기기도 어렵기도 하지만, 그 의뢰 비용 또한 엄청난 액수라서 특급용병 한 사람이라면 일급용병 열 명 이상을 고용할 수 있는 돈이었다.

돈을 아끼려고 했는지 단 한 명의 일급용병조차 고용하지 않던 그가 무슨 수로 특급용병에게 의뢰비를 줄 수 있겠는가.

보통 용병을 상대로 하면 모를까 특급용병을 상대로 말을 꺼냈다가 승낙까지 받았으니 상인으로선 되돌릴 수 없었다.

이스트란 자의 말에 한숨 쉬며 후회하고 있는 상인을 보곤 난 고개를 저으며 말했다.

"일급용병인 줄 알고 고용하려 했나 본데 자네가 원하는 대로 일급용병 정도의 돈만 받기로 하지."

그 말에 상인의 얼굴에선 화색이 돌더니 가까이로 뛰어와서는 연신 절을 하며 고맙다고 인사를 하기 시작했다.

그 모습을 보던 이스트는 손을 내저으며 걸어와서는 말했다.

"당신 실수야. 적어도 원래 받을 돈의 반은 받아야 했다고."

"이스트 군, 무슨 소린가!!"

그의 말에 상인은 내 마음이 변할까 놀라서는 소리쳤지만, 그에 아랑곳하지 않고 이스트는 계속 말을 이었다.

"저기 상인양반이 고용한 이급용병의 수는 40명, 그중 스무 명가량이 저기 자빠져 있는 가이도란 자의 부하인 것을 감안한다면 죽은 자와 도망친 자의 숫자는 스무 명 가까이 된다고. 죽은 용병에겐 돈을 주지 않는다는 법칙에 의하면 적어도 5명 정도의 일급용병을 고용할 수 있어."

"자네!!"

"특급용병을 고용하고도 일급용병 한 명에게 주는 돈을 준다면 경비명목으로 빠지는 돈 중 일급용병 4명분의 돈을 저 상인양반이 아끼게 되는 것이지. 그렇게 보면 우리 고용주에게 너무 이익이 아닌가."

이스트는 상인이 가지게 되는 이윤을 정확히 파악하고는 나에게 말했다.

난 그의 말에 고개를 끄덕일 수밖에 없었다.

하지만 한번 했던 계약을 되돌린다는 것은 있을 수 없는 일이기 때문에 조용히 물건이 실려 있는 마차 중 하나를 택해 올라가 자리를 잡았다.

그런 나의 모습에 어쩔 수 없다는 듯이 고개를 흔들고는 이스트는 다른 사람들을 보며 소리쳤다.

"자! 가자고. 여기에서 이렇게 놀고 있다간 진짜 산적이 나타날지도 모른단 말이야!"

상인들과 짐꾼들은 이스트의 말에 마차의 행렬을 다시 재정비하고 그곳을 벗어나기 시작했다. 이스트는 내가 타고 있던 마차로 뛰어올라 와서는 짐들이 쌓여져 있는 곳에 벌렁 누워서는 입을 열었다.

"피렌드 시에서 호족들이 용병을 구한다고 해서 겸사겸사 일을 맡았는데 이거 큰 봉을 잡은 것 같군."

이스트는 이급용병이었기에 별로 많지 않은 계약금을 받고 호족들의 용병에 들어가야 하는데, 만약 특급용병인 나와 일행이라고 말하면서 몇 가지 말을 첨부한다면 상당량의 뒷돈을 받을 수 있기 때문에 봉이라고 하는 것이다.

아무 말도 하지 않는 나를 보며 이스트는 가까이 다가와서는 말했다.

"6대 4. 어떤가? 당신이 6, 내가 4. 이 정도면 많이 쓴 거라고."

그는 나의 일행으로 들어가서 얻게 될 웃돈을 나와 분배하겠다는 뜻으로 이야기를 했다. 어차피 그가 알아서 얻어내야 할 돈이 나에게 분배되는 것이었고, 또 조금 귀찮았기 때문에 알아서 하라는 뜻으로 고개를 끄덕였다.

"고맙군. 그럼 조용한 시간을 보내라고."

고맙다는 인사와 함께 다시 짐 위에 드러누워 버린 그는 얼마 지나지도 않아 코 고는 소리를 내며 잠이 들어버렸다.

삼 일간의 여정 후에야 난 피렌드 시에 도착할 수 있었다.

상인은 피렌드 시에 도착하자 나에게 돈주머니를 건네주며 고맙다는 인사를 했다. 그가 나에게 건네준 돈은 약속했던 일급용병의 의뢰비보다 두 배 정도 많은 액수였다.

이스트의 말에 조금 찔린 감이 있었던지 웃돈을 건넨 것이다.

그런 상인의 모습을 보며 이스트는 잠시 자신의 몫으로 받은 돈주머니를 살펴보고는 억울하다는 듯이 상인에게 말했다.

"뭐야. 딱 의뢰 비용만 주는 거야?"

이스트는 상인을 보며 투덜거렸지만 상인은 당연한 것이 아니냐는 표정을 지으며 미소를 흘리고 사라졌고 이스트는 연신 투덜거리다가 나를 보며 말했다.

"젠장. 남 좋은 일만 시켜줬군. 어이, 블러드 스톰 양반. 웃돈 좀 받았으니 술 한잔 정도는 사줄 수 있겠지?"

난 아무 말도 하지 않고 여관을 찾아 걸어갔다.

그런 나의 모습을 보며 이스트는 절대로 놓칠 수 없다는 듯이 뒤로 따라 붙어오며 연신 주절거리기 시작했다.

"거참, 술 한잔이 얼마나 한다고."

이스트는 나의 뒤에서 투덜거리면서도 멈추지 않고 따라오고 있었다. 이상한 자였다. 지금까지 내가 블러드 스톰이란 것을 알면서도 아무렇지도 않게 상대하는 자는 그가 처음이었다.

하지만 그가 싫지는 않았기 때문에 그가 따라오는 것을 그리 제지하지는 않았다.

여관을 찾아 시내를 걷고 있을 때 나의 앞으로 한 명의 거지 아이가 다가오더니 손을 내밀었다.

"한 푼만 주세요."

거지 아이의 모습을 보고는 이스트는 투덜거림을 멈추더니 말했다.

"로아냐드 제국은 어딜 가나 저런 꼬마들이 있군. 거참, 이 나라가 어떻게 돌아가는지."

그의 투덜거리는 말을 들으며 난 동전 하나를 꺼내어 아이의 손에 떨어뜨렸다.

아이는 나에게서 동전을 받자 기뻐하는 얼굴을 하며 가려고 했는데, 그때 아이를 이스트가 불러 세웠다.

"꼬마야, 잠깐 이리 좀 와봐라."

꼬마는 이스트의 말에 적선해 줄줄 알고 기쁜 얼굴로 다가와 손을 내밀었는데 갑자기 그는 꼬마의 손에서 적선받은 동전을 가로채더니 말했다.

"네 녀석에게 줄 돈은 없으니 썩 꺼져라."

"안 돼요!! 돈 주세요!!"

아이는 이스트에게 받은 돈을 뺏기자 울면서 돈을 다시 돌려받기 위해 애썼지만, 이스트는 그 아이를 발로 밀어버리고는 냉혹한 얼굴 표정을 하며 말했다.

"죽고 싶지 않다면 꺼져라."

그는 말에 아이는 돈을 뺏긴 서러움에도 죽고 싶지 않았기에 눈물을 흘리며 도망갔는데, 그런 아이의 모습을 보며 이스트는 돈을 자신의 주머니에 집어넣고는 말했다.

"이히, 땡 잡았다."

처음 난 이스트의 행동에 조금 화가 났지만, 그의 행동의 이면을 본 후에 나도 모르게 미소를 짓고 말았다.

처음 내가 거지 아이에게 동전을 적선했을 때 이스트 역시 품에서 돈을 꺼내려 했다. 하지만 골목 뒤쪽에서 꼬마의 모습을 보고 있던 다른 거지 꼬마들이 미소 짓고 있는 것을 본 것이다.

그는 로아냐드 제국 곳곳을 돌아다니면서 용병 일을 해왔기에 지금 이 꼬마가 적선받게 될 돈이 골목 뒤쪽에 있는 아이들에게 뺏겨질 것임을 알고 있었던 것이다.

그것을 확인한 이스트는 아이의 손에서 동전을 뺏어버린 것이다. 아이는 이스트가 돈을 빼앗자 울면서 달려들었고 그 순간 아이도 모르게 주머니에 한 개의 은화를 집어넣어 준 것이다.

그것을 모르는 아이는 계속 이스트에게 달려들었고 그는 아이를 발로 차 쫓아버린 것이다.

이 모든 행동을 보고 있던 난 시끄럽기만 한 이스트가 귀찮긴 했지만 그의 일련의 행동에 조금은 다시 보게 되었다. 결코 나쁜 인간이 아니란 것을 알 수 있었기 때문이다.

이스트는 나를 따라 아까와 같이 주절주절대며 따라왔다.

"맥주 한 잔 값은 벌었지만 조금 찜찜하네."

난 그의 투덜대는 말을 들으며 미소를 지었다. 괜찮은 녀석이었다.

주점을 찾은 난 안으로 들어갔다. 안에는 상인들과 용병들이 낮부터 들어 앉아 술을 퍼마시고 있었다.

난 비어 있는 자리에 앉았고 이어 이스트가 투덜대면서 앞에 자리를 잡고 앉았다.

"뭘 드시겠습니까?"

점원 한 명이 메뉴판을 들고 앞으로 오자 이스트는 싱글벙글 점원을 보며 말했다.

"맥주 두 잔에 간단한 식사거리로 아무거나 가지고 와."

"예."

이스트는 점원에게 간단히 주문을 하고는 나를 보며 말했다.

"어이, 블러드 소드. 길드 지부장은 언제 만날 거야?"

"내일."

그의 물음에 간단히 대답해 주었고, 내 말을 들은 이스트는 잠시 생각을 하는 듯하더니 자신의 돈주머니를 건네주면서 말했다.

"어차피 내일까지는 할 일이 없을 테니까 딱 하루만 도와주라. 특급 용병 의뢰비는 안 될 테지만 내 전 재산을 줄 테니까."

갑자기 자신의 전 재산을 맡기며 나에게 부탁하는 이스트를 의아하게 생각했지만 이스트가 꾸미는 일이라면 별문제가 없으리라 생각했다.

이곳으로 오면서 느꼈던 이스트는 겉으로 보이는 것과는 달리 냉정한 판단을 하는 자였고 심성 역시 그렇게 나쁘지 않았기 때문이다.

"저녁을 먹은 후."

"고마워!"

내가 승낙하자 이스트는 자신의 부탁을 들어주겠다는 말에 크게 기뻐하고는 감사의 말을 건넸다.

그런 이스트의 모습을 보며 나에게 부탁하고자 하는 일이 무엇인지 궁금하지 않을 수 없었다.

이스트가 안내한 곳은 작은 가게였다. 식료품들을 팔고 있는 가게로 도시 안에서 흔히 볼 수 있는 곳에 지나지 않았지만 다른 것이 있다면 여섯 명 정도의 용병들이 앉아 누군가를 기다리고 있는 것으로 보였다.

물론 가게를 상대로 자릿세를 받고 있는 용병들이 없는 것은 아니지만 이런 작은 가게에 여섯 명이나 되는 사람이 있다는 것은 조금 이상한 일이었다.

또 한 사람을 제외하고는 용병들로 보이는 자들은 모두 후드를 깊숙이 눌러써 자신의 얼굴을 보이지 않았다.

가게 안으로 이스트가 들어가자 용병들은 그를 잘 알고 있는지 손을 들어 올리며 말했다.

"이스트, 이제야 왔는가."

"그래. 오면서 몇 가지 일이 있어서 좀 늦어졌지."

사전에 약속이 있었는지 늦은 것을 변명한 이스트는 힘들다는 표정으로 자리에 앉았다.

뒤따라 들어온 나를 보고는 얼굴을 가리지 않은 용병이 새로운 동료라도 생겼다는 듯 다가와 손을 내밀며 말했다.

"악수나 합시다. 난 피렌드 시의 용병 길드에 있는 앤드로라고 하오."

이스트는 앤드로가 나에게 악수하러 손 건네는 것을 보며 말했다.

"이 친구는 현재 피렌드 시 용병 길드 사무장을 맡고 있는 친구지. 이곳 피렌드 시 출신으로 중소 상인 연합의 부총무직도 겸하고 있다네."

"중소 상인 연합?"

중소 상인 연합이란 말을 처음 들었기 때문에 묻자 이스트는 피식 웃음을 터뜨리며 말해 주었다.

"역시 잘 모르는구만. 중소 상인 연합은 이 가게와 같이 영세한 상인들이 자신들의 권익을 보전하기 위하여 만든 연합이지. 우린 중소 상인 연합에 가입된 용병들이고."

이스트의 설명을 듣고서야 중소 상인 연합이 무엇인지 알자 앤드로는 내가 아무것도 알지 못한 채 들어온 것을 알게 되었는지 이스트를 보며 말했다.

"이 친구 우리 연합에 가입하려고 온 친구 아닌가?"

"무슨 소리. 오늘 일이 있잖아. 그것 좀 도와달라고 부른 거야."

"음. 실력은 어느 정도 되는데?"

"실력? 자세한 것은 알려주기가 조금 거북하고 대충만 알려주면 여기에 있는 용병들이 모두 덤벼도 상대가 되지 않을 정도의 실력이라고나 할까?"

이스트의 말에 앤드로는 말도 안 된다는 듯이 껄껄 웃으며 말했다.

"이스트, 갈수록 뻥이 느는군. 여기 두 녀석만 해도 일급용병에 적이 올라가 있는 친군데 그게 말이나 되는가. 저 친구가 특급용병 정도의 실력이 아니라면 우리 모두를 상대할 수 없다고."

하지만 앤드로의 말에 이스트는 손가락을 들어 아니라는 손짓을 했다.

"어허! 앤드로, 일에 있어서 내가 언제 허언하는 것을 봤는가?"

"설마… 정말인가?"

"그래. 안 그랬음 데리고 오지도 않았지."

이스트의 자신감있는 어투에 앤드로는 고개를 끄덕였다.

하지만 솔직히 겉으로 보는 나는 이십 대 중반 정도로 보였기 때문에 그에게 확신감을 심어주진 못했다.

앤드로가 못미더운 표정을 지었기에 이스트는 그를 보며 말을 건넸다.

"친구, 한 번만 솜씨 좀 보여주겠나?"

일을 원활하게 하기 위해선 그에게 어느 정도의 실력을 보여줄 필요가 있다고 생각한 난 가볍게 투기를 뿜었다.

그 순간 가게 안에 있던 용병들은 크게 놀라며 자신의 검에 손을 대며 경계하기 시작했다. 앤드로 역시 내가 뿜은 기운에 당황하며 급히 물러서 여차하면 검을 뽑아 들 자세를 취하고 있었다.

한순간의 일에 이스트는 껄껄거리며 웃더니 말했다.

"하하하, 이 친구들 긴장하기는. 어떤가, 내 말을 믿을 수 있겠지?"

이스트의 말에 앤드로는 고개를 끄덕이며 말했다.

"젊은 친구가 꽤 실력이 있구만."

"젊은 친구? 이 친구는 아마 이곳에서 가장 나이가 많은걸?"

"응? 무슨 소리. 아무리 많아 봐줘도 30은 넘지 않을 것처럼 보이는데."

"어허. 자넨 우리 같은 검사들이 꿈에 그리는 경지도 모르는가?"

"설마?"

"소드 오버러의 경지에 들어선 친구라고. 그래서 몸이 젊어지고 있는 중이지."

사람들은 이스트의 말을 들으면서 놀란 표정을 지었다.

그들은 말로만 들었지, 실제로 소드 오버러의 경지를 넘어서 몸이 젊어지고 있는 사람을 본 적이 없었던 것이다.

"뇌검 유라이야 하프 엘프이기 때문에 나이가 어떻게 되는지 겉으로 드러나지도 않아 알지 못하지만 실제로 몸이 젊어지는 사람을 보게 되다니 감개무량한걸."

앤드로는 나의 모습에 감격했다는 듯이 말하고는 탁자에 있는 맥주를 들어서 앞에 내려놓고는 말했다.

"아무튼 우리를 도와주시러 오셨으니 한잔합시다."

"내가 고용했다니까! 무슨 소리야."

이스트는 앤드로의 말에 자신의 힘으로 데리고 왔다고 가슴을 치며 자랑하는 듯했지만, 역시나 그가 나를 고용했다는 말을 앤드로는 믿지 않았다.

특급용병을 고용할 수 있는 액수는 도저히 이스트가 벌 수 있는 액수가 아니었기 때문이다.

난 그가 내민 맥주를 시원하게 들이키고 말했다.

"하고자 하는 일은 무엇인가?"

앤드로는 나의 시원시원한 말에 기분이 좋아졌는지 껄껄 웃으며 말했다.

"뭐 별건 아니고, 칸트 데 피오르드 남작의 '커쓰로드 상회'를 조금 손봐주는 일이지."

"커쓰로드 상회를?"

"응. 앞뒤 사정도 모르는 놈들이야. 중앙 귀족이 아닌 놈들은 무조건 착한 놈이라고 보는 경향이 있는데 말이야, 사실 지방 호족들도 착한 놈들은 아니지. 자네도 알겠지만 이곳에도 상당수의 빈민들은 존재하지. 다른 것이 있다면 거의 대부분의 빈민들이 이곳 피렌드 시의 중소 상인 출신이라는 거야."

"중소 상인이었던 자들이라고?"

"그렇지, 모두 칸트 남작의 '커쓰로드 상회'의 돈을 빌려 쓰다가 엄청난 이자를 갚지 못하고 파산한 녀석들이지."

그의 말에 난 어느 정도 이해할 수 있었기에 고개를 끄덕이며 말했다.

"커쓰로드 상회는 악질적인 고리대금업자라는 이야기로군."

"겉으로는 원금의 1할 정도라고 하지만 실제로 녀석에게 돈을 빌린 녀석들은 원금의 수십 배의 이자를 갚아야 하게 되지. 물론 돈을 갚지 못하면 고용된 용병들에게 강제로 전 재산을 뺏기는 것은 물론 여자들은 노예로 팔아넘기는 악질들이지."

이 말에 난 허무감을 느꼈다. 차렌의 말에 따라 이 나라에 조금 도움이 되는 녀석들을 지방 호족으로 생각하여 발길을 돌렸던 것인데, 실제로 그 이면을 살펴보니 중앙 귀족들과 다를 바가 없었기 때문이다.

그들 역시 돈에 찌든 인간이었고 자신들의 이익을 위해서는 무엇이든지 하는 녀석들이었다.

'사람들이 사는 세상이란 다 똑같은 건가.'

돈과 권력이 있는 자들이 우위에 서는 것은 변함이 없다는 생각에 차렌의 이상이 아무런 소용이 없는 듯해 한숨이 나왔다.

"그래서 말야, 녀석들에게 좀 되돌려 받아야겠다고 생각했지."

"되돌려 받는다고?"

"커쓰로드 상회의 금고 안에는 칠십만 골드에 해당하는 금화 및 보석, 그리고 200장 정도의 총 천이백만 골드에 해당하는 사채증이 보관되어 있다고 하더군."

"호오! 엄청난 액수군!"

이스트는 그가 말하는 돈의 액수를 듣고는 도저히 믿기지 않는다는 표정으로 입을 벌리고 있었다.

"우리가 할 일은 본부를 습격해서 돈과 사채증, 그리고 사채 명단이 써 있는 장부를 가져오기만 하면 되지. 어떤가? 일급용병 이상의 실력을 가진 자네가 도와준다면 거의 반 이상은 성공이라고 할 수 있지. 일이 성사되면 칠십만 골드 중 반을 주겠네. 이 정도면 충분히 특급용병의 의뢰비 정도는 된다고 생각하는데?"

별로 나쁘지 않은 의뢰였기 때문에 난 고개를 끄덕였다.

그는 이스트가 나를 데리고 올 때 자신들을 도와주겠다는 말을 별로 믿지 않았기에 직접 나에게 승낙의 의사를 받은 후 고개를 끄덕이며 말했다.

"난 상인의 아들일세. 철저한 상인 정신을 가지고 있지. 아까 이스트에게 돈을 받고 우릴 도와준다고 했을 때 의심을 했다네. 이스트가 줄 수 있는 돈은 얼마 되지 않거든."

"뭐야! 난 전 재산을 털었다고!"

앤드로의 말에 이스트는 조금 자존심이 상했는지 입을 퉁퉁거리며 돌아앉았는데 그의 어깨를 두드려 주고는 말했다.

"그래서 말야, 자네의 실력에 맞는 돈을 주기로 생각한 거지. 세상은 돈이 전부가 아니지만 이런 세상에서 솔직히 믿을 수 있는 것은 돈밖에 없거든."

맞는 말이었다. 아무리 뛰어난 지식과 위대한 이념을 지니고 있다 해도 돈이 없다면 그 지식은 종이 한 장 값보다도 못한 것이 현실이었기 때문이다.

"자, 그럼 대충 준비나 해볼까? 가서 무기를 가져오게."

앤드로의 지시에 뒤에 있던 용병이 가게의 방 안으로 들어가서는 무기가 들어 있는 박스를 끌고 왔다.

앤드로는 거기에서 검을 하나 꺼내어 건네주곤 말했다.

"용병들이야 각자 자기의 애검이 있을 테지만 이건 이름이 밝혀져서는 안 되는 작업이라서 말이야. 다른 도시에서 사온 검이니 출처가 발각될 염려는 없을 거야."

난 앤드로의 용의주도함에 고개를 끄덕이며 검을 받아 보았다.

겉으로는 보통 싸구려 롱 소드 같았지만 검신은 여러 번 담금질을 한 푸르스름한 예광이 느껴지는 것이 꽤 좋은 검임을 보여주고 있었다.

"싸구려처럼 보여도 한 자루에 이백 골드는 호가하는 검이라고. 보통 검에 다섯 배는 되는 가격의 녀석들이라 구하려고 제국 곳곳을 돌아다니느라 고생 좀 했다고."

이번 일에 참여할 용병의 수는 이스트와 나를 제외하면 여섯 명 모두 이급 이상의 용병이었기에 꽤 강한 자들만을 끌어들였다는 것을 알 수 있었다.

모두가 중소 상인 연합 소속의 용병들이라고만 했을 뿐 난 이스트와 앤드로라는 이름밖에 알지 못했다. 또 앤드로를 제외한 나머지 사람들은 우리와 어떠한 말도 하지 않고 있었는데, 아무래도 만약의 사태를 대비하여 자신의 정체를 숨기는 듯했다.

앤드로가 복면과 로브를 건네주었기에 복면으로 얼굴을 가렸고, 이스트 역시 언제 가져왔는지 모르게 복면으로 얼굴을 가리고 있었다.

"흩어져서 삼십 분 후 '커쓰로드 상회' 본부 옆의 골목으로 집결한다. 일은 그때부터 시작하는 거지. 명심하게. 정확히 삼십 분 후에 모여야 하네. 너무 일찍 오면 녀석들의 눈에 띨 수도 있고 늦게 오면 일이 늦어져 들통날 수도 있으니."

앤드로의 말에 모두 고개를 끄덕이곤 한 사람씩 밖으로 나가기 시작했다.

난 움직이라는 지시를 받고는 이스트와 함께 커쓰로드 상회를 향해 움직였다.

상회로 가는 중 이스트는 커쓰로드 상회와 관련된 자신의 과거 이야기를 해주었다.

"나도 한때는 상인의 아들이었거든. 아버지가 커쓰로드 상회에서 돈을 빌렸다가 이자를 갚지 못해 우리 가족은 맨몸으로 거리에 쫓겨나게 됐었지. 뭐, 나야 대충 구걸하다가 알고 있는 용병들에게 검을 배워 살아왔지만 아버진 완전히 폐인이 되어 길바닥에서 굶어 돌아가셨고, 어머닌 녀석들에 의해 노예로 팔려갔지. 나중에 돈을 들고 어머니를 산 녀석을 찾아가봤더니 이미 돌아가셨다더군. 그래서 복수라는 것을 하는 것도 나쁘지 않을 것 같아서 중소 상인 연합에 가입하게 됐지."

이스트는 아무렇지도 않게 자신의 과거지사에 대해서 이야기해 주었다.

겉으로는 남의 이야기를 하는 것같지만 주먹이 바르르 떨리는 모습을 보며 상당한 앙금이 남았다는 것을 알 수 있었다.

우린 이곳저곳을 돌아다니며 이야기를 나누다가 약속된 삼십 분 후 상회의 옆 골목에 도착할 수 있었다.

이미 그곳에는 식료품 가게에 있었던 여섯 명의 용병들이 기다리고 있었다.

"좀 늦었어."

"미안해."

이스트는 늦었다고 말하는 앤드로에게 사과를 하며 그들에게 다가 갔다.

"상회 본부에는 상시 스무 명 정도의 용병들이 지키고 있지만 실력이 있는 녀석들은 두세 명뿐 나머지는 이급에서 삼급의 용병들이네. 최대한 조용하게 일을 처리하도록 하게."

앤드로의 말에 사람들은 고개를 끄덕였다.

잠시 후 그는 한 명씩 손으로 가리키며 지시를 하기 시작했다. 내가 받은 지시는 이스트와 함께 이층 창문으로 들어가 그곳에 있는 일급용병 두 명과 이급용병 다섯 명 정도를 처리한 후 이층 집무실 안의 금고를 털어 중요 서류를 훔쳐 오는 것이다.

다른 용병들에 비해선 조금은 어려운 임무였지만 그만큼 앤드로가 나를 인정하고 있는 것이었고, 이 정도 임무는 늘상 있어왔던 일이기에 불만은 없었다.

이층의 방, 그곳은 용병들이 잠을 자는 곳으로 다음 근무 전까지 이곳에서 수면을 취하다가 근무를 서게 되는 것이다.

사전 조사에 의하면 실력있는 일급용병들은 내가 상대해야 할 두 명 정도만 머무르고 있었다. 일단은 잠자고 있을 녀석들이지만 일급용병이라 조심하지 않으면 낌새를 챌 수 있으니 최대한 빨리 처리해야 했다.

조심스럽게 준비해 둔 갈고리를 이용하여 벽을 타고 올라간 우린 여름 밤이라 열려져 있는 창문으로 들어설 수 있었다.

텅!

내가 먼저 들어선 후 이스트가 이층 창문으로 들어갈 때 창틀에 부딪치자 몇몇 용병들이 자리에서 벌떡 일어났다.

자신의 실수로 용병들이 깨자 이스트는 크게 놀란 표정을 지으며 검을 뽑으려 했지만, 아직 방 안으로 들어서지 못한 탓에 움직임이 뒤처질 수밖에 없었다.

"누구!! 큭!!"

다행히 내가 먼저 방으로 들어선 덕에 재빨리 검을 휘둘러 소리 지르기 전에 녀석들의 목을 벨 수 있었다.

방에서 자고 있던 용병의 수는 예상보다 적은 다섯 명이었고, 가장 문제가 되는 일급용병이 보이지가 않았기에 들키지 않고 처리할 수 있었던 것이다.

"일급용병이 보이지 않는군."

난 이스트를 보며 조용히 말했다.

그는 자신의 실수 때문에 미안했는지 주먹으로 머리를 치고 있다가 나의 말을 듣곤 조금 놀라는 표정을 지었다. 이스트 역시 예상하지 못한 일이었던 모양이다.

일급 정도의 용병이 예상외의 장소에 있다면 자칫 잘못했다가는 계획이 크게 틀어질 수 있기 때문이다.

방 안의 용병들을 확실히 처리했는가를 확인한 후 여기저기를 움직이며 벽 너머에 누가 있는가를 살펴보았다. 느껴지는 일급용병의 수는 다섯 정도. 그중 셋은 앤드로와 우리 측 용병 둘이란 것을 알 수 있었고, 나머지 둘의 기운은 이층 가까운 곳에서 느껴지고 있었다.

"집무실로 먼저 가라. 난 일급용병 둘을 해치우고 가겠다."

이스트는 나의 지시에 고개를 끄덕이고는 조심스럽게 문을 열고 집무실로 향했고, 난 일급용병 기가 느껴지는 곳으로 향했다.

그들의 마나가 느껴지는 방은 우리가 들어갔던 침실에서 얼마 떨어지지 않은 방이었다.

열쇠 구멍으로 안을 쳐다보았다.

어둡긴 했지만 마나를 사용한다면 충분히 안을 볼 수 있었다.

'응?'

방 안을 쳐다보았을 때 예상치도 못한 일을 보게 되었다.

두 명의 일급용병 중 한 사람이 조용히 일어나서는 상대방의 목에 단검을 박아버린 것이다. 목에 단검이 박힌 녀석은 조금 발버둥 치다가 조용해졌고 그는 녀석이 죽은 것을 확인하고는 옷을 입었다. 풍만한 젖가슴… 여자 용병이었다. 조용히 옷을 걸치고는 방문 쪽으로 발소리를 죽이며 걸어왔다.

일단 그녀가 무슨 일을 하려는지 알아보는 것이 좋다고 생각한 난 천장으로 몸을 날려 고정시켰다.

문을 열고 나온 그녀는 조용히 발걸음을 옮기며 이스트가 들어간 집무실 쪽으로 갔는데, 이렇게 가다가는 우리의 계획에 차질이 생길 것은 분명했다. 하지만 그녀가 하는 행동을 보면 자세한 것은 알 수 없지만 이곳을 지키고 있는 용병이라기보다 우리와 같은 일을 하기 위해 온 자라는 것을 알 수 있었다.

집무실 문에 선 그녀는 문이 자물쇠가 열려 있는 것을 발견하고는 이상하게 생각하고 있었다. 그것을 보며 난 행동을 시작할 때라고 생각한 후 조용히 그녀의 뒤로 가 한 손으로 그녀의 입을 막고 들고 있는 검을 목에 가져갔다. 갑작스런 나의 기습에 놀란 듯 흠칫했지만 곧 이어진 말에 침착함을 되찾고 아무런 반항도 하지 않았다.

"조용히 해라. 죽이지는 않을 테니까."

그녀가 움직임이 멈추어지자 입을 막으며 집무실 안으로 들어갔다.

집무실 안에선 이스트가 비밀 금고를 열고 있다가 내가 여자의 입을 막고 들어오는 것을 보고는 깜짝 놀란 모습을 보였다.

"이 여잔 뭐야?"

"동업자."

난 간단하게 말하고는 그녀를 놓아주었다.

목숨은 건졌다는 것을 깨달았는지 그녀는 한숨을 쉬고는 말했다.

"젠장. 어쩐지 일이 잘 풀리는가 했더니. 암튼 동업자 양반들, 잘해 봅시다."

그녀의 말에 이스트는 황당하다는 듯한 얼굴 표정을 지었다. 난 그런 둘을 상관하지 않고는 비밀 금고로 걸어갔다.

금고는 미쓰릴로 견고하게 만들어진 것으로 정교한 장식을 보며 드워프들이 제작한 듯했다.

"웬만한 금고는 다 딸 수 있다고 생각했는데, 이 녀석은 좀처럼 따지지 않는군. 아무래도 드워프 녀석들이 만든 것 같단 말이야."

이스트가 나에게 다가와서는 한숨을 쉬며 이야기하는데 뒤에 있던 여자가 이스트를 밀어버리고는 금고로 와서 키를 돌리기 시작했다.

금고 키는 60개의 눈금으로 오중 장치가 되어 있는 금고였다.

그녀는 귀를 금고에 가져가고는 조심스럽게 키를 돌렸지만 일 분 정도 후 안 되겠다는 듯이 고개를 내젓고는 말했다.

"아무래도 금고 전체를 들고 가야겠는데."

금고의 무게는 대충 잡아봐도 300킬로그램은 넘었고 높이도 열두 살 어린애 정도 크기였기 때문에 그녀의 말에 따를 수는 없었다.

금고를 들고 간다는 것이 버거운 일이라 생각한 난 두 사람을 뒤로 물러나게 한 후 검에 마나를 집중시켰다.

마나가 집중된 검은 불그스름한 검기를 뿜기 시작했다.

그 모습에 여자는 놀라 입을 다물지 못하고 있었고, 난 검으로 금고의 뒷부분을 천천히 그어 나갔다. 미쓰릴로 만들어진 금고가 견고하긴 하지만 소드 오버러의 검기를 견딜 정도는 아니었기에 조금씩 잘려가기 시작했다.

10분 정도의 작업 끝에 난 금고의 뒷부분을 잘라낼 수 있었다.

이스트는 무언의 환호성을 지르고는 잘려진 금고 뒤쪽으로 가 그곳에 있는 물건을 챙기기 시작했다.

"다, 당신 굉장한데!!"

여자는 나의 솜씨를 보고는 감동했는지 놀란 표정으로 와서는 말했다.

이스트는 금고 안의 물건을 가지고 온 자루에 모두 담고 나가자는 손짓을 했다. 난 그의 손짓에 따라 우리가 제일 처음 들어왔던 방으로 향했다.

재밌는 것은 용병 여자 역시 우리의 뒤를 쫓아왔는데, 이층 침실에서 죽어 있는 용병들을 보고 잠시 놀라는 표정을 보이다가 창밖으로 나가는 우리의 뒤를 쫓아 나왔다.

그리고 모든 일을 끝냈다고 생각한 우린 처음 왔던 잡화점에 무사히 돌아올 수 있었다.

얼마 지나지 않아 앤드로와 나머지 사람들도 몇 개의 자루를 들고 도착했다.

"무사히 돌아왔구만."

앤드로는 우리가 무사히 돌아온 것을 보고는 반갑다는 듯이 말했는데, 뒤에 다른 사람이 있는 것을 발견하고는 허리에 있는 검에 손을 대면서 말했다.

"저 여잔 누구지?"

앤드로가 살기를 내뿜으며 말하자 그녀는 할 수 없다는 표정으로 두 손을 내젓더니 말했다.

"내 이름은 헤레나 루아노프. 스프니아 왕국 출신의 용병이지. 캘리프란 상인에게 돈을 받고 사채증을 훔치려고 잠입했는데 당신네들이 선수를 쳤더군. 그래서 어쩔 수 없이 따라온 거라고."

앤드로는 갑자기 나타난 그녀를 의심했지만 그녀의 말속에 캘리프라는 이름을 듣고는 조금 안심하는 듯했다.

"캘리프라. 요즘 좀 곤란한 상황에 처했다고는 들었지만 그게 사채 때문이었군."

앤드로는 이스트가 가지고 온 자루를 땅바닥에 내려놓고는 뭔가를 찾다가 그녀에게 건네주었다.

"자, 캘리프의 사채증이네."

헤레나는 앤드로가 내민 사채증을 가볍게 가로채곤 미소를 지으며 말했다.

"고맙군."

"어쨌든 이 일에서 지켜야 할 것이 무엇이라는 것은 알고 있겠지?"

"물론이야."

"좋아."

그렇게 말한 앤드로는 주머니에서 열 개 정도의 금화를 그녀에게 던져 주었다. 금화를 받아 쥔 그녀는 앤드로에게 윙크를 하며 말했다.

"뭔가를 조금 아는 녀석이군. 그럼 열심히 일하라고, 난 이만 가볼 테니까."

그녀는 손을 흔들며 잡화점 밖으로 나가자 이스트는 조금 못 미더운지 앤드로를 보며 말했다.

"저 여자를 그냥 보내줘도 되는 거야?"

"조금 의심이 가긴 하지만 캘리프의 의뢰로 같은 일을 했던 여자다. 그가 의뢰했다면 어느 정도 믿음이 가니까."

앤드로는 이스트의 의심에 간단히 못을 박고는 자신들이 가지고 온 자루 중 하나를 나에게 건네주었다.

"약속했던 돈이네."

난 앤드로가 건네준 자루를 받았다. 꽤 많은 돈이 들었는지 묵직했기 때문에 이것을 처리하기가 조금 귀찮다고 느껴졌다.

"이곳에 고아원이 있는가?"

나의 물음에 앤드로는 이상하다는 얼굴로 고개를 끄덕였고, 난 그 주머니를 건네주면서 말했다.

"고아원에 던져 주게."

앤드로는 그 순간 황당하다는 얼굴로 쳐다보더니 크게 웃기 시작했다.

"하하하하!"

한참을 그렇게 웃던 그는 나의 두 손을 잡으며 말했다.

"언젠가 이곳에서 일이 생기거든 말하게나. 내 최대한 도와줄 수 있는 데까지 도와줄 테니까."

앤드로의 말에 가볍게 고개를 끄덕이고는 나가려고 했는데, 이번에 일을 같이 했던 두 용병이 앞을 막아섰다.

나의 앞에 선 그는 얼굴을 가리고 있던 복면을 벗고는 얼굴을 보였다.

한 사람은 갈색 머리에 구레나룻을 텁수룩하게 기른 삼십 대 정도의 용병이었고 한 명은 이십 대 중반 정도의 잘생긴 청년이었다.

"의심해서 미안하네. 요즘 세상이 각박해서 좀처럼 사람들을 믿을 수가 있어야지. 하지만 자네라면 충분히 우리의 친구가 될 수 있다고 생각했거든. 소개하지, 난 이곳 출신인 로그란스 플리토라고 하네."

"전 애브런 플리토라고 합니다. 로그란스 형의 동생이죠. 저희 둘은 용병들 사이에서 플리토 형제로 불리고 있죠."

난 나를 믿어주며 손을 내밀고 있는 두 사람의 손을 잡고 가볍게 악수를 하며 나의 이름을 말해 주었다.

"반갑소. 페리오드 왕국의 용병 블러드 스톰이오."

"블러드 스톰!!"

그들은 내가 블러드 스톰이란 것을 알게 되자 크게 놀라는 듯했고, 이스트는 가슴을 치며 자랑스럽다는 표정으로 말했다.

"거참, 그럼 내가 데리고 온 사람이 허접 용병인 줄 알았단 말이야?"

하지만 그의 잘난 척은 그리 오래가지 않았다.

앤드로가 손을 들어 그의 머리를 때렸기 때문이다.

"블러드 스톰이 당신이라니. 이거 소문은 믿을 게 못 되는군요."

나에 대한 소문은 강하지만 잔인한 성격을 지녔다고 알려져 있기에 그가 하는 말을 어느 정도 이해할 수 있었다.

그들과 헤어져 여관으로 향하고 있었는데, 이스트는 급하게 뛰어와서는 플리토 형제들을 가리키며 말했다.

"저 친구들도 나와 비슷한 경험을 한 녀석들이야. 돈을 갚지 못하고 가족이 도망가다가 상회에서 고용한 용병들에게 부모를 잃었지. 노예로 팔려 버릴 뻔했는데, 운 좋게 로그란스가 애브런을 데리고 도망칠 수 있었다고 하지. 갈 곳이 없었는데 우연히 이곳에 있는 고아원에서 살게 된 거야. 뭐랄까, 이곳의 고아원은 저 형제들에겐 또 하나의 집과 같은 곳이지."

"음."

"그래서 매년 용병 일을 해서 번 돈을 고아원에다 기부하곤 하는데 요즘엔 이곳 고아원도 사정이 안 좋아서 떠도는 아이들을 받아주지 못하고 있는 형편이야. 그런 와중에 자네가 그들을 도우니 감동할 수밖에. 아마 자네가 부탁하는 것은 목숨 걸고 도와줄걸. 의리 하나는 끝내주는 녀석들이니까."

고아로 지내왔기에 내가 한 행동에 감동을 받은 것일까?

그들은 아이였을 적 자신들의 부모를 죽인 자들과 자신을 도와준 고아윈 원장을 보며 무엇을 알게 되었을까?

아이들은 단순하다. 누군가 자신을 해하면 그들을 나쁘다고 생각하고 누군가 자신에게 도움을 주면 좋은 사람이라고 생각하기 때문이다.

하지만 이 두 가지만으로 주위에 있는 사람들을 평가할 순 없다.

이 흑과 백의 두 가지만을 아이들이 알고 있다면 커가면서 그것들이 섞이며 회색이 되어간다.

이스트는 기분이 좋다는 듯 미소를 잃지 않다가 무엇인가 궁금한지 나를 보며 물어보았다.

"그런데 말이야, 자네 진짜 이름이 뭔가?"

그의 말에 난 조금 생각에 잠기게 되었다.

레비나가 죽은 이후 나의 진짜 이름을 알고 있던 사람은 전쟁터에서 죽은 친구밖에 없었다. 그리고 친구마저 죽은 후 난 이름에 대해서 생각해 본 적이 없다.

용병 생활을 하며 이름은 그다지 필요없었기 때문이다.

하지만 언젠가 나의 이름을 말할 수 있을 때가 오리라 생각한다.

모든 것이 끝났을 때.

제3장 **인간은 거짓으로 살아간다**

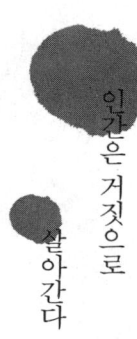

인간은 거짓으로
살아간다

다음날 아침 난 이스트와 함께 지방 호족군의 용병으로 들어가기 위해 피렌드 시의 길드에 찾아갔다.

황성의 용병 길드와는 다르게 피렌드 시의 용병 길드는 근처에 있는 다른 상점과도 별다를 게 없었다. 뭐, 굳이 다른 것을 찾는다면 대문짝만하게 붙어 있는 간판뿐이었다.

안으로 들어가자 한쪽 방문 앞에서 일을 찾기 위해 들어온 용병 십여 명이 줄을 서서 차례를 기다리고 있었다.

난 줄의 맨 뒤에 서서 차례를 기다리려고 하는데, 이스트가 아니라는 표정으로 손가락을 내젓더니 옷소매를 잡고 방 안으로 들어가며 말했다.

"거참, 특급용병이 줄 서는 거 봤나."

그 말과 함께 이스트는 당연하다는 듯이 앞에 서 있는 용병들을 밀며 안으로 들어가는데, 근처에 있던 용병이 미간을 찌푸리곤 그를 보며 소리쳤다.

"줄 서, 이 자식아!!"

2미터가 넘는 거구의 용병은 줄을 서지 않으면 당장이라도 베어버리 겠다는 기세를 보이고 있었는데, 자신의 앞을 막으며 욕하는 용병을 잠 시 주시하던 이스트는 한숨을 쉬며 말했다.

"겁도 없는 친구구만. 자네 뒤에 있는 사람이 누구인 줄 아는가?"

"누군데?!"

"놀라지나 말게. 저 친구가 바로 그 유명한 블러드 스톰이란 말이 야."

"블러드 스톰?!"

거구의 용병은 이스트의 말에 놀라 뒷걸음질쳤지만 믿지 못하겠는 지 콧방귀를 뀌며 말했다.

"말도 안 되는 소리! 정말로 블러드 스톰이라면 중앙 귀족들에게 가 지 이런 한적한 길드로 올 턱이 없잖아!"

"저 자식이 새치기하려고 사기를 쳐!"

거구의 용병 말에 다른 이들도 화가 나는지 우리 두 사람을 보며 소 리치기 시작하니 나로선 한숨이 나올 수밖에 없었다.

자칫 잘못하다가는 이곳에서 싸움이 일어날 수 있다는 생각에 이스 트의 어깨를 잡고는 거구의 용병을 향해 강한 투기를 뿜어냈다.

"헉!"

그는 나의 투기를 느끼고는 자신도 모르게 뒤로 물러서며 말했고, 그런 모습은 다른 용병들도 다르지 않았다.

"저, 정말로 블러드 스톰님이십니까?"

거구의 용병은 떨리는 목소리로 물었지만, 투기만으로 그가 느꼈으리라 생각한 난 이스트와 함께 그들을 지나 방 안으로 들어갔다.

안에는 책상에서 두 명의 용병들과 이야기하는 사람이 보였는데, 놀랍게도 안면이 있는 사람이었다.

"어, 이제야 왔구만."

접수하고 있던 사람은 바로 앤드로였던 것이다.

그는 이스트와 내가 들어오는 것을 보고는 앞에 있는 두 명의 서류를 다른 책상의 용병에게 넘기고는 접대용 소파로 우리를 안내했다.

"이미 자네와 이스트의 접수는 모두 끝난 상태네. 남은 건 돈 문제뿐이지. 그래, 얼마나 받길 원하는가? 자네라면 상황이 상황인만큼 터무니없는 액수가 아니면 부르는 대로 쳐줄거라 생각하네만."

그 말에 이스트는 자신이 나의 대리자라도 되는 양 얼굴에 웃음기 가득한 얼굴로 앤드로에게 말했다.

"무슨 말이 필요해. 당연히 최고 액수지. 거기다가 내가 소개하는 거니까 난 소개비도 충분히 달라고."

"하하하하! 알겠네, 알겠어. 거참, 이스트, 자네 동료는 제대로 구했구만. 날 믿으라고, 받을 수 있는 한 최대한 받을 수 있게 해줄 테니까 말이야."

앤드로는 책상으로 가서 서류 두 장을 꺼내 오더니 나와 이스트에게 넘겨주면서 말했다.

"용병 길드의 조항대로 자네들이 받는 돈의 10%는 길드 소개비, 5%는 용병 길드 회비로 빼게 되네. 자, 여기다가 사인을 하게."

앤드로의 말에 탁자에 있는 펜을 들어 사인을 했는데, 그때 밖이 소란스러워지더니 한 명이 문을 박차고 방 안으로 들어왔다.

그는 갈색 머리의 날카로운 인상을 가진 중년 남자였는데 삐빼한 몸과는 달리 상당히 거친 사람으로 보였다.

화가 난 표정으로 안으로 들어온 그는 앤드로를 보며 고함을 질렀다.

"스프니아 출신 계집년 어디 있어?!"

"로빈턴 씨, 갑자기 무슨 일이십니까?"

앤드로는 고함을 지르며 들어온 로빈턴이란 사내를 보곤 미소 지으며 말했지만 그는 좀처럼 흥분을 가라앉히지 못하고 소리를 지르기 시작했다.

"이곳에서 소개시켜 준 스프니아의 계집 말이야, 스프니아 계집!! 그년이!!"

말을 하다가도 분을 참지 못하는지 온몸을 떨며 주체하지 못하고 있었다.

이스트는 그의 모습을 보며 나에게 귓속말로 그에 대해서 말해 주었다.

"커쓰로드 상회의 부대표인 로빈턴이라고 하는 녀석이야. 아마 어제일 때문에 찾아 왔는가본데."

"허허, 무슨 일인데 그렇게 노발대발하십니까? 자, 이리로 앉아서 말씀하시죠."

앤드로의 차분한 말에 로빈턴은 다소 노기를 가라앉힐 수 있었는지 씩씩거리며 나의 옆에 앉았다.

그가 자리에 앉자 앤드로는 사무를 보는 용병에게 차를 가져오라고 지시한 후 말했다.

"대체 무슨 일입니까? 스프니아 출신 계집은 왜 찾으시죠?"

앤드로의 말에 로빈턴은 마음을 가라앉히려고 숨을 가다듬더니 말하기 시작했다.

"어제 상회의 본부가 습격당했네. 근무하고 있던 용병들 모두가 죽었는데 찾아보니 스프니아 출신의 헤레나 루아노프란 년만 없더군."

"그런 일이 있었습니까? 그래, 피해는?"

그 말에 로빈턴은 허탈한 듯 한숨을 쉬더니 말을 이었다.

"본부의 금고가 모두 털렸네. 돈이야 별문제가 되는 것은 아니네만… 그……."

로빈턴은 상회의 비밀 장부가 도난당했다는 말은 차마 하지 못해 말끝을 흐렸고 앤드로는 잠시 생각하는 표정을 짓다가 뒤에 있는 사무용병을 보며 말했다.

"레이놀 군, 당장 스프니아 출신의 헤레나 루아노프란 용병의 서류를 찾도록 하게. 아마 이곳 길드를 통해서 일을 받았다면 서류가 있을 테니까."

그는 로빈턴이 말한 여인의 서류를 가져오라고 지시한 후 말했다.

"저희 길드에서 소개한 용병이 그런 짓을 저질렀다니 믿을 수가 없군요. 아무튼 저희 길드에선 최대한 빨리 헤레나란 용병을 찾아보도록 하겠습니다."

앤드로의 말에 로빈턴은 그의 손을 붙잡고는 간절한 목소리로 말했다.

"부탁하네. 그년이 훔쳐간 것을 되찾지 못하면 아마……."

로빈턴은 그렇게 말하다가 자신의 처지가 생각이 났는지 힘이 빠져 고개를 숙이자 앤드로는 그의 등을 가볍게 다독거려 주며 말했다.

"저희를 한번 믿어보십시오."

"부탁하네."

로빈턴은 축 처진 어깨를 간신히 지탱하며 방으로 나갔고 그것을 보고 있던 이스트는 로빈턴이 나가자마자 큰 소리로 웃기 시작했다.

"하하하하! 그 잘난 척하던 녀석이 저 모양이 되다니 헤레나라는 용병 얼굴이나 한번 보고 싶군."

물론 우린 헤레나란 용병을 알고 있기는 하지만 그 사실을 숨겨야 했기 때문에 이스트는 연기를 하고 있는 것이었다.

앤드로는 그런 이스트의 모습을 보며 미소 짓고는 말했다.

"적당히 하게나. 저 친구 입장에선 아마 죽고 싶은 심정일 테니까. 아무튼 서류는 이 정도면 충분하니 돌아가 보게. 내 호족 측에서 사람이 오면 부르도록 하지."

"고맙군. 그럼 나중에 보도록 하자구."

이스트는 그에게 간단히 말하고는 자리에서 일어섰고, 나 역시 용병 길드 밖으로 나왔다.

길드를 나와 여관으로 가는 길에도 이스트는 무엇이 그리도 좋은지 히죽대고 있다가 나에게 말했다.

"아마 헤레나란 이름은 가명일 거야. 어떤 용병이 그 딴 짓을 저지르려고 들어갔는데 진짜 이름을 대겠어? 십중팔구 죽은 용병 년의 이름을 아무거나 말했을 테니 길드에선 절대로 찾을 수 없겠지. 그런데 조금 미안한 걸. 우리가 저지른 것을 몽땅 뒤집어쓰는 꼴이 됐으니 말이야. 뭐, 우리야 완전히 혐의를 벗어서 다행이지만 말이야."

그 정도는 알고 있었다.

그때 그녀가 말한 이름. 물론 처음 보는 이에게 자신의 진짜 이름을 가르쳐 줄 순 없었을 테지만 진짜 이름을 알지 못한 것에 조금 섭섭한 마음이 있었다.

하지만 나 역시 진짜 이름을 밝히지 않고 용병 일을 하고 있었기 때문에 별로 거부감 같은 것은 들지 않았다.

이 시대의 용병 중 진짜 이름을 쓰고 있는 용병이 몇 명이나 될까. 아마 거의 대부분의 용병은 가명을 사용하고 있을 것이 분명했다. 전쟁의 소용돌이 속에 있는 사람들에게 이 용병이란 직업은 어떤 범죄자들보다도 지저분한 직업이었기 때문이다.

영주들에게 수탈당하며 살고 있는 사람들이 돈을 제대로 벌 곳이라곤 용병 정도밖에 없는 현실이었지만, 그들은 영주들에게 고용되어 자신이 당했던 것과 같은 일은 다른 이에게 행하게 된다. 그리고 그들은 그 돈으로 가족들을 부양하며 산다.

이런 일은 철저히 악순환 되어 돌아간다. 다른 영민들에게 수많은 악한 짓을 저지르며 그자는 자신의 가족을 부양하지만, 언젠가 그 가족들은 또 다른 용병들에게 그가 저지른 것과 같은 짓을 당하며 죽어갈 수도 있는 일이기 때문이다.

이스트와 여관에서 조용히 시간을 때우고 있을 때 여관으로 금발의 중년 귀족과 여러 명의 기사들이 찾아왔다.

그는 여관 주인에게 무엇인가를 물어보다 주인이 나를 가리키자 금화 하나를 던져 주더니 나의 앞으로 걸어와서는 말했다.

"자네가 블러드 스톰인가?"

조금 건방진 말투이긴 했지만 용병 생활을 하면서 거의 모든 귀족들이 그와 같다는 것을 알고 있었기 때문에 아무 말도 하지 않고 고개만 끄덕였다.

나의 모습을 본 기사는 고개만 끄덕이는 것을 보곤 화를 내려고 했지만 귀족이 손을 내밀어 막고는 말했다.

"난 루렌드 기사단의 부기사단장 직을 맡고 있는 카리오스 드 패리 만다라고 하네."

이스트는 루렌드 기사단이라는 말을 듣고는 크게 놀라며 소리쳤다.

"루렌드 기사단이라면 화령기사 리후드 드 맨트라다 백작이 단장으로 있는 기사단?!"

이스트의 말에 그는 고개를 끄덕이며 말했다.

"맞네. 이번에 자네가 우리 측에서 길드에 부탁한 용병 모집에 응했다는 말을 듣고 리후드님의 지시로 직접 만나러 왔네. 나와 같이 기사단이 있는 곳으로 가지 않겠나?"

우리는 카리오스란 귀족의 말에 조용히 일어나 여관의 밖으로 걸음을 옮겼다.

밖에는 한 대의 마차와 여러 필의 말이 세워져 있었기에 루렌드 기사단의 기사가 지시하는 대로 마차에 올라탔다.

마차 안에는 앤드로와 상당한 미모의 금발 머리 아가씨가 앉아 있었다.

"들어오게. 거참, 블러드 정도 되니까 기사단에서 직접 모시러 오고… 부럽네, 부러워."

나를 보며 한탄하듯 말하고 있는 그의 말은 부러운 듯이 말하고 있었지만, 표정은 상당히 재밌다는 느낌이었다.

그런 앤드로의 말을 들은 금발의 여인은 무엇이 그리 마음에 들지 않는지 콧방귀를 뀌며 날카로운 목소리로 말했다.

"흥!! 블러드 스톰이란 역겨운 이름이 뭐가 잘났다고 그러는지 몰라. 어디서 힘없는 사람들을 미친 듯이 베다가 악명을 얻었겠지. 용병이란

자들은 다 그렇고 그런 것 아닌가?'

그녀는 나에게 무슨 악감정이라도 있는 듯이 말했지만 별로 상관하지 않았다.

귀족들의 계집이야 용병들을 집 지키는 개 이상으로 보지 않는다는 것을 알고 있기 때문이다. 하지만 뒤에서 들어오던 이스트는 달랐다. 내가 그런 말을 듣자 인상을 찌푸리더니 여자에게 비아냥거리듯이 말했다.

"악명이 더 자자한 건 집에서 처박혀 지 잘났다는 듯이 살아온 계집들이 더하겠지. 그런 것들은 어느 누구에게도 지지 않으려고 아무한테나 바락바락 대드니 말이야."

"천한 용병 주제에 어디서!!"

이스트의 말에 여자는 화가 난 목소리로 소리쳤지만 그는 멈추지 않고 계속 말을 이었다.

"천한 것이라… 듣기 좋군. 그런데 말이야, 이 악명이 자자한 천한 용병들이 무서운지도 모르는 계집이 멋도 모르고 설치다 신세 망치는 꼴 몇 번 봤지. 어이, 아가씨. 특급용병 정도의 실력은 당신이 그렇게 자랑스럽게 생각하는 루렌드 기사단이라고 해도 단장급으로 모셔야 할 사람이라고. 맘먹는다면 기사가 있다 하더라도 당신 같은 계집 끌고 가 신세 망치게 하기 충분하니 적당히 입 닥치고 앉아 있어."

"흥!!"

그녀 역시 특급용병이 어느 정도의 실력을 가진 사람이란 것을 아는지 이스트의 말에 반박은 하지 못하고 콧방귀만 뀌며 고개를 돌렸다.

난 그런 두 사람의 싸움에 아랑곳하지 않고 그녀가 정면으로 보는 자리에 앉아 조용히 눈을 감고 명상을 즐겼다.

잠시 후 카리오스란 귀족이 들어오자 마차가 출발했다. 그는 냉랭해진 분위기가 조금 이상했는지 그녀를 보며 말했다.

"아리안느, 또 무슨 짓을 저지른 게냐?"

카리오스는 이 분위기가 분명 그녀가 만들어놓은 것임을 확신하고 있는 듯이 말했는데 그의 말에 아리안느란 여인은 화가 난 목소리로 말했다.

"용병들이 예의가 없다고는 들었지만 이렇게 무례한 자들일 것이라곤 생각도 못했어요. 이런 자들과 어울리는 것을 보면 특급용병이란 자도 예의없고 파렴치한 악당이 분명하겠죠. 하긴 특급용병이면 뭐해, 어차피 천하고 예의도 모르는 천한 것들인걸 뭐."

그녀의 말에 카리오스의 안색은 새파랗게 변했고, 앤드로와 이스트의 얼굴은 일그러져 버렸다. 귀족들이 생각하는 용병들이야 천한 녀석으로밖에 생각하지 않을 것은 분명했기에 별로 화는 나지 않았다.

하지만 매일 듣는 욕이라 해도 뒤에서 수군거리는 것과 앞에서 대놓고 말하는 것은 격이 틀리다.

"흥!"

이스트는 그녀의 말에 분노를 참지 못하고 검을 뽑으려 했다.

아무리 이곳이 대륙제일의 강국인 로아냐드 제국이고, 상대방이 그 제국의 고위 귀족과 관계있는 사람이라고 할지라도 나에게 이런 말을 하는 것은 크게 실례되는 행동이기 때문이다.

내가 가지고 있는 특급용병의 직위는 보통 용병의 직위와 다르다.

대륙에서 특급용병의 직위를 가진 인물이라면 어떤 나라라도 권력자에게 힘이 되어준다고 약조만 한다면 작위를 받는 것은 어렵지 않았고, 작은 나라에선 공작의 작위까지도 받아낼 수 있었다.

그런 이유로 대륙 어디를 간다고 해도 특급용병은 평민이 아닌 귀족 취급을 받는 것이 보통이었고, 용병들 사이에 특급용병의 직위란 것은 꿈이자 자신들이 존경하는 자라고 해도 과언이 아니었다.

그녀가 한 말은 이런 수많은 용병들의 꿈조차 하찮은 것으로 취급하고 있는 것이기에 이스트로선 자신의 꿈이 건방진 귀족 계집에게 쓰레기 취급을 받았다는 생각에 화를 내고 있는 것이다.

앤드로가 간신히 화를 참으며 검을 뽑으려는 이스트를 멈추게 한 후 아리안느란 여인을 보며 말했다.

"아리안느 아가씨, 보아하니 아가씨께선 지방 호족의 자제분이신 것 같은데 방금 아가씨께서 하신 말씀이 어떠한 영향을 미칠 것인지는 알고 계십니까?"

앤드로의 말에 그녀는 이해하지 못하겠다는 표정을 지었기에 그는 계속 말을 이었다.

"귀족들이 용병들을 천하고 지저분한 것들이라 생각하고 있는 것은 다 알고 있는 사실입니다. 그러니 새삼 달라질 것은 없습니다만 같은 용병이라 할지라도 특급용병에게까지 그렇게 말한 것은 상당히 문제가 됩니다. 아가씨가 아직 특급용병에 대해서 잘 모르시겠지만 대륙의 수많은 용병들이 보는 특급용병이란 한 왕국의 왕이란 직위조차 하찮게 여겨질 정도의 계급입니다. 이런 특급용병 중에서도 블러드 스톰님은 최하의 계급인 오급에서 최고의 등급인 특급용병까지 오르신 분, 대륙의 모든 용병에게 블러드 스톰님의 사례는 그들이 최종적으로 추구하고자 하는 꿈이라 해도 과언이 아닙니다."

거기까지 말을 하자 아리안느라는 아가씨의 표정은 조금씩 변하기 시작했다.

"방금 받은 모욕, 그것은 대륙의 모든 용병들의 꿈을 한마디로 쓰레기보다 못한 취급을 하신 것이지요. 만약 블러드 스톰님께서 이 일에 한마디라도 불만을 토로하신다면 저희들도 가만히 있지 않겠습니다. 총단에 이 사실을 보고하여 지방 호족에 소속되어 있는 용병들을 중앙 귀족으로 돌아서게 해드리지요."

아리안느는 그제야 사태의 심각성을 알게 된 것같이 보였다.

그녀는 특급용병이란 이름을 말로만 들었지 그들이 용병들 사이에서 어떠한 위치를 차지하고 있는지는 모르고 있었기 때문이다.

협박과도 같은 말을 한 앤드로는 살기를 내뿜으며 아리안느를 보고 말했다.

"사과하십시오. 사과하지 않으시겠다면 오늘 아리안느님께서 블러드 스톰님께 하신 모욕을 모든 용병들에게 알리겠습니다."

앤드로 역시 용병이었는지 내가 받은 모욕을 참지 못하고 그녀에게 사과를 요구하고 있었다. 사태가 그쯤 되자 나로서도 궁금하지 않을 수 없었다. 이 콧대 높은 여인이 과연 나에게 사과를 할 것인가, 안 할 것인가에 대해 말이다.

"죄, 죄송해요."

한참을 망설이던 그녀는 나에게 사과의 말을 건넸고, 잠시 후 자존심이 상했는지 눈에서는 쉴 새 없이 눈물이 흘러내렸다.

이해할 수도 있는 것이 천하게 생각한 용병에게 사과의 말을 하는 것이 그녀로선 조금 억울할 것이라 생각되었기 때문이다.

물론 이런 억울함은 그녀가 귀족이기 때문에 생기는 것이긴 하지만 말이다.

나로서는 그녀의 사과 같은 것은 받고 싶은 마음도 없었는지라 그저 조용히 눈을 감고 명상만을 계속해 나갔는데, 나의 반응을 기다리던 그녀는 어떻게 해야 할지 모르고 있다가 더 이상 참지 못하고 소리쳤다.

"더, 더 이상 나보고 어떻게 하란 말이에요!! 미안해요. 제가 잘못했어요! 이젠 됐나요! 흑흑흑."

"아리안느······."

카리오스는 오열하고 있는 그녀를 보며 무엇인가 말하려고 했지만 더 이상 말을 못 잇고 있었다. 난 그녀의 서러운 울음소리를 듣는 순간 나도 모르는 사이에 짜증이 날 수밖에 없었다.

아무런 가치도 없는 자존심이 상한 것에 모든 것을 잃은 듯이 울부짖고 있는 것을 들으며 무엇인가 알 수 없는 분노가 치솟아올랐기 때문이다.

모든 것을 잃고 살아가면서도 어떠한 보상도 받지 못한 채 내 자신에 대한 더러운 운명으로 인하여 눈물마저 말라 버린 나였기에 그녀의 하찮은 자존심의 눈물은 지금까지의 나를 너무나 바보같이 만들어 버렸기 때문이다.

울면 모든 것이 용서가 되는가? 울면 잃어버린 모든 것을 되찾을 수 있는가? 그것이 가능하다면 마계의 열화 속에서 억겁의 윤회 동안 고통받는다 하더라도 사랑하는 이를 위해 눈물을 흘렸을 것이다.

귓속으로 맴돌 듯 들어와 나의 머리 속에 울분을 터뜨리고 있는 여인의 흐느낌을 들으며 더 이상 참지 못하고 감았던 눈을 뜨며 조용히 말했다.

"고귀한 여인이여, 그대는 이리에 뜯어 먹히는 어머니를 보며 울부짖어 봤는가?"

나의 말에 아리안느는 흐느끼던 것을 멈추고 나의 얼굴을 쳐다보았다.

"그대는 찢겨진 딸아이의 시신을 보고 오열해 본 적이 있는가?"

그녀의 눈은 이제 멍하니 변해 있었다. 귀족의 아이, 귀한 손길로 살아온 그녀가 그러한 것을 알겠는가.

수많은 사람들이 전쟁과 영주들의 폭정으로 피붙이들의 시신 앞에서 눈물을 흘릴 때 그녀는 하루를 연명하기 어려워 죽은 그들의 시체로 이루어진 돈으로 살며 기껏해야 애완 동물의 병에 가슴을 앓고 있었을 것이다.

"멈추어라, 이 울분 시대의 인간에게 너의 울음은 사치스러운 행동에 불과하니."

그렇게 말한 난 다시 눈을 감았다.

울음은 멈춰 있었다. 앤드로와 이스트, 그리고 카리오스는 예상치도 못한 나의 반응에 할 말을 잃었는지 아무 말도 못하고 있었다.

그녀에게 말을 뱉는 순간 난 후회감이 치솟아올랐다.

또다시 생각나는 슬픔. 왜 난 그녀의 흐느낌에 분노를 춫지 못하고 그 이야기를 한 것일까. 나의 고통을 그녀에게 말해 무엇을 얻으려 했는가?

운명에 대한 울분을 터뜨리는 건 현재 살아 있는 생에 대한 푸념인 것을 그 이상도 그 이하도 아니었기에 후회감이 들었다. 이러한 생각조차 그녀의 흐느낌과 마찬가지로 사치스러운 행동을 했다는 생각이 들었기 때문이다.

마차 안은 정적만이 흐르고 있었고, 어느 누구도 입을 열려 하지 않았다.

상한 자존심에 흐느끼던 아리안느조차 멍한 얼굴이 되어 창문 밖을 처다볼 뿐이었다.

'젠장할.'

이런 것이 아니었다. 남들에게 동정받을 정도의 말을 했다는 것에 노기마저 치솟아올랐다. 이곳에 존재하는 자들을 모두 베어 모든 것을 무위로 돌리고 싶었다.

그러한 생각에 강한 살기가 치솟아올랐지만, 그 순간 한 여인의 눈빛이 떠오르며 분노는 점차 가라앉기 시작했다.

'무엇 때문에 과거에 집착하고 있는 것인가. 지금 이 순간 죽음을 찾아가는 것은 변함없지만, 이제와 그것에 연연한다는 것은 우스운 일일 수밖에 없다.'

그러한 생각이 들자 조금씩 마음이 안정됐고, 명상에 잠길 수 있었다.

그때 마차 안의 정적이 못 견디겠는지 한숨을 쉬던 이스트가 무슨 생각이 들었는지 손바닥을 치고는 앤드로를 보며 물었다.

"그렇지. 앤드로, 헤레나라는 용병은 어떻게 됐어?"

"헤레나? 아, 커쓰로드 상회를 턴 여자 용병 말인가?"

"그래."

이스트와 앤드로의 말에 조금 호기심이 도는지 아리안느는 고개를 돌려 그들을 처다보았다.

생각 외로 커쓰로드 상회를 턴 여자 용병에 대한 소문은 꽤 알려져 있는지 아리안느도 그 이야기를 알고 있는 듯했다.

"역시나 가명이더군. 헤레나 루아노프란 여자는 실제로 용병의 적에 올라 있는 인물이지만 조사한 바로는 일 년 전에 죽었다고 하더군."

"그래? 커쓰로드 상회에선 난리가 났겠군. 돈은 물론이고, 그 비밀 장부까지 못 찾게 되었으니 말이야."

"타격이 심할 것이란 소문이 돌긴 하네만 자세히는 모르지."

앤드로와 이스트의 말을 한참 듣던 아리안느는 궁금한 얼굴로 물었다.

"귀족들 사이에선 커쓰로드 상회에서 도난당한 장부가 사채 장부란 말이 돌고 있는데 사실인가요?"

"사채 장부라… 그럴 수도 있겠군요. 커쓰로드 상회가 악질적인 사채 놀이를 한다는 것은 이미 다 알려진 사실이니까요. 상회 측에서 그렇게 난리치는 것을 보면 아마 사채 장부일 가능성이 높을 것 같습니다."

앤드로의 말에 아리안느는 고개를 끄덕였다.

그럭저럭 침울한 분위기는 사라지고 아리안느는 밝은 모습을 되찾은 듯했다.

간간이 앤드로에게 무엇인가를 질문하는 그녀의 모습은 아까와 달리 표독한 모습은 사라지고 아직 어린 모습을 풍기고 있었기에 앤드로와 이스트는 방금 전에 있었던 그녀의 행동을 잊은 듯 그녀와의 대화를 즐기고 있었다.

마차 안의 화기애애한 분위기에 카리오스는 다소 안심한 표정을 짓더니 나를 보며 물었다.

"블러드 스톰, 한 가지 물어볼 것이 있네. 우리 측 첩자에게 들어온 소식에 의하면 원래는 중앙 귀족 측의 용병으로 가려고 했다고 들었는데 무슨 이유로 마음을 바꾼 거지? 그런 사실이 알려지면서 현재 우리 측에선 중앙 귀족 측이 매수한 자가 아니냐는 이야기까지 돌고 있다네."

카리오스의 말에 다른 이들도 상당히 궁금해하는 듯했다.

특급용병이라면 중앙 귀족 측의 손길이 만만치 않았을 텐데 그것을 뿌리치고 온 내가 희한하기도 했을 것이기 때문이다.

"마음에 안 들어서."

그의 물음에 간단하게 대답했다. 나의 대답에 카리오스는 놀란 듯한 표정을 지었지만 나의 말은 그리 틀린 것은 아니었다. 친우의 말도 있었지만, 중앙 귀족 측의 행태가 마음에 안 들었기 때문에 이곳으로 발길을 돌린 것이다.

물론 이 말에 카리오스는 믿지 못하겠다는 얼굴을 하고 있었다.

그가 믿으나 믿지 않으나 상관없는 나였기에 명상을 계속했고, 이런 나를 보며 카리오스는 더 이상 질문하지 않았다.

난 다시 명상에 잠겼고, 그사이 마차는 목적지에 도착했는지 멈추어 섰고, 잠시 후 하인 한 명이 마차의 문을 공손히 열었다.

난 모든 일행이 내린 후 마차에서 내려 주위를 한번 살펴보았다.

거대한 저택이 눈에 들어왔다. 상당히 오랜 시간을 이곳에서 버텨왔는지 유서 깊은 듯한 장식들이 저택 여기저기에 장식되어 있었다.

하인의 안내를 받아 안으로 들어서자 이십여 명의 하인들이 두 줄로 서서 정중하게 인사를 하고 그들의 끝에는 한 명의 젊은 귀족이 미소 띤 얼굴로 서 있었다.

젊은 귀족의 모습을 본 아리안느는 기쁜 표정으로 그에게 달려가 안겼기에 우린 그 청년이 아리안느의 애인이겠지 하고 생각했는데 다음 순간 예상하지 못한 말이 튀어나왔다.

"아빠!!"

"아빠?"

아리안느의 말을 듣자 카리오스를 제외한 사람들은 모두 늘란 표정을 지었다.

그녀와 비교해서 많아야 세 살 정도 위밖에 보이지 않음에도 아빠라고 부르고 있었기 때문이다.

그는 아리안느를 가볍게 들어 올리고는 말했다.

"녀석, 손님들 앞에선 아빠라고 부르면 안 된다고 했잖느느. 열일곱이나 먹은 것이 아직도 아빠라니."

"치~ 그래도 아빠는 아빠잖아요."

"허, 거참."

그는 아빠란 소리가 그렇게 듣기 싫지만은 않은지 웃으며 내려놓고는 우리들 앞으로 다가와 말했다.

"자네가 바로 소문으로만 듣던 블러드 스톰이란 사람이구만."

순간 난 그에게서 상당히 강한 마나가 풍겨온다는 것을 알 수 있었고 그제야 그가 나와 같은 경지에 오른 사람이란 것을 알게 되었다.

소드 오버러의 경지. 하지만 그에게서 느껴지는 기운은 나의는 달랐다.

나의 기운이 조금 음침하다고 할 수 있는 반면 그에게서 느껴지는 기운은 순백의 때문지 않은 기운이었기 때문이다.

"난 리후드 드 맨트라다라고 하네."

그의 이름을 듣는 순간 이스트와 앤드로는 자신의 눈앞에 코이는 이가 제국에서도 그 명성이 크게 알려져 있는 화령의 기사라는 것을 알곤 입을 다물지 못했다.

"블러드 스톰이라 합니다."

난 이름을 말하고 그가 내뿜은 기운에 답례를 할 겸 조금 마나를 내뿜었다.

"호오."

역시 같은 경지에 서 있는 사람인지 그는 나의 마나를 느끼곤 상당히 재밌다는 표정을 짓고 있었다.

하지만 그와는 달리 다른 이는 우리 두 사람이 뿜는 기운에 크게 놀란 표정을 짓고 있었다.

카리오스는 자신도 모르게 검에 손을 가져가며 한 발짝 다가섰고, 이스트와 앤드로는 식은땀을 흘리며 긴장한 모습을 보이고 있었다.

설마 내가 화령의 기사라는 자에게 마나를 뿜을 것이라곤 생각지도 못했기 때문이다.

아리안느의 경우야 아직 마나를 느낄 정도로 예민한 감각을 가지지 못했기 때문에 다른 사람의 반응에 고개를 갸웃거릴 뿐이었다.

"과연 이름에 손색없는 사람이로구만. 자! 안으로 들어가세."

마나를 보였던 행동에 오히려 재밌다는 표정을 한 그는 미소를 지으며 말하고는 걸음을 옮겼고 난 그를 따라 저택의 접대실로 들어갔다.

접대실에 들어간 사람은 리후드와 나, 그리고 아리안느뿐이었고, 다른 사람은 카리오스와 함께 다른 곳으로 향하고 있었다.

접대실은 상당히 고풍스러운 곳이었다. 한쪽 벽은 희귀한 고서들이 가득 꽂혀 있었고, 주위에는 상당히 고전적인 장식품들이 장식되어 있어 이 집안이 상당한 역사를 지닌 가문이라는 것을 알게 해주었다.

리후드는 하녀가 준비한 차를 조용히 음미하다가 차 향에 취했는지 만족의 미소를 머금고는 잔을 내려놓으며 말했다.

"동방에서 가져온 찻잎으로 끓인 차라네."

"동방?"

내가 알고 있는 동방은 대륙의 동쪽에 있는 소수 부족인 유온 족뿐이었지만 유온 족은 차를 마시지 않는다.

전통적인 유목 사회인 유온 족의 음료수는 가축의 젖으로 만든 마유주인 유굴뿐이었다. 유목 민족은 가축의 풀을 먹이기 위해 떠돌아다니는 생활을 하기 때문에 차 문화라는 것이 존재하지 않기 때문이다.

이런 나의 생각을 알기나 하는지 그는 미소를 지으며 말했다.

"아! 동방. 내가 지금 말하고 있는 동방은 대륙의 동쪽이 아닌 미지에 감추어져 있는 다른 대륙을 말하고 있네."

"다른 대륙?"

난 이 세상 이외에 다른 곳에 대륙이 존재한다는 말은 들어본 적이 없었기 때문에 이상하게 생각하고 있었는데 옆에 앉아 있던 아리안느가 콧방귀를 뀌며 설명해 주었다.

"흥! 용병이라 떠돌아다닌다고 들어 소식에 민감할 줄 알았는데 그것도 아니군요. 대충 설명하면 지금까지 학자들은 우리들이 살고 있는 대륙 이외에 다른 대륙은 없다고 믿어왔었는데 일 년 전 알렌하비스트의 땅으로 지금까지 대륙에서 본 적이 없던 한 척의 배가 흘러 들어왔어요. 폭풍우를 만나 거의 부서지다시피 한 배 안에는 대륙에 존재하지 않는 말을 하는 사람들이 타고 있었고, 알렌하비스트의 학자들은 그들이 머나먼 바다의 끝에 있는 미지의 대륙에서 왔다는 것을 알게 되었어요. 그 후 동쪽 끝의 바다에 있는 대륙이라고 해서 학자들은 그곳을 동방이라 이름 지었지요. 이 차는 무역선에서 나온 씨앗으로 재배한 차로, 물품이 극히 제한되어 있는지라 한 스푼에 수백 골드를 호가

하는 차예요."

　그녀의 말을 들으며 차 향기를 음미했다. 가슴속 깊이 스며드는 듯
한 청아한 향기가 나의 가슴을 맑게 하는 듯했다.

　"좋군."

　난 그제야 리후드의 미소를 이해할 수 있었다.

　우리 두 사람은 차에 취해 잠시 동안 아무 말도 하지 않았다.

　십 분 정도가 지나자 심심했는지 아리안느가 하품을 하자 리후드는
그제야 나를 보며 말했다.

　"사람이란 것이 이 차의 향과 같다면 좋겠군."

　"그렇군요."

　이름 모를 차의 향기에 빠져 버린 난 나도 모르는 사이에 그의 말을
받아주고 말았다.

　"자, 차도 다 마셨으니 이제 그만 나가보세."

　그의 말에 자리에서 일어나 접대실로 나갔다.

　아리안느는 접대실로 불러놓고 차 한 잔만을 마셨을 뿐 이번 일에
대해 아무런 언급도, 묻지도 않는 그를 보며 이상하다는 듯 고개를 갸
웃거리고 있었다.

　하녀의 안내를 받으며 일행이 있는 곳으로 향하고 있을 때, 아리안
느가 리후드와 이야기하는 것을 들을 수 있었다.

　"아빠, 블러드 스톰이란 사람을 어떻게 생각하세요?"

　"음, 글쎄다. 차 한 잔 같이 나누었을 뿐인데 생각할 거라도 있겠느
냐만은 조금 외로운 사람처럼 보이는구나."

　그 후의 말은 거리가 멀어졌기 때문에 들을 수 없었다. 외로운 사
람. 화령의 기사 리후드의 눈에는 내가 외로운 사람으로 보이는 모양

이었다.

외로운 걸까? 과거와는 달리 날 기다려 주는 사람이 있는데도 말이다.

'보고 싶다.'

갑자기 나도 모르게 레아와 레비나의 모습이 떠올랐고 가슴속 한구석에서 보고 싶다는 생각이 솟아올랐다.

하지만 아직 전장의 피 내음을 털어내지 못한 난 그들을 만날 수가 없다.

하녀의 안내로 도착한 방에는 카리오스가 이스트, 앤드로와 술을 마시며 이야기하고 있었는데 이스트는 조금 거나하게 취했는지 벌게진 얼굴로 나를 보며 손을 흔들었다.

"어이! 블러드. 화령의 기사하고는 이야기가 잘 되셨나?"

이스트의 말에 고개를 끄덕이고는 자리에 앉자 카리오스가 내 앞에 있는 술잔에 술을 따라주며 말했다.

"리후드님을 만난 느낌이 어땠는가?"

카리오스는 내가 느낀 느낌을 꼭 알고 싶어하는 얼굴을 하고 있었다.

"순백의 검."

"순백의 검이라……."

나의 말에 카리오스는 의미를 알 수 없는 미소를 짓고는 생각에 잠겨 있더니 말했다.

"전장이 아닌 평화의 시기에 존재해야 했던 분이지."

그를 처음 보았을 때의 순수함. 난 고개를 끄덕였다.

사람이 사람을 순수한 눈으로 본다는 것이 그런 느낌일까?

모든 사람들이 나를 블러드 스톰이라는 악명으로 비추어 평가한다.

그것은 어쩌면 당연한 것이다. 사람의 마음을 볼 수 없는 이상 사람들은 남을 평가할 때 주변에서 들리는 소리와 자신에게 대하는 행동으로 상대를 평가하는 것이다.

하지만 리후드는 다른 자들과는 다른 듯했다.

주위에서 들려오는 아무런 평도 듣지 못했다고 생각하는지 손쉽게 알아볼 수 있는 몇 가지 질문을 포기하고 일상에 있던 말로 나를 알아보고자 한 것이다.

목표를 찾는 인간은 그것을 이루기 위해선 방법이 필요하다. 거짓과 잘못된 판단이 있더라도 목표를 찾으려 하는 그것이 인간이다.

평범한 일상에서의 인간은 거짓을 말하지 않는다. 생활에 필요한 것을 찾으며 그것을 실행할 뿐이다. 그것들에게 거짓과 잘못된 판단은 불필요한 것이기 때문이다.

리후드와의 대화, 그것은 하루의 일상과 같이 평범한 대화였고, 그것에 거짓은 필요없었다.

"오늘은 편히 쉬도록 하게. 용병으로 고용된다면 여기저기 돌아다녀야 할 테니까. 아마 자네에겐 전장보다 더 힘든 나날이 될 걸세."

나에게 툭 던지듯이 말한 그는 자리에서 일어나 어디론가 사라졌다. 옆에선 그의 말을 이해 못한 이스트가 고개를 갸우뚱거리며 말했다.

"전장보다 힘들다니… 그건 무슨 말이야?"

이스트의 물음에 앤드로는 껄껄 웃으며 이스트의 궁금함을 풀어주었다.

"특급용병이란 것은 전장에서의 능력도 능력이지만, 솔직히 상징적인 요소가 더 많이 작용하는 것도 사실이지. 고용된 용병들의 사기가 높아지거든. 그래서 각 영주들의 성을 방문하며 일종의 맞선 같은 것을 하게 되지. 특급용병이 들어왔다고 말이야. 그런 이유로 귀족들의 파티도 참석해서 그들의 허영을 받아주어야 하거든."

"힘들겠구만."

이스트는 나의 고생이 눈에 보인다는 듯 중얼거리고 있었다.

귀족들의 파티, 생각지도 못한 어려움에 봉착했다는 것을 느낄 수 있었다. 태어나서 단 한 번도 파티란 것을 참석해 본 적이 없었기 때문이다.

몇 잔의 술을 나눈 후 난 밖으로 나갔다. 저택의 정원을 돌아다니다 명상에 잠길 좋은 장소를 발견한 나는 그곳에 앉아 눈을 감았다.

잘 가꾸어진 정원은 저택에서의 명상보다 낫긴 하지만 조금은 이질적인 자연 마나를 뿜고 있었다. 하지만 이곳은 다른 정원보다 비교적 안정적인 마나였기 때문에 나의 몸은 빠르게 마나를 흡수할 수 있었다.

한참을 명상에 잠겨 있을 때 누군가의 발자국 소리가 들려왔다. 발소리를 내지 않기 위해 조심하긴 했지만 마나를 느끼고 있던 난 주변의 움직임에도 민감했기 때문이다.

'아리안느.'

난 다가오는 사람의 기운에서 아리안느라는 것을 알 수 있었다.

"맘 편하시군요."

아리안느는 명상에 잠겨 있는 나의 곁에 와서는 말했고 난 눈을 뜨고 그녀를 응시했다. 아리안느는 나의 눈이 다소 부담스러운지 어쩔 줄 몰라하다가 나의 곁에 앉으며 말했다.

"의외예요. 아버지가 그렇게 좋게 평가하는 사람이 있다니 말이에요."

그녀의 말을 듣고 리후드가 나에 대해서 좋게 평가했다는 것을 알수 있었다.

"고맙군."

나의 말에 아리안느는 당연하다는 듯이 말했다.

"물론 고맙게 생각해야죠. 화령의 기사인 우리 아버지가 당신을 좋게 평가했으니까요. 아무튼 화령의 기사의 기대를 한 몸에 받고 계시는 블러드 스톰 씨, 내일을 기대하겠어요."

"내일?"

"예. 당신을 환영하는 파티가 있을 예정이거든요. 당신을 자신의 영지로 끌어들이고 싶어하는 지방 호족들과 다른 한 명의 특급용병인 뇌검 유라이도 온다고 하더군요."

"뇌검 유라이."

뇌검 유라이, 내가 알고 있는 특급용병의 일인인 그는 용병임에도 각국에 강한 영향력을 행사하고 있는 인물이었다.

하프 엘프로 차기 용병 길드장을 노린다는 이야기가 있을 만큼 세력권이 넓은 뇌검 유라이는 상당한 야심가로 알려져 있었다.

특급용병들은 각기 자신이 움직이고 있는 지역권이 나누어져 있는 사람들이 대부분이었기 때문에 서로 간의 안면은 적은 편이었다.

대륙을 돌아다니는 나 역시 뇌검 유라이를 만난 적은 없었기 때문에 조금 흥미가 도는 것이 사실이었다.

아리안느는 전달할 말을 다 했는지 자리에서 일어나 말했다.

"그럼 내일 뵙도록 해요, 블러드 스톰 씨."

그녀가 돌아간 후 얼마간 명상을 더 하고 저택 안으로 들어갔다.

안으로 들어서자 기다리고 있었는지 하인이 와서는 공손히 인사하고는 방으로 안내했다.

안내되어 들어간 방은 화려하게 꾸며 있었는지라 조금 거북하게 생각됐다. 귀족들의 방, 그것은 대륙을 떠돌아다니는 나에게는 안 어울리는 공간이기 때문이다.

다음날 나에게 주어진 것은 네 명의 재봉사들이었다. 파티에 입고 갈 옷을 만들기 위해 리후드가 보낸 사람들이었다.

"필요없다."

재봉사들을 물리치려고 했지만 그들과 함께 들어온 아리안느 때문에 목적을 달성할 수 없었다.

"말도 안 되는 소리예요. 당신이 일단은 리후드 가의 손님으로 들어왔다는 것을 생각해 주길 바래요. 그런 길거리 불량배들이나 입음 직한 옷으로 파티에 나간다는 것은 리후드 가를 사람들이 우습게 볼 수도 있기 때문에 가만히 있을 수 없지요. 당신이 신경 쓸 일은 없으니 그냥 참고 있어요. 알아서 파티복을 만들어주면 시간 맞추어 옷 입고 나가기만 하라고요."

알면서도 속인다는 것, 그것은 사람들이 살아가기 위해선 반드시 필요한 것이다.

파티의 수많은 귀족들은 내가 신분이 낮은 용병이라는 것을 알면서도 자신들의 이익을 위해 거짓 친절을 보일 것이다.

그리고 난 그들과 같은 옷을 입으며 거짓된 모습을 지어야 하겠지.

하지만 이내 생각을 바꾸었다. 언제나 있었던 일, 내가 이 세상에 존재하고 있는 이상 그것을 피할 수 없는 일이기 때문이다.

내가 순순히 재봉사들이 몸의 치수를 재는 것을 허락하자 아리안느는 자신의 설득이 통했다고 생각했는지 기분 좋은 미소를 지으며 말했다.

"잘 생각했어요. 좀 있으면 미용사들도 올 테니 지금처럼 잘 참고 있으라고요, 투덜쟁이 블러드 스톰 씨."

투덜쟁이란 자신의 말이 마음에 들었는지 그녀는 나의 앞에서 깔깔대며 웃고는 자리에 앉아 모든 작업을 지켜보고 있었다.

난 그녀의 시선이 마음에 들지 않았지만 어차피 통과해야 할 관문이라고 생각하며 일어선 상태에서 눈을 감으며 명상에 잠겼다.

"자려고요?"

눈을 감고 명상하는 날 보며 아리안느는 계속 말을 걸었지만, 아무 대답도 하지 않자 제풀에 지쳤는지 씩씩거리다가 자리에 앉아 탁자에 놓여 있는 책을 읽었다.

재봉사의 뒤를 이어 미용사, 악세서리 장인 등 십여 명의 사람들이 차례대로 들어왔고 아리안느는 자신의 것이라도 만드는 양 일일이 참견하고 있었다.

불만이 있긴 했지만 도저히 아리안느의 열성적인 모습에 말을 할 수가 없었다.

"하하하하."

이스트와 앤드로는 내가 파티에 나갈 준비를 한다는 이야기를 듣고 들어와서는 연신 웃음을 멈추지 않고 있었다.

"하하하!! 한번 불어닥치면 대지를 피로 물들인다는 천하의 블러드 스톰치곤 얌전하군."

이스트는 조용히 명상에 잠겨 있는 나의 주위로 아리안느가 고용한 사람들이 열심히 꾸며주고 있는 모습을 보고는 웃음을 참지 못했고, 옆의 앤드로도 크게 웃지는 않았지만 웃음을 참으려고 노력하고 있는 듯했다.

구경거리가 된 듯하긴 했지만 그리 거부감이 생기지는 않았다.

"부탁한 일은?"

"아! 편지."

난 레아에게 편지를 한 통 쓴 후 길드를 통해서 보내달라고 이스트에게 편지를 부탁했었는데 내 말에 이스트는 당연하다는 듯이 가슴을 두드리며 말했다.

"물론 좀 멀기는 하지만 5일 안에 도착할 거라 장담하지. 그건 그렇고 레아란 여자는 도대체 누구야?"

이스트는 내가 부탁한 편지의 주인공이 상당히 궁금한 듯 돋었다.

"내 딸의 어머니."

간단한 대답이었지만, 그것을 들은 사람들의 표정은 제각기 달랐다.

앤드로의 얼굴은 나에게 딸이 있었구나 하는 담담한 얼굴을 한 반면 이스트는 상당히 놀랍다는 듯한 얼굴을 하고 있었다.

그리고 아리안느의 경우에는 읽던 책을 놓치고 깜짝 놀란 얼굴로 나를 쳐다보고 있었다.

"다, 당신… 아내가 있었나요?"

그녀는 떨리는 목소리로 물었다.

난 그녀의 물음에 아무 말도 하지 않았다. 나의 가족 사항 같은 것을 대답해 줄 필요는 없었기 때문이다.

"거참, 딸의 어머니라면 블러드 스톰의 마누라가 되는 건 당연한 거 잖아."

이스트가 당연한 소리를 질문한다는 듯이 아리안느를 보며 말했지만 아리안느는 고개를 저으며 말했다.

"그럴 리가요. 블러드 스톰 씨의 아내와 딸은 죽은 지가 30년은 더
넘어……."

순간 난 자신도 모르게 아리안느의 목을 움켜쥐었다.

아리안느는 갑작스러운 나의 행동에 고통을 느끼며 신음하고 있었
고 이 상황을 이해하지 못한 이스트와 앤드로는 멍한 얼굴로 나를 쳐
다보고 있었다.

아리안느의 얼굴이 시뻘게지는 것을 보며 난 움켜쥐었던 그녀의 목
을 놓아주었다.

"콜록!! 콜록!!"

아리안느는 내가 손을 놓자 자리에서 쓰러지며 연신 기침을 해대고
있었다. 난 그런 아리안느의 모습을 잠시 응시하다가 다시 자리에 앉
아 명상에 잠겼다.

그녀는 분노한 얼굴로 나를 노려보고 있었지만 난 아무 말도 하지
않았다.

화를 참지 못한 그녀는 나에게 책을 집어 던졌다. 책은 나의 머리에
맞고 땅으로 떨어졌다.

이스트와 앤드로는 아리안느의 행동에 놀란 얼굴을 했지만 내가 그
녀의 행동에 아무런 움직임도 보이지 않았기에 조금은 안심하는 듯했
다.

"다, 당신……."

아리안느는 나에게 무슨 말을 하려고 했지만 더 이상 하지 못하고
눈물을 흘리며 방에서 뛰쳐나갔다.

앤드로는 그녀의 그런 행동을 보며 한숨을 쉬며 나에게 말했다.

"무슨 이야기인지는 잘 모르겠지만 블러드 스톰, 그녀에게 너무 심했다는 생각이 들지 않는가?"

"용병이 귀족영양의 목을 조르다니……. 할 수 없군. 용병 길드에 의뢰 하나 추가시켜야지."

"의뢰?"

앤드로의 물음에 이스트는 고개를 끄덕이며 말했다.

"직접적으로 블러드 스톰에게는 영향이 없겠지만 레아란 여자는 다를 것 아닌가."

그 말에 앤드로는 고개를 끄덕였고 나 역시 이스트의 말에 섬뜩해지는 기분이 들었다. 상대가 무슨 말을 한다고 해도 그는 참아야 했다. 귀족 그들은 자신보다 직급이 낮은 사람들을 잘 대해주다가도 목을 베기를 서슴지 않은 존재들이었기 때문이다.

"부탁하네."

난 품에서 돈주머니를 꺼내 이스트에게 던져 주었다. 하지만 필요없다는 듯이 돈주머니를 다시 나에게 돌려주며 말했다.

"특급용병에겐 부가적인 서비스 정도니까 돈은 필요없어."

용병 사회에서 영향력이 큰 특급용병들은 가족들이 위험에 처하기도 하기 때문에 용병 길드에선 가족의 보호 같은 일은 소속된 특급용병에게 무상으로 처리해 주고 있었다.

난 이스트의 말에 고개를 끄덕이고는 다시 명상에 잠겼다.

귀족, 잠시간 난 아리안느와 리후드가 거짓으로 뭉쳐진 특권 계층의 하나라는 것을 잊었다는 것을 생각했다.

이스트가 용병 길드로 향한 지 얼마 지나지 않아 리후드가 조금은 덤덤한 모습을 하곤 방 안으로 들어왔다.

앤드로는 방금 전에 있었던 상황을 알고 있는지라 뭐라고 말하고 싶었지만 리후드가 뿜고 있는 기운에 자신도 모르게 뒷걸음질치고 있었다.

"뭐라 할말이 있는가?"

리후드의 말에 난 아무 말도 안하고 자리에 일어나 세워져 있던 나의 애검 블러드 소드를 들었다.

무언의 말, 리후드는 나와의 일전을 생각하고 들어오면서부터 마나를 뿜고 있었기에 난 그의 요구를 받아들이기로 했다.

어쨌든 아리안느는 그의 딸이었기에 이 정도의 반응은 정당하다고 생각되었기 때문이다.

내가 검을 들고 일어서자 리후드는 고개를 끄덕이고는 뒤돌아 걸어갔고, 난 그의 뒤를 따라 저택에 있는 연병장으로 향했다.

연병장에는 기사단 소속의 기사들이 검술 연습과 대련을 하고 있었는데 리후드와 내가 오자 공손히 인사를 했다.

연습하고 있던 기사들 중엔 부단장 카리오스도 있었는데, 내가 애검 블러드 소드와 함께 온 것을 확인하고는 무슨 일이 시작되려는지 짐작하는 듯했다.

"리후드님."

"카리오스, 자네의 검을 잠시 빌려주게나."

카리오스는 말리려고 하는 듯했지만 이어진 리후드의 단호한 목소리에 할 수 없다는 듯이 고개를 젓고는 자신의 검을 건네주었다.

"검에 손상이 있을 것 같은데 미안하구만."

"괜찮습니다."

검을 받고는 잠시 살펴보다가 미안한 기색을 보이던 리후드였는데 카이로스는 고개를 저으며 괜찮다고 말하고 연병장의 뒤쪽으로 다른 기사들을 인솔해 갔다.

리후드와 나의 싸움이 미칠 영향권 내에서 어린 기사들을 피하게 한 것이다.

연병장 가운데서 리후드는 조용히 나를 보며 물었다.

"얘기 들은 것으론 자네에게 딸이 있다고 하더군. 묻겠네. 지금 나의 행동을 어떻게 생각하는가?"

"할 말이 없습니다."

내 말에 리후드는 할 수 없다는 듯이 검을 들어 올리고는 마나를 집중시키며 말했다.

"냉철한 자네를 격동시킬 정도라면 내 딸이 큰 실수를 한 모양인데 먼저 사과하도록 하지. 하지만 무인이 한마디 말에 격동하여 연약한 여인에게 상처를 입힌 것은 용서할 수 없는 것이네."

"……."

"기사의 도리 중 하나는 약자를 지키는 것이네. 세상이 그렇지 않다 해도 난 그것을 기사의 도리로 믿으며 지켜왔지. 자네가 용병이 아니라 기사였다면 난 그 자리에서 자네의 목을 베었을 것일세!!"

말이 끝남과 동시에 그는 빠른 속도로 나에게 쇄도해 들어왔다.

눈 깜짝할 시간에 벌써 도달한 그의 검은 나의 머리를 향해 날아왔기에 마나를 모아두었던 검을 들어 그의 검을 간신히 막을 수 있었다.

나와 같은 경지에 들어선 자, 아니, 현재의 시점에선 나보다 우위에 있는 실력을 지닌 듯했다. 정규 검술을 익히고 가문의 비전을 배운 리후드는 전쟁터에서 익힌 나의 검술보다 위였던 것이다.

리후드의 검을 마나를 통해 밀어버린 후 빠르게 뒤로 물러서며 다시 한 번 자세를 잡으려 했지만 그는 그런 시간 여유조차 주지 않고 계속 압박해 들어왔다.

난 몇 번의 충돌에서도 쉽게 선기를 잡을 수 없었기에 방어 위주로 그의 공격을 막을 수밖에 없었다.

밀리고 있는 상황, 하지만 리후드에게 지고 싶은 마음은 없었다.

제국에서 다섯 손가락 안에 드는 실력자라는 이유로 이기고 싶은 호승심이 아니었다.

그가 진실을 가지고 있는 기사라 해도 거짓된 귀족의 일원들, 그 귀족들에게 지고 싶은 마음이 없었기 때문이다.

"하아앗!!"

온몸에 마나를 뿜어 하나의 결계를 만들었다.

강한 마나의 결계가 밀려오자 리후드는 버티지 못하고 뒤로 물러났지만, 나의 마나의 벽에 반응이라도 하는 것처럼 그 역시 마나를 뿜어 서로 근접하기 어려운 결계를 만들어내었다.

이제 리후드와 나의 싸움은 근접 전에서 서로 간의 비기를 나누는 방향으로 바뀐 것이다.

"블러드 애로우!!"

십여 개의 블러드 애로우를 날려 리후드를 공격했다.

물론 이 정도의 검기 정도에 리후드가 타격을 입지 않을 것은 알고 있었다.

"타앗!!"

리후드는 몇 개의 블러드 애로우를 피한 후 남아 있는 것들은 빠른 속도로 검을 휘둘러 소멸시켰다. 그것을 보며 난 빠르게 정면으로 쇄도해 들어갔다.

일단 블러드 애로우를 막고 있는 동안 그에게 결정타를 날리기 위해서였다.

"블러디안 댄스!!"

블러드 애로우를 모두 쳐낸 리후드는 이어진 나의 공격을 막기 위해 한 발자국 뒤로 물러섰다. 마치 춤을 추는 듯 모습의 기술인 블러디안 댄스는 반원형의 검기를 쉬지 않고 리후드에게 날리고 있기에 공격기회를 잡지 못하고 있었지만 이것이 유리한 입장이 아니라는 것을 알고 있었다.

블러디안 댄스가 끝나는 순간을 노려 그가 강한 공격을 해올 것이 뻔했기 때문이다.

검기를 막아내고 있는 리후드에게 계속 블러디안 댄스의 검기를 사용한다는 것은 마나를 낭비하는 일이라 생각한 난 기술을 멈추고, 그의 공격을 대비하기 위해 물러섰다.

계속된 공격이 멈추어지자 리후드는 그 순간을 놓치지 않고 공격해 들어왔다.

"샤이닝 어택!!"

리후드가 지닌 순수의 검기가 강한 빛을 뿜으며 나에게 밀어닥쳤다.

"크앗!!"

피하기에는 거리가 너무 가까웠기에 마나를 모아 그의 기술을 막아서려 했지만, 나 자신도 그것을 막는다는 것이 불가능하다는 것을 알고 있었다.

샤이닝 어택. 그것은 그의 가문의 비기였고, 오랜 세월 동안 다듬어져 리후드의 대에 와서 빛을 내고 있는 기술이었다.

블러디안 댄스를 사용한 후라 마나의 힘을 제대로 모으지 못한 난 강한 빛을 내뿜는 샤이닝 어택에 날아가 연병장 밖으로 나뒹굴어지고 말았다.

"크윽."

나도 모르게 신음이 흘러나왔다.

검으로 막았음에도 충격은 갑옷 안까지 밀려왔기에 가슴 쪽의 갑옷은 내가 일어서자 바스러지며 떨어져 나갔다.

샤이팅 어택의 충격 때문에 입은 내상으로 인해 코와 입에선 피가 흘러나오고 있었다.

"일어서게."

샤이닝 어택을 사용한 후 많은 힘을 소모했는지 조금은 숨을 가쁘게 내쉬던 리후드는 나를 보며 말했고 그의 말에 떨리는 무릎을 잡으며 몸을 일으켰다.

'강하다.'

강한 자였다. 지금까지 단 한 번도 리후드만큼 강한 자를 본적이 없는 나였다.

충격으로 흔들리는 다리를 진정시키기 위해 주먹으로 내려친 난 다시 한 번 마나를 검에 집중시켰다.

블러드 소드. 인간이 아닌 존재와 싸워 얻게 된 이 피에 절은 마검은 나의 몸과는 달리 샤이닝 어택의 공격에서도 흠집 하나 나지 않았다.

하지만 카리오스 것을 빌린 리후드의 검은 사정이 달랐다.

군데군데 이가 빠진 것은 물론 중간 부분은 강한 마나를 견디지 못해 금이 가 있었던 것이다. 나에게 약간의 힘이라도 더 있다면 충분히 그의 검을 파쇄하여 승기를 잡을 수 있었지단 현재의 시점에선 몸을 지탱하기조차 힘들었다.

리후드 역시 자신의 검이 금 간 것을 알기 때문에 공격에 방해 요소가 될 수 있다는 것을 알고 있을 것이다.

죽을 각오를 하고 힘을 뽑아낸다면 이번 공격을 막을 수 있고 오히려 부러진 검을 이용하여 승기를 잡을 수도 있겠지만 이내 고개를 젓고 말았다.

"검을 바꾸십시오."

나의 말에 리후드의 얼굴이 변했다.

하지만 나의 각오를 눈치 챘는지 잠시 후 고개를 끄덕이고는 멀찌감치 있던 기사 한 명에게 손짓을 해서 새로운 검으로 바꾸어 잡았다.

"단장!!"

카리오스는 나와 리후드의 대결을 막으려고 했지만 소용없었다.

그의 말이 끝나기도 전에 빠르게 내가 리후드에게 쇄도해 들어갔기 때문이다.

마지막 일격이었다. 이 공격이 성공하든 성공하지 못하든 더 이상 몸을 지탱할 수 없다는 것을 알았기 때문에 모든 정신을 이번 공격에 집중했다.

내개 쇄도해 들어오자 리후드는 검을 뒤로 뺀 후 원거리에서 검기로 공격하려 했으나 시기를 놓치고 말았다.

내상까지 입은 내가 생각보다는 빠른 속도로 움직이고 있었기 때문이다.

하지만 그는 당황하지 않고 거리가 어느 정도 줄어들자 빠르게 검을 휘둘러 강한 검기를 세로 방향으로 날렸다.

일직선으로 뻗어 나가는 흰색의 검기는 가슴 쪽으로 밀려오그 있었지만 물러서지 않았다. 여기에서 물러난다면 더 이상의 기회는 주어지지 않기 때문이다.

"타앗!!"

공중으로 뛰어오른 난 그가 날린 검기를 아래 베기로 베었고 그 순간 블러드 소드는 검기와 부딪쳐 강한 마나의 폭발을 이루어냈다.

내가 노린 것은 바로 그것이었으니 검기의 충돌 시에 일어나는 마나 파장을 탄 나는 십여 미터 정도 뛰어오를 수 있었다.

내가 가진 최고의 기술을 사용하리라 생각하고 때문에 공중에 뛰어오른 후 순조롭게 기술을 사용할 수 있었다.

"블러드 스톰!!"

세상에 알려진 나의 이름과 같은 기술로, 내가 가진 특유의 피의 마나를 한꺼번에 터뜨려 붉은 검기의 돌풍을 상대에게 날리는 기술이었다.

"쿡!!"

하지만 이미 내상으로 인해 몸을 유지할 수 있는 힘이 없던 나인지라 평소의 삼 분의 일도 되지 않는 위력의 블러드 스톰을 날리고는 땅으로 곤두박질칠 수밖에 없었다.

"샤이닝 어택!!"

삼 분의 일로 위력이 감소한 블러드 스톰을 리후드는 샤이닝 어택으로 대지에 힘이 미치기도 전에 소멸시켰다.

'틀렸군.'

땅으로 곤두박질친 난 마지막 공격을 막아낸 리후드를 보며 정신을 잃고 말았다.

떠오르는 과거의 기억… 영주는 약속했었다. 귀족들의 아귀다툼 같은 전쟁에 나가준다면 세금을 면제해 주며 얼마간의 돈을 주겠다고 말이다.

엄청난 액수의 세금을 낼 능력이 없는 난 아내를 먼저 여의고 혼자 남은 딸을 남겨둔 채 전쟁터에 나갈 수밖에 없었다.

전쟁은 참혹했다. 권력에 눈먼 귀족들은 이기지도 못하는 싸움에 수많은 이들을 밀어붙였고 많은 사람들이 죽어야 했다.

죽음과 삶의 경계선에서 수많은 사람을 죽음으로 몰아붙이는 귀족들은 패배가 예상되면 힘없는 자들을 방패로 도망가기에 바빴다.

하지만 그 와중에서도 난 살아남을 수 있었다. 영지에서 뽑은 모든 사람이 죽고, 내가 있던 귀족군이 패하여 많은 사람들이 죽었을 때에도 난 살아남았고 피투성이가 된 몸으로 간신히 고향에 돌아올 수 있었다.

하지만 난 살아 돌아온 죗값으로 생애 가장 비참하고 고통스러운 순간을 맞이하게 되었다.

난 탈주병이 아니었다.

전쟁에서 영주가 패한 후 우리를 방패막이로 도망갔지만 난 끝까지 그곳에 남아 있었고 전쟁터에서, 시체들의 산 속에서 살아남을 수 있었던 것이다. 난 그곳에서 천운으로 살아남았지 결코 탈주병은 아니었다.

하지만 병사로 나간 자들의 재산을 가로채고, 가족들을 노예로 팔아넘기려 했던 영주에게 그것은 탈주였다. 그에게 난 적과 싸워서 죽어야 되는 사람이었고, 죽지 않았다는 것이 바로 탈주였던 것이다.

살아남아 집으로 돌아왔을 때 영주가 고용한 수십 명의 용병들에게 어린 딸은 눈앞에서 윤간당하고 죽어가야 했으며, 마지막에는 그 모습도 알아보지 못하게 갈기갈기 찢겨져 나가야 했다.

"헉!!"
다시는 생각하고 싶지 않은 기억의 악몽에서 일어났다.
주위를 돌아보니 내가 있는 곳은 리후드의 성에서 머무르고 있던 방의 침대였다.
상처 입은 가슴은 붕대로 친친 동여매져 갑갑하기 그지없었지만, 많이 나아진 듯 약간의 통증 이외에는 움직이는 데 별문제는 없었다.
하지만 날 통증보다 더 고통스럽게 한 것은 방금 전의 악몽이다.
다시 한 번 떠오른 딸의 마지막에 가슴이 미어왔다.
'분노.'
딸의 복수와 자신의 무력함에 대한 분노가 레아와 아이를 만난 후 조금 무너졌던 것이 지금 나의 눈에 눈물을 흐르게 하고 있었다.
처참히 찢겨져 죽어간 레비나, 도대체 난 무엇을 원하는가. 새로운 딸을 레비나로 믿으려 하던 내가 두려워졌다.
거짓이다. 레아의 몸에서 나온 아이는 절대로 나의 딸이 될 수 없었다.
나라는 존재에 대한 역겨움이 밀려오고 있었다.
"일어났남?"
한 시간 정도 후, 방으로 들어온 이스트는 자리에 일어나 의자에 앉아 있는 나를 보며 물었다.
간단히 고개를 끄덕이는 것으로 대답해 주자 그는 아쉽다는 듯이 고개를 저으며 침대에 걸터앉아 말했다.
"내심 자네가 화령의 기사를 이기는 것을 기대하고 있었는데 불꽃의 검도 들지 않은 화령의 기사에게 지다니. 역시 용병은 무가의 기사를 이길 수 없나 보다."

무가의 기사, 리후드의 가문은 로아냐드 제국의 유명한 무가 가문이었다.

그에 비해 난 사냥꾼 출신의 용병. 격이 다른 탓일까.

"아! 용병 길드에는 잘 말해 뒀으니 레안가 뭔가 하는 여자는 걱정하지 말라고. 뭐, 보아하니 별문제는 없을 것 같기는 하네만 귀족이란 족속들의 속은 알 수가 없으니 미리 대비하는 것도 나쁘지는 않겠지."

귀족, 창조주가 만든 하나의 종족인 인간 중에서 상위의 속한 자들.

현재 나의 위치에서 귀족이 되는 것은 별문제가 아니다.

용병을 중용하는 소국가에 의탁만 한다면 충분히 귀족의 자리는 얻을 수 있었다.

하지만 그렇게 얻은 귀족이 무슨 소용인가. 그리고 난 귀족이 싫었다.

"아무튼 오늘 저녁에 자네를 환영하는 파티가 있으니 준비하라고. 일단 표면적으로는 리후드의 기사단에 소속되어 있기는 하네만 자네를 원하는 호족들이 많이 접근할 테니 준비해 두는 것도 나쁘지 않을 거야. 이왕이면 좋은 조건인 데로 가는 것이 좋지 않겠나."

제국에선 특급용병 정도의 인물이라면 고용되는 금액만큼이나 활용도도 상당히 컸기 때문에 보통 이름난 기사단에 속한 용병으로 그가 진짜 그 정도의 실력이 있는 것을 확인한 후 귀족들에 의해 넘어가게 되는 방식을 취하고 있었다.

"오늘 일은 잊게. 화령의 기사 역시 이번 결투로 모든 것을 마무리하는 것 같으니까."

리후드와의 대결로 내가 아리안느에게 한 행동은 모두 사라졌다는 뜻이었다.

　저녁쯤 되자 방으로 하인 몇 사람이 들어왔다.

　그들은 전에 만든 여러 가지 장신구와 옷을 들고 있었기에 그들이 가져온 물건들을 착용했다.

　"와! 역시 한인물 하는군!"

　이스트는 언제 들어왔는지 내 모습을 보며 탄성을 지르고 있었다.

　하인들이 가져온 거울을 보니 그곳에는 말쑥한 차림의 이십 대 청년의 얼굴이 보이고 있었다. 사냥꾼으로 매일을 힘들게 살아왔을 때의 지저분한 얼굴이 아닌, 깔끔한 모습이었기에 거울에 비치는 자가 정말로 나일까 하는 생각이 들었다.

　환갑이 가까운 나이에도 아직 이십 대의 모습을 하고 있는 나.

　만약 아직까지 딸이 살아 있고, 내가 용병이 되지 않았다면 어느 마을의 늙은 사냥꾼으로 살아가고 있겠지.

　누군가는 영생을 위해 수많은 영약들을 구하러 다녔다고 하지만 난 늙어가는 나의 모습을 보고 싶었다. 지금의 이 모습은 존재를 가리고 있는 가식의 탈과 같았기 때문이다.

　하인들이 가져온 파티복을 챙겨 입고 밖으로 나서자 앤드로 역시 값비싼 옷을 입고 기다리고 있는 것을 볼 수 있었다.

　"멋있군. 용병이 이렇게 멋있다니. 잘난 귀족님들 열 좀 받겠는걸."

　"하하하하."

　앤드로의 말에 이스트는 참을 수 없다는 듯이 크게 웃음을 터뜨렸다.

　처음 가는 귀족들의 파티, 과연 그들의 눈에 난 어떻게 보일까?

천한 용병 따위에 지나지 않는 나. 하지만 오늘의 파티에서 그들은 나를 끌어들이기 위해 고개를 숙여야 할 것이다.

하인들의 안내를 받으며 파티장의 대기실에 도착하자 그곳엔 리후드와 카리오스, 그리고 흰색의 드레스를 입은 아리안느가 우리를 기다리고 있었다.

아리안느는 나의 모습을 보며 놀라는 듯했지만, 아침의 일이 생각났는지 콧방귀를 뀌며 돌아섰다.

"이제야 오는가. 그럼 안으로 들어가지."

리후드의 말에 고개를 끄덕이고는 파티장 안으로 걸음을 옮겼다.

아무리 리후드가 다른 귀족들에 비해 검소한 생활을 한다고 해도 상당수의 지방 호족들이 모이는 파티장만큼은 다른 귀족들의 파티에 뒤지지 않게 꾸며져 있는 듯했다.

내가 들어서자 파티장에 있던 귀족들의 시선이 몰렸다.

블러드 스톰, 그들은 그 이름의 주인공을 확인하고 싶었을 것이다.

나를 보고 있는 탐욕의 눈동자를 느낀 순간 역겨움이 올라왔지만 한 번은 겪어야 할 일임을 알고 있었기에 참을 수밖에 없었다.

아름다운 음악이 흐르는 파티장의 중앙에는 귀족 남녀들이 무엇이 그리 즐거운지 미소가 사라질 새 없이 이야기를 나누고 있었다.

리후드의 뒤를 따라 파티장의 중앙을 걷고 있을 때 우리 쪽으로 몇 명의 중년 귀족이 다가왔다.

그들의 모습은 가지각색이었다. 얼굴 가득히 살이 올라 사람이라고 볼 수도 없을 정도의 모습을 가진 얼굴, 귀족 특유의 타인을 경시하는 듯한 얼굴, 그리고 용병에게 고개를 숙여야 한다는 것이 마음에 들지 않는지 미간을 찌푸리는 얼굴. 하지만 지금의 그들 생각이 무엇인지는 몰라도 목적은 단 한 가지일 것이다.

"리후드 경, 참으로 오랜만에 보는군."

파티복이 터져 나오리 만큼 뚱뚱한 몸을 지닌 귀족이 먼저 말문을
열었다.

"인트리스 자작 아닙니까?"

이스트는 나의 곁에 서서 인트리스 자작에 대해서 설명해 주었다.

"남부 파레인드라에 큰 영지를 가지고 있는 귀족이지. 많은 재산과
용병들을 거느리고 있는 사람이지만 평판은 그리 좋지 못하다네. 들리
는 소문에 의하면 영지에 어린 소녀들을 끌어들이는가 하면 인신매매
도 하고 있다는 것 같네."

전형적인 타락 귀족이었다. 자신의 부를 위해 남을 팔아넘기기를 꺼
리지 않는 자.

"오랜만에 뵙는군요."

리후드 역시 인트리스를 싫어하는지 조금 인상을 찌푸렸지만 이내
표정을 되찾고 인사를 했다.

그의 모습을 보고 있던 귀족들 중 냉혹한 인상을 지닌 자가 인트리
스에게 웃으며 말했다.

"하하하!! 인트리스 자작. 그쪽의 상황이 급한가보군요. 이제와서
리후드 백작님에게 먼저 고개를 숙이시다니 말입니다. 하하하."

"로우 아난드라 남작이야. 인트리스 자작과는 앙숙이지만 영지가 붙
어 있고, 같은 지방 호족군에 속해 있는지라 직접적인 마찰은 없다고
들었네. 하는 행동은 인트리스 자작과 거의 다를 바 없는 녀석이지."

이스트의 설명을 들으며 난 이들이 나에게 접근하는 이유를 어느 정
도 짐작할 수 있었다. 나를 영입할 수 있다면 상대방의 세력에 비해서

우세를 점할 수 있기 때문이리라.

하지만 나의 시선은 그들에게 있지 않았다.

바로 사람들 사이에서 다가오는 두 사람이 신경 쓰였기 때문이다.

한 사람은 연약한 모습의 소년 귀족이었고, 그의 뒤에는 건장한 용병이 따르고 있었는데 용병이 뽐는 기는 나로 하여금 충분히 긴장하게 만들고 있었다.

'뇌검 유라이.'

난 한 번에 그가 나와 같은 특급용병의 일인인 뇌검 유라이라는 것을 알 수 있었다.

강한 카리스마를 느끼게 하는 기운, 그의 기운을 느끼며 리후드와 나, 그리고 뇌검 유라이의 기운에 대해서 생각해 보았다.

우리 세 사람 모두 소드 오버러의 경지에 들어 있었지만, 세 사람이 뽐는 기운은 모두 달랐다. 내가 피와 같은 붉은 기운의 마나를 가지고 있다면, 리후드는 순백의 기운을, 뇌검 유라이는 강맹한 카리스마가 느껴지는 황금색 마나의 기운을 뽐고 있었다.

"리후드 백작님, 오랜만입니다."

소년 귀족은 리후드에게 다가와서는 공손히 인사를 했다.

"아이란 백작 아니십니까?"

자신에게 다가와 인사하는 소년을 보곤 미소 지으며 반기는 그였다.

뒤에 있던 용병 뇌검 유라이는 그에게 인사를 하고 있었지만, 암암리에 적대적인 기운을 리후드에게 뽐고 있었다.

왜 뇌검 유라이는 리후드를 경계하고 있는 것일까?

"제국 내전의 시발점이 된 지방시 일대를 다스리고 있는 영주인 아이란이야. 올해 나이 15살로 어린 귀족이지만 그의 뒤에는 뇌검 유라이가 버티고 있는데 그가 어린 백작을 조종하고 있다는 것이 용병계의 일반적인 시각이네."

이스트의 말에 난 고개를 끄덕였다.

어리고 유약한 모습의 아이란 백작이 강한 카리스마의 소유자인 뇌검 유라이를 다스릴 수는 없다고 생각되었기 때문이다.

뇌검 유라이와 같이 리후드 백작 역시 그에게 강한 적대감을 품고 있는지 그가 보이고 있는 기운에 반응하여 자신 역시 기운을 뿜고 있는 듯했다.

당장이라도 검을 들고 맞붙을 것 같은 상황. 어느 정도 실력있는 자만이 이러한 상황을 알아채고 있을 뿐이었다.

"블러드 스톰, 자네와 잠시 이야기를 하고 싶군."

뇌검 유라이는 앞으로 와서 나와 이야기하기를 청했기에 고개를 끄덕이고 곁에 있는 귀족들에게 양해의 인사를 한 후 뒤를 따라갔다.

발코니에 도착하자 뇌검 유라이는 갑자기 뒤돌아서더니 크게 웃음을 터뜨리며 호탕한 목소리로 말했다.

"하하하하! 나 외에 특급용병을 이곳에서 만나다니 반갑군!"

오랜 친구를 만난 것처럼 반가워하는 그가 당당한 자세로 오른손을 내밀었기에 손을 잡으며 악수를 했다.

"정식 소개를 하지. 난 아이란 백작님의 휘하에서 용병대의 대장을 맡고 있는 뇌검 유라이라하네."

"블러드 스톰이라 하오."

차가운 나의 목소리에 그는 조금 당황하는 표정을 지었지만 이내 원래의 표정을 찾고는 미소를 띠며 말했다.

"차가운 친구로군. 어떤가, 귀족들의 파티에 온 소감이?"

"……."

그의 물음에 아무 말도 하지 않았지만 내 대답을 짐작이라도 하는 듯이 계속 이야기를 했다.

"허영과 거짓으로 똘똘 뭉쳐진 녀석들의 모임. 결코 좋은 기분은 아니겠지. 나 역시 이런 파티 같은 것은 질색이라 오기 싫었지만 블러드 스톰이라는 걸출한 용병이 왔다는 말에 큰맘먹고 온 거지."

용병으로서 귀족에 대한 거부감이라는 것으로 나에게 다가오려는 그였지만, 그런 것을 반길 정도는 아니었다.

어차피 그 역시 귀족들과 마찬가지로 나에게 협조를 얻으려 하는 것에 지나지 않음을 잘 알고 있었기 때문이다.

그의 이야기는 그리 오랫동안 지속되지 않았다. 우리와 같은 경지의 다른 한 사람이 이곳으로 왔기 때문이다.

"자네만으로도 지방시는 충분히 방어할 만하지 않은가?"

리후드였다. 그는 나와 이야기를 하고 있는 유라이를 보며 찌푸린 얼굴로 말했다.

"하지만 저희 측에 블러드 스톰이 가세해 준다면 최전방인 우리 군이 우세를 점할 수 있으니 금상첨화가 아니겠습니까?"

"……."

두 사람의 대치는 한동안 계속되었는데 이런 분위기를 더 이상 못 견디겠는지 유라이는 손을 내젓더니 나를 보며 말했다.

"자네와 이야기를 계속하고 싶지만 상황이 여의치 않군. 그럼."

리후드가 왔다는 것에 불만을 드러내며 유라이는 파티장 안으로 들어갔다.

"그를 본 느낌이 어떤가?"

"강한 카리스마의 소유자로군요."

리후드의 말에 난 느낀 그대로 이야기해 주었고 나의 말에 그는 고개를 끄덕이며 말을 이어갔다.

"그것과 함께 철저한 계산을 겸비하고 있는 사내지. 지방시의 아이란 백작에게 접근하여 철저하게 환심을 산 후 이제는 그를 조종하고 있지. 뒤쪽에 있는 귀족보다는 저런 자가 진실로 두려운 자라 할 수 있지."

리후드는 뒤돌아 어두컴컴해진 창문 밖을 주시하며 말했다.

"녀석은 고용된 지 3년 만에 지방시의 모든 것을 위임받았지. 그 후 영민들에게 세금을 탕감해 주는 등 여러 가지 방법으로 굉장한 지지를 받고 있고, 지금에 와서 지방시는 아이란 백작의 것이 아닌 뇌검 유라이의 것이라는 것이 옳은 말이 되어버렸지."

뇌검 유라이에 대해서 이야기하던 리후드는 나를 응시하며 말했다.

"결정하게. 만약 자네가 뇌검 유라이에게 간다면 그는 주변에 있는 중앙 귀족의 땅 역시 차지할 수 있을 것이네. 그리고 자네는 상당한 위치와 돈을 손에 넣을 수 있겠지."

"……."

권력과 돈, 사람들에게 그것은 중요할지 모르지만 나에겐 하찮은 것에 지나지 않았다.

"어차피 내 밑에 있을 사람이 아니라는 것을 알고 있지만 부탁하네. 뇌검 유라이에게는 가지 말게."

부탁하듯 말한 리후드는 파티장 안으로 들어갔다.

웃고 있는 얼굴 뒤로 보이는 뇌검 유라이의 야심. 하지만 철저한 선이란 존재로 다가서는 리후드보다 나로서는 뇌검 유라이 쪽에 무게가 더 기울어지는 것은 어쩔 수 없었다.

아무리 평민들을 위하는 정치를 한다 해도 귀족에게는 거부감이 느껴지는 것은 당연한 일이었고, 같은 용병의 입장으로 강한 야심을 보이는 자가 더 믿음이 가기 때문이었다.

그런 이유로 리후드의 바람과는 달리 난 뇌검 유라이가 있는 지방시로 진로를 결정했다.

물론 뇌검 유라이가 나를 어떻게 써먹을까도 궁금했지만, 다른 귀족들에게 가 호의호식을 하기보다는 가장 내전이 치열하게 이루어지고 있는 곳이 나 블러드 스톰에게 가장 어울리기 때문이었다.

지방시로 진로를 결정하자 이스트는 나의 결정에 불만이 많은지 얼굴을 찡그리고 있었다. 제국에서 가장 치열한 내전의 접전지로 가는 것을 탐탁지 않게 여기고 있었기 때문이다.

"거참, 돈 많이 주고 편하게 있을 수 있는 장소는 버려두고 왜 하필 지방시냐구, 지방시."

몇 가지 계약 때문에 진로를 함께할 수밖에 없던 이스트는 나를 보며 같은 말만을 되풀이하고 있었다.

또다시 피로 물든 전쟁터로 향한다는 것은 역시 좋을 수는 없지만 피에 젖어 있는 나에게 평화로운 곳은 오히려 답답할 뿐이었다. 죽음과 가장 근접한 전쟁터가 아닌 곳에서는 심장이 막히는 것 같은 기분이 들었다.

현재의 난 피를 보지 않으면 살 수 없는 그런 사람인 것이다. 피로 물든 손은 피를 보지 않으면 영원히 잠재워지지 않을 듯한 기분이 들었다.

이스트가 연신 중얼거리는 동안 여행을 떠나기 전 휴식을 취하고 있는 우리에게 누군가가 찾아왔다.

아리안느였다. 이스트는 그녀가 들어오자 아무 말도 없이 허탈한 모습으로 어깨를 늘어뜨리며 밖으로 나갔다.

"지방시로 가신다고 들었어요."

아리안느는 나를 보며 침울한 목소리로 말하고는 침대에 걸터앉았다.

"왜! 왜 하필 지방시죠?"

슬픈 얼굴을 하고 있는 그녀는 나의 결정을 되돌렸으면 하는 듯한 목소리로 말했기에 난 블러드 소드를 보며 말했다.

"전쟁. 내가 있을 곳은 이런 평화로운 곳이 아닌 전쟁터야 하니까."

나도 모르게 그녀의 얼굴에서 레아의 모습이 떠올랐다.

지금의 그녀는 마을을 나오려 했을 때의 레아의 표정과 다르지 않았기 때문이다.

"다, 당신은 피를 싫어하시잖아요."

피를 좋아하는 자, 그런 자는 아마 살인에 미쳐 버린 자뿐일 것이다.

난 그녀의 말대로 피가 싫었지만 피를 벗어나서는 살 수 없는 자가 바로 나였다.

내가 아무 대답도 하지 않자 그녀는 갑자기 나의 무릎 쪽에 뛰어오더니 눈물을 흘리며 말했다.

"제, 제발 가지 않겠다고 말해 주세요."

"……."

그녀에게 어떠한 말도 할 수가 없었다.

눈물 어린 부탁은 나를 자극하기에 충분했지만, 그 정도로 부탁을 들어줄 수는 없었다.

이런 평화스러운 곳에 남아 있는다면 미쳐 버릴 것만 같았기 때문이다.

"흑… 제, 제가 잘못했어요. 당신에게 나쁜 소리 한 것도, 싫은 기억을 떠오르게 한 것도 모두 사과할게요. 제발 저를 떠나지 말아주세요."

그녀의 말에 난 놀라지 않을 수 없었다.

아리안느는 언제부터 나를 사랑하고 있었던 것일까? 애절함이 가득한 목소리는 나로 하여금 당황스럽게 하고 있었다.

"당신이 원하신다면 어느 곳이라도 괜찮아요. 제발… 절 떠나지 말아주세요."

하지만 그녀의 말은 틀린 말일 수밖에 없다.

떠난다는 말. 물론 그녀와 나는 같은 곳에 있었지만, 지금까지 단 한 번도 그녀와 같은 자리에 있은 적은 없다. 그녀와 다른 세계에 존재할 수밖에 없는 나였기 때문이다.

그녀의 몸을 뿌리치며 자리에서 일어선 난 뒤돌아 서서는 말했다.

"가시오. 당신이 있을 곳은 이곳이 아니오."

난 그녀의 애절함이 섞인 말을 차갑게 대꾸하고는 고개를 돌려 검을 손질하기 시작했다.

등 뒤로 여인의 슬픈 울음소리가 들려오고 있었다.

밖에서 누군가가 우리 두 사람의 이야기를 듣고 있다는 것을 알 수 있었는데, 마나의 느낌으로 그가 카리오스라는 것을 알 수 있었다.

더 이상 그녀의 울음소리가 듣기 싫어 밖으로 나오자 카리오스는 방을 나오는 나를 잠시 응시하다가 고개를 저으며 말했다.

"고맙군. 아리안느를 거부해 주니 말이야."

카리오스는 내가 아리안느의 부탁을 받아주지 않은 것에 감사의 인사를 전하고는 뒤돌아 서서는 말했다.

"따라오십시오."

카리오스의 뒤를 따라 도착한 곳은 리후드와 검을 겨루었던 연무장이었다.

연무장에 도착하자 그는 목검을 하나 던져 주었다.

"소드 오버러의 실력을 보고 싶군요."

내가 보는 카리오스의 실력은 소드 마스터 중급 정도의 실력자였다.

소드 마스터라면 마나를 다룰 수 있는 존재를 상대하기에 부족함이 없다고 생각한 난 목검을 잡고는 연무장으로 걸음을 옮겼다.

"블러드 스톰님, 솔직히 당신이 아리안느의 요청을 들어주기를 빌었습니다."

그의 말에 조금 놀랄 수밖에 없었다.

귀족으로 태어난 그가, 모시고 있던 귀족의 딸이 나 같은 용병에게 갔으면 좋겠다는 말을 하다니……. 나로선 그의 생각을 이해할 수가 없었다.

"아리안느가 자유롭기를 바랬는데 아쉽군요. 그녀에게 유일하게 자유를 줄 수 있는 사람인 당신이 그것을 거부했으니 말입니다."

"자유?"

나로선 그의 말을 좀처럼 이해할 수가 없었다.

귀족의 여인이 정략결혼 등으로 가문에 이용당한다는 것은 알고 있었지만, 리후드 정도의 인물이라면 솔직히 정략결혼 같은 것은 필요없다고 생각했기 때문이다.

그렇게 본다면 이곳에서 아리안느의 자유를 억압할 존재는 없다고 해도 과언이 아니었는데, 왜 카리오스는 그렇게 말을 한 것일까?

하지만 그는 그 이유를 설명해 주고 싶은 생각은 없는지, 검을 거누어서는 뛰어들어 와 허리 쪽에 일검을 가했다.

어느 정도 방비하고 있는 상태였기에 허리로 찔러오는 그의 검을 가볍게 비틀어 검을 흘려버렸다.

카리오스 역시 만만치 않은 실력인지라 보통 검사들이라면 강한 기세로 나오던 힘의 방향이 틀어지면서 중심을 잃었겠지만 여유있는 몸놀림을 보이고는 자세를 잡았다.

"역시 상대하기가 쉽지는 않군요. 저의 검을 흘려버리다니."

카리오스는 한 번의 공격이 끝나자 더 이상 싸울 마음이 없는지 손에 들고 있던 목검을 내팽개치고는 자리에 주저앉았다.

귀족이면서 귀족이 아닌 것과 같은 사내. 난 문득 생각이 나는 것이 있어 그를 보며 물었다.

"왜 저에게 경어를 사용하는 것입니까?"

방금 전부터 계속 나에게 경어를 사용하고 있었기에 이해할 수가 없었다.

"하하하하. 검을 다루는 기사로서 당신의 실력을 존중하는 이유에서입니다."

당연하다는 듯이 대답을 한 그는 품에서 술병을 하나 꺼내서 들이키고는 나에게 던져 주었기에 그가 던진 술병을 잡고 지체없이 한 모금을 마셨다.

귀족보다 용병들이 주로 마시지만 도수가 꽤 높기에 싸구려 술은 아니었다.

내가 술을 마시자 그는 자리에서 일어나서는 미소를 지으며 말했다.

"잘 가십시오."

그 말과 함께 카리오스는 사라졌고 난 연병장에서 그가 전해준 술을 마시며 생각에 잠겼다.

도대체 그에 대해선 이해할 수가 없는 점이 많았다.

다음날 저택으로 지방시에서 보내온 마차가 도착했다. 마차와 함께 지방시에서 보내온 호위병들은 모두 용병 출신으로 보였지만, 생각 외로 규율은 엄격하게 잘 유지되어 있는 것으로 보아 유라이의 용병에 대한 장악력을 어느 정도 알 수 있었다.

마차가 온 것을 보고 내려오자 리후드와 카리오스, 아리안느가 우리를 배웅하기 위해 기다리고 있었다.

리후드는 손을 내밀어 나와 악수를 하고는 아쉽다는 표정으로 말했다.

"자네를 처음 보는 순간 전쟁을 찾아다니는 사람인 줄은 알고 있었지만 하필 지방시라니 조금 마음에 걸리는군. 어쨌든 모든 일은 자네가 결정해야 하는 일이니 지금에 와서 반대하는 것은 무리겠지. 몸 조심하도록 하게."

"감사합니다."

그는 악수와 함께 마나를 사용하여 나의 골을 약하게 자극했는데, 그것이 나에게는 다시 한 번 살아서 만나자는 그런 느낌이 들게 했다.

반갑게 나를 보내는 리후드와는 달리 아리안느는 멍한 눈으로 나를 잠시 응시하다가 더 이상 참지 못하고 이층으로 뛰어올라 갔다.

사람들의 배웅을 받으며 지방시에서 온 마차 쪽으로 걸음을 옮겼는데 그때까지도 이스트는 지방시로 가는 것이 불만인지 투덜거리고 있었고, 그 모습을 본 앤드로는 이스트의 등을 토닥여 주고는 악수를 청하며 말했다.

"언제 길드에 한번 들르라고. 술 한잔 거나하게 살 테니."

앤드로의 말에 난 가볍게 고개를 끄덕이는 것으로 대신하곤 마차 위로 올랐다.

마차는 이제 내전의 중심지인 지방시를 향해 달려가기 시작했다.

평화스러운 길을 벗어나 가장 험한 세상으로 나가고 있는 지금, 난 다시 한 번 피의 강에서 살아야 한다는 것이 조금 부담스러워졌지만 온몸에서 새로운 피를 갈구하는 듯한 느낌이 들었다.

그것은 나를 카오스에 빠지게 했으며 다시 카오스에서 해방시켜 줄 존재이리라 생각했다.

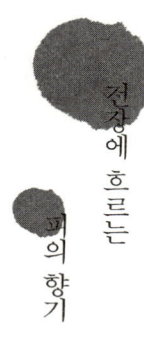

전장에 흐르는 피의 향기

난 지금 무엇을 하고 있는가?

수많은 사람을 베면서 난 지금 쾌락에 잠겨 있다.

살아 있는 것, 그것을 없앴을 때 나오는 쾌감. 그것은 나를 점점 나락에 빠뜨리고 있다.

"크, 크큭큭."

나도 모르는 사이에 나의 입에서 웃음이 흘러나온다. 강한 충동감이 날 사로잡고 있다. 피의 전장, 그것은 내가 살 수 있는 유일한 장소인가.

"하하하하."

지방시 내전.

최초의 전조는 중앙 귀족 프로이브란 백작의 아들의 결투에 있었다.

시의 북서쪽 경계와 인접해 있는 곳이 프로이란 백작의 영지였기에 지방시로 오는 것은 흔한 일이었는데, 백작의 아들이 그곳에서 사소한 말다툼으로 시에 소속된 기사와 결투를 벌이다가 죽임을 당하고 갈았다.

프로이브란 백작은 하나뿐인 아들의 죽음을 알게 된 후 기사의 신병을 요구했지만 정당한 결투였기에 시를 담당하고 있는 담당관은 그것을 거절했고, 이 일이 확대되면서 프로이브란은 지방시에 공격을 가한 것이다.

이것이 바로 제국을 내전의 소용돌이로 몰아간 지방시 내전으로 10년간이나 지속되어 온 이 내전에서 지방시 측은 선대 백작을 잃고 어린 아이란 백작이 영주가 된 것이다.

선대 백작은 내전의 부상으로 죽기 전 특급용병 뇌검 유라이를 고용했고, 그 후로도 계속 프로이브란 백작과 대치하고 있었다.

선대 백작이 죽었을 때는 전선이 지방시에 상당히 불리하게 이끌려 갔지만 뇌검 유라이가 지방시에 합류하면서부터 전선은 현재 백중세를 유지하고 있었다.

그리고 이 전선으로 나와 이스트가 합류하게 된 것이다.

"광전사?"

현재 지방시 전선은 한 명의 적에 의해 상당한 혼란에 빠져 있었다.

1,000명의 용병 대대가 알트란 평원에서 소규모 적군과 마주쳤는데 초반에 승기를 잡다가 단 한 명의 기사에게 전멸에 가까운 수모를 당했기 때문이다.

"예, 살아남은 병사의 보고에 따르면 수십 번이나 검과 화살에 적중당했으면서도 아군을 베는 것을 멈추지 않았다고 합니다."

이스트는 병사의 보고를 들으며 놀라워하고 있었다.

광전사란 분노의 정령 퓨리에게 현혹당하여 몸을 지배당하는 전사를 말하고 있었는데, 광전사가 실제로 전선에 나온 것은 수백 년 전이었기 때문이다.

물론 그사이에도 몇 번 대륙에 광전사가 나타난 적은 있었지만, 광전사의 특성상 상관의 지시를 받지 않고 아군마저 베어버리는 자들인지라 전혀 도움이 되지 않는 전사였기 때문이다.

"광전사라."

옆에서 듣고 있던 뇌검 유라이는 아이란 백작의 옆에서 광전사에 대해 골똘히 생각하고 있었다.

그런 터무니없는 존재가 적이라는 것은 전서에 큰 영향을 주기 때문이다.

"아무리 용병이라고는 해도 한 사람에 의해 무너진다는 것은 조금 문제가 있군. 만약 소문이 퍼진다면 사기에 상당한 영향을 줄 것 같은데."

"그렇습니다. 현재 광전사는 그 싸움 이후 프로이브란 백작에 의해 최전선에 배치되어 있기 때문에 전선의 사기가 크게 하락한 상태입니다."

일단은 두 명의 특급용병이 아군에 존재함으로써 승기가 굳어졌다고 생각했던 뇌검 유라이로서는 껄끄러운 적이 나타났다는 생각에 머리를 긁적이고 있었다.

"광전사로 보기에는 어렵다."

나의 말에 모두의 시선이 쏠렸고, 사람들에게 내가 생각하고 있는 바를 말했다.

"전선에서 들어온 소식이 사실이라면 그는 두 번의 심각한 상처를 입었을 것이다. 하나는 분노의 정령 퓨리에 의한 정신 붕괴, 둘째는 아군에 의한 심각한 중상. 하지만 프로이브란 백작에 의해 최전선에 배치되었다고 한다면 그에게 전혀 문제가 없다는 말. 광전사가 아닌 다른 존재로 보는 것이 타당할 듯하군."

"그렇군."

광전사가 아니라는 나의 말에 이스트는 다시 한 번 머리를 잡고 골똘히 생각하고 있었다.

"도대체 광전사가 아니라면 어떻게 수십 번이나 칼과 화살을 맞고도 멀쩡히 사람을 벨 수 있는 거지?"

이해할 수 없었다. 소드 오버러의 경지에 들어선 나라고 할지라도 그 정도라면 몸을 지탱하지 못했을 것이기 때문이다.

"할 수 없군. 블러드 스톰, 자네가 최전선에 나가 녀석을 살펴주게."

유라이의 결정에 난 고개를 끄덕이며 방을 나갔다.

지방시에 용병으로 고용된 지 한 달이 넘도록 전선 구경조차 못하고 있었던 상황이기 때문에 이 기회에 전장에 직접 나서는 것도 나쁘지 않다고 생각했다.

내가 밖으로 나가자 이스트는 한숨을 내쉬며 뒤를 따라오더니 또다시 투덜거리기 시작했다.

"요 한 달간 그래도 편하게 지냈는데. 쳇. 지금부터 지옥 구경을 하게 생겼군."

한참을 투덜거리던 그는 내 옆으로 와서 걱정된다는 표정으로 물었다.

"그래, 그 불사신 같은 녀석을 상대할 수 있겠어?"

"글쎄."

아직 그의 모습과 실력을 파악하지 못한 나였기 때문에 확신있게 말할 수 없어 고개를 저었다.

"뭐, 자네가 있다면 별문제는 없겠지."

이스트는 나를 믿고 있는 듯했다.

그를 보며 난 그가 부럽다는 생각이 들었다. 전장에서 믿을 수 있는 사람이 있다는 것은 하나의 복이라고 할 수 있기 때문이다.

언제 어디서 죽을지 모르며 친하게 지내던 친구에게서 배신당할 수도 있는 지옥 같은 곳, 그곳이 바로 전장이라는 곳이기 때문이다.

지방시 내전의 최전선인 가이프 마을 터. 한때는 천 명이 넘을 정도로 사람들이 살고 있던 마을이지만, 현재는 여기저기 병사들의 시체만이 널려 있을 뿐 아무도 살고 있지 않은 곳이다.

브로이브란 백작의 공격군이 제일 먼저 지방시를 습격하면서 파괴한 곳이 이 가이프 마을이었기 때문이다.

현재에 와서는 그동안 잃었던 영지를 많이 회복해 놓은 지방시의 군대였지만 아직까지 가이프 마을까지의 전 영토를 탈환하지 못한 상태였다.

가이프 마을의 북쪽은 넓지는 않지만 배 외에는 건널 수가 없는 물살이 강한 강이 있어 영지 경계가 되어 있었다.

이 강 때문에 오랜 내전에서 승기를 잡고 있던 지방시의 병사들이 강 너머를 쉽게 탈환하지 못하고 있었다.

"다리는 없는가?"

최전선으로 배치된 강 건너의 모습을 주시하며 이런 곳에 다리가 없을 리 없다는 생각에 물었다. 이 정도로 물살이 강한 강에 다리가 없을 리가 없기 때문이다.

"예. 첫 번째 전투 이후 아군이 후퇴하면서 다리를 부쉈다고 합니다. 그 이후 프로이브란 백작군의 다리가 세워진 적도 있지만 현재의 영토까지 저희 아군이 밀고 올라왔기 때문에 프로이브란 백작군은 다리를 없앤 후 강을 이용하여 방어하고 있는 형편입니다."

"음. 전에 있었던 전투에서는?"

"예. 아군의 양동 작전으로 주력을 강 상류 쪽의 물살이 없는 루가드리아 남작님의 영지를 통해 진입시키는 척하며 용병단 1,000명이 임시 다리로 강을 넘어 소수의 적군을 물리치고 거의 승리에 가까웠습니다만, 그것이……."

"그 광전사란 녀석에게 1,000명의 주력이 대패했다는 말이군."

"그렇습니다."

용병의 설명을 들은 난 광전사라는 사람을 한번 만나보는 것도 나쁘지 않다고 생각하고 부하에게 말했다.

"배를 준비해라."

"예."

부하에게 배를 준비시킨 난 강 중간 정도까지 배를 타고 들어선 후 어느 정도의 거리로 다가오자 가볍게 점프하여 적의 영지로 발을 디딜 수 있었다.

내가 강을 뛰어넘어 오자 건너에 있던 프로이브란 백작의 경비병들은 크게 놀라며 공격해 들어오기 시작했다.

"적은 한 명이다!! 쳐라!!"

적이 침범했다는 신호와 함께 수십 명의 경비병들이 몰려왔지만 숫자는 20여 명, 그 정도의 하급 병사들 정도는 나를 막을 수 없었다.

창을 들어 공격해 오는 10명의 병사를 가볍게 검을 휘둘러 벤 후 다시 뒤이어 오는 십여 명의 병사들 머리 위를 뛰어넘었다.

"하!!"

녀석들은 내가 머리 위를 뛰어넘자 크게 놀란 표정으로 우왕좌왕하기 시작했고, 그것을 보며 마나로 검풍을 일으켜 녀석들을 강물에 빠뜨려 버렸다.

강물에 빠진 병사들은 갑옷 때문에 수영도 하지 못한 채 물살이 강한 강물에 빠져 비명과 함께 죽어갔다.

한순간에 이십 명의 병사를 해치운 나를 보며 뒤이어 밀려오는 병사들은 겁을 집어먹으며 뒷걸음질치고 있었다.

"과, 광전사를 불러라!!"

지휘관인 듯한 기사 한 명이 소리치자 병사 한 명이 뒤쪽으로 급하게 뛰어가기 시작했다.

광전사를 만나기 위해 강을 넘어왔기 때문에 난 근처에 있던 나무에 등을 기대고는 천천히 눈을 감았다.

나의 태도에 적들도 당황하는 모습을 보이고 있었지만, 방금 전의 싸움에서 자신들이 상대하기에는 너무 강한 자라는 것을 알았는지 나에게 다가설 생각을 하지 못했고, 난 명상이 방해받지 않은 것에 만족하며 광전사란 자를 기다릴 수 있었다.

"광전사다!!"

공포에 질린 목소리, 그것은 강물 너머에 있던 아군의 입에서 터져나왔다.

'피의 향기?'

오랜 시간 전장에서 싸운 용병들에게는 각자의 향기가 있다.

물론 이것은 단순히 냄새로 맡을 수 있는 향기가 아니다.

각자가 내뿜는 특유의 기운, 그것은 수많은 피의 전장을 겪은 자의 몸에서만 어리는 전사의 기운이었다.

난 조용히 눈을 떠 감각을 자극하는 피의 향기를 뿌리는 자의 얼굴을 쳐다보았다.

병사들의 사이로 천천히 걸어오고 있는 그는 핏기 하나 없는 창백한 얼굴을 하고 있었다.

몸집은 보통 성인 정도였지만, 덩치 큰 용병들에게나 볼 수 있는 엑스 자 형태의 보호대를 차고 있었고, 여기저기 보이는 흉터의 자국이 유약함을 가려주고 있는 듯했다.

등 뒤로 살짝 드러나 있는 투 핸드 소드는 그의 키와 비슷한 크기였기에 과연 그가 검을 제대로 휘두를 수나 있을까 하는 생각까지 하게 만들고 있었지만 그의 표정에선 등에 지고 있는 검이 무겁다는 듯한 모습은 찾아볼 수 없었다.

무표정한 모습을 하고 있었지만 몸에선 주위의 사람을 압박하는 기운이 흐르고 있었기에 보통 병사들로 하여금 공포를 자아내게 하기에 충분했다.

"자네가 광전사인가?"

난 조용히 그에게 물었다.

물론 그의 대답은 바라지 않는다. 우리가 서로 원하는 것은 검을 맞대는 것뿐이기 때문이다.

"크아악!!"

광전사는 말이 끝나기가 무섭게 괴성을 지르며 쇄도해 들어왔다.

투 핸드 소드를 두 손으로 빼 든 그는 나와의 간격이 5미터쯤 되자 점프를 하며 공중으로 치솟아올랐다.

공중에서 낙하하는 힘으로 나를 일검에 베기 위함이었다.

캉!!

날카로운 쇠의 마찰음이 대지를 울렸다.

공중에서 강하게 내리꽂히는 그의 검을 블러드 소드로 막아섰을 때 강한 두 개의 기운이 마주치는 마찰의 소리였다.

나에게 자신의 검이 막히자 의외라는 표정을 지은 광전사는 재빠르게 뒤로 몸을 날리더니 괴이한 웃음소리를 흘리며 말했다.

"크크크크, 뇌검 유라이란 자인가?"

내가 만만치 않은 자라는 것을 깨달은 그는 나를 뇌검 유라이라 생각하고 있는 듯했다.

"블러드 스톰이라 하지."

"블러드 스톰!!"

녀석의 물음에 난 나의 이름을 말해 주었고, 그 순간 주위에 있던 병사들이 크게 놀라며 뒷걸음질치기 시작했다.

전장을 피로 물들인다는 나에 대한 소문을 들은 적이 있기 때문이다.

"크크크, 블러드 스톰이라. 나와 같은 자로군. 피에 현혹된 자."

"피에 현혹된 자라."

하지만 난 그의 말이 틀리지 않다는 생각이 들었다.

자신이 피로 물든 것을 저주하는 나였지만 피의 숙명을 벗어날 수 없는 사람이 나였기 때문이다.

온몸에서 나는 역겨운 피 냄새. 자신의 것이 아닌 타인의 피가 오랜 시간 그의 몸에 배여 짙게 흐르고 있다는 것을 알 수 있었다.

보통의 사람이라면 역하게 풍겨오는 자신의 피 냄새에 구토할 정도로 역겨워할 테지만 그는 아무렇지도 않은 듯했다.

나 역시 다른 사람보다는 짙은 피 냄새를 풍기고 있었지만, 그처럼 피의 수렁에서 빠져나온 듯한 정도는 아니었다.

"크크크크, 재밌어, 재밌어. 안드로이프스, 그자의 말이 사실이었군."

"안드로이프스?"

"안드로이프스. 나에게 피의 즐거움을 알게 해준 자지."

그 말이 끝난 순간 녀석의 몸은 나의 눈조차도 감지할 수 없을 정도로 빠르게 움직이기 시작했다.

"빠르군."

쉽게 상대할 수 없다고 생각한 난 블러드 소드를 뽑으며 사방에 마나를 퍼뜨렸다.

눈으로 상대의 움직임을 파악할 수 없었기에 나에게 접근할 때 생기는 마나의 흐트러짐으로 위치를 파악하기 위함이었다.

챙!!

한순간 뒷쪽의 마나가 흐트러진 것을 느낀 난 빠르게 검을 휘둘렀고, 날카로운 쇳소리와 함께 손목으로 강한 충격이 밀려왔다.

'큭!'

손목에 통증이 밀려올 정도의 엄청난 힘이었다.

그가 보여준 속도도 믿을 수 없었지만 힘은 보통 인간의 열 배는 됨 직했기에 그를 상대하며 한마디 말조차 할 수가 없었다.

분명 내가 본 그의 기운은 강한 피의 기운을 제외한다면 소드 마스터의 경지에도 오르지 못한 평범한 용병 정도에 불과했는데, 현재 그가 보여준 힘은 적어도 나와 비등한 자의 경지였다.

하지만 그것은 스피드나 힘뿐이지 기술에서 그가 나의 경지에 이르렀다는 것은 아니었다.

안정적인 나의 검과는 달리 그는 검의 무게 중심을 알지 못하고 있었기에 나와 마주친 검은 크게 흔들리는 모습을 보이고 있었기 때문이다.

검의 기술이 힘과 스피드를 따르지 못하고 있었던 것이다.

"블러드 애로우!!"

흔들리는 녀석의 검을 흘려서 튕겨낸 난 뒤로 물러서며 수십 개의 블러드 애로우의 검기를 날렸다.

워낙 가까운 거리였고, 검이 익숙하지 않은 그는 투 핸드 소드로 검기를 막지 못했고, 수십 개의 검기가 몸을 뚫으며 뒤로 튕겨져 날아갔다.

몸의 수십 군데를 뚫어버린 블러드 애로우 때문에 그의 전신은 피로 물들어져 있었다.

검기는 등 뒤의 땅이 보일 정도로 그의 온몸에 큰 벌집과도 같은 상처를 입혔다.

광전사라 해도 절대로 살아날 수 없다는 것을 느낀 난 애검 블러드 소드를 검집에 집어넣고 뒤로 돌아서려 했는데, 그것은 나의 오판이었다.

엄청난 피를 대지에 뿌리면서도 그는 자리에서 일어나고 있었다.

"……!"

공포? 물론 아니다. 수많은 전장에서 버텨온 나에게 공포를 가져다 줄 이는 없다. 온몸에 구멍이 뚫려 피로 물들여져 있으면서도 살아 있는 그의 모습에 할 말을 잃고 말았다.

인간의 몸 안에 있는 모든 피를 쏟아버린 듯 많은 피를 흘리고도 그는 일어나 나에게 괴소를 터뜨렸다.

"크크하하하하!!"

그가 자리에서 일어나자 쉬지 않고 쏟아져 내려오던 피는 멈춰가기 시작했고, 상처는 천천히 아물어가고 있었기에 나로선 이 상황을 이해할 수 없었다.

"크와아!!"

공중으로 뛰어올라 또다시 검을 내리꽂으려는 그를 보며 블러드 소드를 다시 뽑아 들었지만 그의 상대는 내가 아니었다.

어이없게도 나의 머리 위를 뛰어넘어 지나쳐 간 그는 프로이브란 백작의 병사 한 명에게 달려들어서는 공포에 떨고 있는 병사의 목을 물어뜯어 버린 것이다.

"설마 뱀파이어?"

뱀파이어. 피를 추구하는 그들은 자신의 생명을 유지하기 위해 인간의 피를 빤다.

병사의 목을 물어뜯는 그는 마치 쾌락에 미쳐 있는 것 같았고, 피를 빨려 새하얗게 말라가는 병사와는 달리 조금씩 혈색을 되찾고 있었다.

뱀파이어에게서 느껴지는 마족의 기운은 없었지만 뱀파이어의 습성을 지니고 있었다.

한참을 그렇게 피를 빨던 그는 미이라가 되어버린 병사를 내팽개치고는 검을 들어 나에게 다가오기 시작했다.

"뱀파이어가 아니다. 너의 정체는 뭐지?"

"피. 피의 향기에 현혹된 자."

"피의 향기에 현혹된 자?"

"크와악!!"

대지를 울리는 포효. 그 포효는 끔찍한 현장을 보고 있던 양측의 병사를 공포에 질리게 하기에 충분했다.

마치 드래곤 피어와 같이 한없는 공포를 자아내며 어느 누구도 자리에서 벗어나지 못하게 만드는 모습이었다.

이렇게 된다면 내가 아무리 벤다고 해도 녀석은 병사들의 피를 빨며 몸을 유지할 것이기 때문에 싸움을 계속하는 것은 불필요하다고 생각한 난 검을 집어넣고는 몸을 날려 강의 중간쯤에서 대기하고 있던 배에 몸을 날렸다.

그가 내가 있는 배 쪽으로 뛰어온다면 검기를 날려 강물로 떨구어낼 생각이었지만 그런 것을 예상이라도 한 듯 나를 보며 음침한 미소만을 짓고 있을 뿐 아무런 행동도 하지 않았다.

마치 내가 다시 자신에게 찾아올 운명이라는 것을 아는 것처럼 말이다.

"뭐야, 저 녀석! 광전사가 아니라 뱀파이어잖아!!"

녀석의 포효에 놀라 서 있던 이스트는 내가 강을 건너오자 화급하게 뛰어오며 말했지만 난 고개를 저었다.

"애석하게도 녀석은 뱀파이어도 아니다. 뱀파이어 특유의 마족의 기운은 전혀 느껴지지 않아."

"그럼 도대체 뭐야!! 엄청난 상처를 입었는데도 인간의 피를 마시고 회복하다니!!"

난 아무 말도 할 수가 없었다. 현재의 나의 지식으론 그의 정체를 알 수 없었기 때문이다. 일단은 아이란 백작의 성에 있는 학자들에게 기대를 해야 된다는 생각에 성으로 발걸음을 옮겼다.

성에 도착한 난 뇌검 유라이에게 광전사에 대한 이야기를 했고, 뇌검 유라이 역시 고개를 저을 뿐이었다. 대륙에서 피를 빨아 몸을 유지하는 인간의 이야기는 들어본 적이 없었기 때문이다.

"이해하기 힘들군. 스브라인 박사, 생각나는 것이라도 있습니까?"

스브라인 박사는 아이란 백작의 영지에 있는 학자로 백작의 스승 역할을 하고 있는 노년의 학자였다.

"저 역시 뱀파이어의 습성을 가진 인간의 경우는 들어본 적이 없습니다."

"그렇군요."

"하지만 이와 비슷한 경우라면 예가 있긴 합니다."

"비슷한 경우요?"

"예."

스브라인 박사는 잠시 좌중을 집중시키는 듯이 헛기침을 몇 번 하고는 설명을 하기 시작했다.

"리비아 교 사건을 아십니까?"

"리비아 교 사건이라면 사교를 믿는 집단 자살 사건 아닙니까?"

"그렇습니다. 일단은 성교회의 힘으로 잠잠해지긴 했지만 리티아 교는 피를 숭상하는 종교였습니다. 그 종교의 신자들은 음식을 먹지 않고 소량의 인간 피만을 먹는다고 하는데, 저희 학자들에게만 알려져 있는 이야기로는 피를 마심으로써 인간의 잠재적인 힘을 끌어내는 사술을 부리기기도 했다고 합니다."

"잠재적인 힘이라면?"

"인간은 평생 자신이 가지고 있는 힘을 모두 소비하지 못합니다. 죽을 때까지 잠재적인 힘의 반을 사용할 수 있다면 그자는 불구자라고 해도 보통 인간 몇 배의 능력을 발휘할 수 있지요. 리비아 교에서는 그 잠재적인 힘을 인간의 피를 섭취함으로써 발현할 수 있다 말하그 있었습니다. 블러드 스톰 씨께서 보고 오신 광전사란 자는 어찌 보면 리비아 교의 예와 비슷하다고 할 수 있습니다."

인간의 잠재력을 끌어내는 종교, 광전사가 정말 그 종교의 신자인지는 알 수 없었다.

"안드로이프스란 자를 아는가?"

나의 물음에 박사는 한참을 생각해 보다 고개를 저으며 말했다.

"그런 자의 이름은 들어본 적이 없습니다. 광전사가 말한 자입니까?"

그의 말에 난 고개를 끄덕였다.

"그렇다면 중요한 이름일 것 같군요. 지금 당장은 안 되겠지만 학자 길드에 연락해서 안드로이프스란 자를 알아보도록 하지요."

스브라인 박사의 그자를 알아보겠다는 말을 들으며 난 자리에서 일어났다. 그와 다시 한 번 맞부딪쳐 보기 위함이었다.

인간은 피를 혐오한다. 몸을 이루는 가장 중요한 요소임에도 피를 혐오하며 피를 보게 하는 행동을 좋지 않게 생각한다.

리비아 교. 그것은 피를 고귀하게 생각하는 데서 출발한 종교였다. 하지만 시간이 지나며 대륙이 전쟁에 휩싸여 많은 인간의 피가 대지를 적시면서 종교는 점점 변해가기 시작했고 나중에는 피 자체를 숭상하는 사교로 변질되고 만 종교였다.

아직도 대륙의 외진 곳에서는 리비아 교를 믿는 자들이 많이 존재하고 있는 것을 보면 전쟁이 사라지지 않는 한, 아니면 인간의 피로 대지가 적셔지지 않는 한 종교는 사라지지 않을 것이라 생각한다.

한창 활기를 띤 전쟁은 광전사의 출현 이후 소강 상태를 보이고 있었다.

가이프 마을의 강을 경계로 어느 한편도 강한 상대의 존재로 인하여 섣불리 앞으로 나서려 하지 않고 있었기 때문이다.

프로이브란 백작 쪽에는 광전사가, 아이란 백작 쪽에는 내가 있었기에 둘 중 하나가 죽지 않는 한 이 소강 상태는 계속 진행될 것처럼 느겨졌다.

일단 소강 상태는 학자 길드의 정보가 들어온 이후에나 해결될 것이라 생각한 난 강에 낚싯대를 드리우고 있었다.

"허! 정말 맘 편하다니까. 전쟁터에서 낚시나 하고 앉아 있으니."

이스트는 나의 옆에서 두 손으로 머리를 베고 누워 하늘을 올려다보며 말했다. 그 역시 잠시의 소강 상태가 싫지만은 않은 듯했다.

"언제까지 기다리는 거야?"

"박사에게서 안드로이프스란 자가 누구인지 알게 될 때까지."

광전사와 붙는다고 해도 죽일 수 없는 이 상황에서 그를 그렇게 만들었다고 짐작되는 안드로이프스란 자가 누구인지 알아야 어느 정도 일을 풀어갈 수 있다고 생각했기 때문에 나로선 소식이 오기만을 기다릴 수밖에 없었다.

광전사란 자 역시 강을 넘어올 만도 하건만 벌써 일주일째 낚시하는 내 앞에 앉아 시간을 때우고 있을 뿐이었다.

"저 녀석은 도대체 무슨 생각을 하고 있는 거지?"

일주일 정도 되니 이스트 역시 무감각해졌는지 이제는 우리 쪽을 보고 있는 광전사의 시선에도 두려움을 보이지 않았다.

이스트는 나를 보며 광전사가 무슨 생각을 하고 있을까를 물어보았는데, 그때 강 건너편에서 상대의 목소리가 들려왔다.

"이상한가?"

갑작스런 광전사의 말에 이스트는 놀란 얼굴이 되어버렸다.

가만히 우리 쪽을 응시하다 일주일 만에 처음으로 입을 열었기 때문이다.

"당연하지. 도대체 네 목적이 뭐야?"

"목적? 그런 것 따윈 없다. 마음에 드는 상대를 쳐다보는 것에 무슨 이유가 있겠는가?"

그의 말에 이스트는 황당하다는 얼굴로 입을 벌릴 뿐 아무 말도 하지 못했다.

"네 녀석이 남자를 좋아하는지는 모르겠다만 우리 쪽에선 아니라고. 싸우려면 싸우고 말려면 제발 그 상판 좀 치워주지 않겠어?"

이스트의 도발에 가까운 말에도 그는 아랑곳하지 않고 미소만을 지을 뿐이었다.

"블러드 스톰, 영웅이 되고 싶지 않은가?"

"웬 뚱딴지 같은 소리?"

이스트는 영웅이 되고 싶지 않느냐고 질문하는 그를 보며 황당해하고 있었다.

"내가 여기서 그치지 않고 대륙을 돌아다니며 많은 자들의 피를 빤다면? 이런 나를 자네가 죽인다면 충분히 영웅 대접을 받을 수 있지 않겠는가?"

그의 말은 가능한 소리였다. 나의 검을 맞고서도 살아남은 자라면 어느 누구도 그를 쉽게 잡거나 죽이지 못할 것이기 때문이다.

하지만 이자의 방법으로 영웅이 되고 싶은 마음도 없었기 때문에 그의 말에 아무런 대답도 하지 않았다.

"자네에게도 혈육이 있는가?"

엉뚱한 질문에 우리 두 사람은 자신도 모르게 그의 얼굴을 쳐다보았다.

"혈육?"

물론 대답할 필요는 없었지만 무슨 연유인지 그의 질문에 대답을 해야 된다는 생각이 들었다. 레아와 레비나가 나의 혈육일 수는 없지만, 혈육과도 같은 사람이었기에 난 고개를 끄덕였다.

"오호. 그렇다면 묻겠네. 자네의 혈육이 죽어가고 있을 때 만약 자신의 피로 혈육을 구할 수 있다면 어떻게 하겠는가?"

"구한다."

"당연한 질문이었나? 그렇다면 한 가지 더 추가하지. 자신의 피를 준다면 혈육은 살아날 수 있지만 수많은 사람이 죽어야 하지. 그래도 구하겠는가?"

"구한다."

나의 말에 그는 상당히 재밌다는 듯한 표정을 띠고 있었다.

허울에 차 있는 자들. 그들은 수많은 생명을 살리기 위해 한 사람을 희생하는 것을 당연하다 생각하고 있기 때문이다.

하지만 난 그렇게 생각하지 않는다.

만일 자신의 혈육을 살리기 위해 많은 사람을 죽여야 한다면 난 그렇게 할 것이다. 수많은 자의 생명, 그것보다 소중한 것이 나의 딸이었기 때문이다.

"영웅은 수많은 자의 피 앞에 서야 하는 자, 냉혹하다는 점에선 같지만 혈육의 정을 버리지 못하다는 점에서 자네는 영웅일 수 없는 존재이군. 자네는 역시 나와 같은 자로군."

"헤! 천하의 블러드 스톰이 너 같은 놈하고 같다니 말이나 되는가!!"

이스트는 그의 말에 비아냥거렸지만 광전사는 무시하고 계속 나에게 말을 했다.

"애석해. 나와 같은 피 냄새를 가진 자를 영웅으로 만들어즈고 싶었는데 자네 역시 보통의 인간이니 그럴 마음이 사라지는군."

자리에서 일어난 그는 더 이상 할 말이 없는 듯 뒤돌아 사라져 갔다.

영웅. 그는 왜 나에게 그런 말을 하고 사라진 것일까?

"영웅이라. 억양은 좋긴 한데 말이야."

이스트는 영웅이란 말에 생각에 잠기며 중얼거렸다.

"그리토스가 말하기를 전장의 향기를 아는 자만이 영웅을 논할 수 있다 했지, 아마?"

전장의 향기, 그것은 피 냄새일 수밖에 없다.

전장에선 어떠한 달콤한 향기도 지옥의 향기와 가장 가까운 피의 향기를 넘어설 수 없기 때문이다.

이스트는 고대의 학자 그리토스가 말한 영웅론에서 나온 말을 자신도 모르게 중얼거렸고, 난 그것에 대해 생각해 보았다.

그리토스가 한 영웅론의 한마디. 그 전부를 말하자면 이렇다.

수많은 야심가들은 영웅을 논하지만 영웅은 탁상공론에서 나올 수 있는 것이 아니다. 전장의 향기를 아는 자만이 영웅을 논할 수 있다는 뜻이었다.

하지만 그것은 뇌검 유라이 같은 야심가에게나 어울릴 수 있는 말일 것이다.

현재의 난 전장의 짙은 피의 향기를 가지고 있었지만 영웅을 논할 수 있는 자는 아니기 때문이다.

그 일이 있은 지 3일 후 전령을 통해 스브라인 박사에게서 편지가 도착했다.

"안드로이프스란 자가 누군지 알아냈대?"

이스트의 질문에 난 고개를 끄덕였다.

안드로이프스, 200년 전 피의 마법사라고 불린 살인광으로 그는 피를 담보로 한 수많은 주술로 수천 명에 이르는 사람을 죽였다고 전해지고 있다.

그가 만들어낸 많은 주술들은 현재 극비로 전승되거나 금지 마법으로 사장되어 있는 상태였다. 스브라인 박사는 편지에서 광전사의 흡혈 습성에 대한 이야기도 적어놓았다.

피의 전승, 과거 안드로이프스는 대륙을 돌아다니면서 많은 주술을 폈다고 했는데, 피의 전승도 그때 만들어낸 주술 중에 하나였다.

자신의 피를 주어 특정한 사람의 생명을 유지하게 하는 주술로 상대방을 살릴 수는 있지만 피를 건넨 사람은 흡혈의 유혹에 빠져 인간의 피를 빤다고 한다.

"퇴치법은 써 있는 거야?"

이스트의 말에 난 고개를 끄덕였다.

이미 반은 죽은 자의 신체가 되어버린 이 흡혈귀를 죽일 수 있는 방법은 단 하나였다.

바로 피의 전승의 당사자인 피로 되살아난 자를 죽이는 것만이 흡혈귀를 죽일 수 있는 유일한 방법이었던 것이다.

편지에는 광전사 실제 이름인 슈펜에 대한 자세한 신상명세가 적혀 있었다.

예상대로라면 그에게 피의 전승을 받고 살아난 자는 아이나스라는 열다섯의 어린 딸일 것이다.

"루브넨 왕국으로 간다."

"후우. 또 여행인가."

루브넨 왕국. 광전사 슈펜의 고향인 그곳은 역시 로아냐드 동부에 산재하는 많은 왕국 중의 하나였다.

슈펜의 정식 이름은 슈페이안 폰 레드안 공작으로 현 루브녠 왕국의 왕인 레안 3세의 동생이었다.

그의 딸인 아이나스 폰 레드안은 레안 3세의 아들이자 루브녠 왕국의 다렌 왕세자의 왕세자비. 그녀를 죽인다는 것은 한 나라를 상대하는 것이었지만, 현재 상태에서 해결 방법은 단 하나, 아이나스라는 그의 딸을 죽이는 것 외에는 방법이 없었다.

전쟁터를 빠져나온 이스트와 난 루브녠 왕국에 도착할 수 있었다.

다른 주변 왕국들과 마찬가지로 루브녠 왕국도 인접해 있는 알라드 왕국과의 전쟁으로 피폐하게 변해 있었다.

제국의 내전으로 인한 것으로 로아냐드 동부의 많은 왕국들은 제국에 속국화되어 있던 것이 대부분인데, 내전으로 제국의 통치력이 약해지자 분쟁을 다스리지 못하고 있는 것이다.

루브녠 왕국의 경우에는 동부 알타이녠의 피드라는 도시의 영토 분쟁이 그 원인이었다.

과거 피드 시는 알라드 왕국의 영토였으나 제국에 의해 루브녠 왕국의 영토로 편입된 곳이다.

알라드 왕국은 빼앗긴 도시를 되찾기 위해 노력했지만, 뒤에 있는 제국이 무서워 영토를 포기하고 있었던 것이다.

그러던 것이 후에 제국이 내전에 의해 힘이 약해지자 병력을 동원하여 루브녠 왕국과 피드 시를 차지하기 위한 전쟁을 벌인 것이다.

벌써 5년째 지속되어진 전쟁으로 내가 도착한 도시에서는 꽤 많은 사람들이 살고 있음에도 청년들의 얼굴을 구경하기가 어려웠고, 보이는 것은 여자들과 어린아이, 노인들뿐이었다.

이스트와 내가 들어서자 처녀들의 눈빛이 달라졌다.

성교회의 율법으로 일부일처제가 통용되는 이 왕국에서 청년들이 사라지자 처녀들은 일부일처제의 율법에 해당되지 않는 용병들에게 시집가는 것이 다반사였기 때문이다.

"도시라 그런지 사는 것은 꽤 괜찮아 보이는데 여기서도 젊은 남자들의 모습은 구경하기 어렵군."

이스트는 자신들을 보고 있는 처녀들을 보곤 웃음을 지어 보이며 즐거워하고 있었다.

근처에 있는 술집에 들어서자 몇 명의 용병들이 자리를 잡고 이 도시의 여자들과 함께 술을 마시고 있었다.

전쟁 와중에 고향을 잃은 많은 여인들은 도시에서 술집 작부 일을 하며 살고 있었기 때문에 작은 술집이었음에도 불구하고 작부들의 숫자는 꽤 되었고, 용병들을 상대로 매춘도 겸하고 있는 듯 보였다.

"헤헤, 어서 오십시오."

매부리코에 간사해 보이는 인상의 주인이 다가와서는 메뉴판을 내려놓은 후 나의 귀에 입을 가까이 대고는 말했다.

"저희 가게에선 일급에서 삼급까지 다 있으니 손님께서 원하시는 취향만 말씀하십시오."

"와인 한 병."

나의 말에 주인은 애석하다는 표정을 지으며 돌아가려다가 이스트가 주변 작부들을 훑어보는 것을 보고는 두 손을 비비며 다가가 나에게 했던 말을 똑같이 전했다.

"동료가 조용히 있는데 어찌하겠나."

이스트는 나 때문인지 주인을 돌려보내고는 아쉽다는 한숨을 쉬며 용병들이 껴안고 있는 작부들을 훑어보고 있었다.

잠시 후 열네 살 정도의 어린 소녀가 주문한 와인을 가져왔는데, 그것을 본 이스트는 믿을 수 없다는 듯이 혀를 내두르고 있었다.

"설마 저런 애들도 작부로 고용한 건 아니겠지?"

하지만 이스트의 의문은 얼마 안 가 끝나 버렸다. 한 용병의 품에 안겨 미소를 팔고 있는 소녀의 모습, 그것이 눈에 들어왔기 때문이다.

"젠장! 못 봐주겠군."

어린아이까지 작부로 고용하여 몸을 팔게 하는 술집 분위기가 마음에 안 드는지 이스트는 자리에서 일어나 주인에게 다가가 말했다.

"왕국 법에서 저런 애들도 작부로 고용하는 것을 허락했는가?"

"예?"

이스트가 인상을 찡그리며 화난 어투로 말하자 주인은 겁에 질린 듯이 뒷걸음질치며 더듬거렸다.

"그, 그게."

"당장 안 돌려보내면 네 녀석의 목이 달아날 줄 알라고."

주인은 겁에 질린 채 소녀를 내보내려 했지만 상황은 이상하게 변해 있었다. 소녀는 주인의 말에 화를 내더니 이스트에게 다가가 소리쳤다.

"당신이 뭔데 저를 내쫓는 거죠?!"

"응?"

예상하지 못한 소녀의 반응에 이스트는 당황하는 듯했다.

"여기서 나가라면 굶어 죽으라고요? 전 그렇게 못해요!!"

소녀의 당돌한 말에 술집에 있던 용병들은 웃기 시작했고, 이스트의 얼굴은 시뻘겋게 변하고 말았다.

어린 나이에 몸 파는 것을 당당하게 말하는 소녀를 보며 잠시 아무 말도 못한 이스트는 얼굴을 찡그리며 일어서더니 소녀의 머리채를 붙잡고 내쳤다.

"꺄악!!"

이스트의 난폭한 행동에 술집 안에 있던 용병들이 자리에서 일어났는데, 이스트는 그들이 제대로 일어설 틈도 주지 않고 뛰어들어 주먹으로 쓰러뜨리고는 말했다.

"니네 딸이 이런 곳에서 몸 팔면 좋겠냐! 이 빌어먹을 자식들아!!"

이스트는 쓰러진 용병들을 짓밟고는 쓰러진 소녀에게 다가가더니 그녀의 얼굴에 발길질을 하며 소리쳤다.

"이 빌어먹을 년아!! 다시 한 번 몸 판다고 지랄거려 봐라!!"

이스트의 말에 소녀는 겁에 질린 듯 뒷걸음질쳤고, 이스트에게 얻어맞은 용병들은 얼굴만 일그러뜨릴 뿐이었다.

"이 새끼들아! 뭘 봐! 얼굴 안 깔아?!"

용병 사회는 힘으로 유지되는 사회다. 아무리 마음에 안 든다고 해도 힘이 약한 용병들은 죽어 살 수밖에 없는 사회, 이스트의 말에 얼굴을 숙인 다른 용병들은 더 이상 소녀의 편을 들어주지 못하고 술을 마실 뿐이었다.

이스트는 소녀의 머리채를 다시 붙잡고는 술집 입구로 걸어가 밖으로 내팽개치고는 안으로 들어왔다.

"후!! 이제야 조금 풀리는구만!"

만족한 웃음을 지으며 이스트는 와인 한 잔을 단숨에 들이키고 있었다.

난 이스트의 마음을 어느 정도 알 수 있었다.

자신의 의지로 몸을 파는 소녀가 다시 이곳으로 와 몸을 팔 것이라

는 것을 알고 있었지만 이렇게라도 하지 않으면 성질이 풀리지 않는
듯했다.

　루브넨 왕국의 왕도에 도착한 것은 3일 후였다.

　다른 도시와는 달리 왕도에는 청년들이 꽤 눈에 띄었는데, 다른 곳
은 귀족들의 의해 강제로 청년들이 차출되는 데 반해 왕도에서만큼은
그런 일이 없었기 때문이다.

　"자, 그럼 용병 길드로 한번 가보실까."

　전쟁이 한창인 도시라면 가장 발달해 있을 길드 중의 하나가 바로
용병 길드였다.

　주변의 각 나라에서 계속 병력을 끌어와야 하는 소국이기 대문에 용
병 길드는 전쟁과 함께 발달하지 않을 수 없는 것이다.

　용병 길드는 왕도에 위치한 좋은 조건을 생각한다면 조금 작은 편에
속해 있는 건물이었다.

　건물 안으로 들어선 이스트는 이곳에서 특급용병의 이름을 팔 수는
없었기 때문에 자신의 용병패를 꺼내 접수원에게 건네주었다.

　접수원은 빨강 머리에 이십 대 후반으로 용병인 듯했는데, 이스트의
용병패를 힐끔 살펴보고는 퉁명스럽게 말했다.

　"이급용병패군. 다른 사람은?"

　"알 필요 없다. 정보가 필요해서 왔는데 말야, 특급으로."

　용병 길드에서 얻을 수 있는 정보는 모두 삼급에서 특급까지 분류되
고 있다.

　특급 정보의 경우에는 나라 중추를 흔들 수 있는 핵심 정보가 포함
되어 있었기 때문에 길드의 지부장만이 접수를 받을 수 있었기에 접수

원은 자리에서 일어나 지부장실로 걸어갔다.

"앤드로 낯짝 구경하는 것보단 낫긴 한데 거참 딱딱한 여자로군."

접수원의 무표정한 모습에 질렸는지 혀를 내두른 이스트는 근처에 있는 의자에 앉아 주변을 살펴보았다.

전쟁 중의 용병 길드라면 용병들로 가득 차 있는 것이 정상임에도 이곳의 길드는 한적하기 그지없었기 때문에 이상한 생각이 들었는지 이스트는 나를 보며 말했다.

"생각보다 길드 안에 용병들이 적은 것 같은데?"

"그렇군."

여기저기를 훑어보던 그는 왕국에서 현상 수배 중인 수배범들의 벽보를 볼 수 있었는데, 누군가의 얼굴을 확인하고는 놀라지 않을 수 없었다.

"블러드 스톰, 이걸 봐."

이스트가 가리키고 있는 수배범의 벽보 안에는 광전사, 슈페이안 폰 레드안 공작의 얼굴이 그려져 있었기 때문이다.

"호, 놀라운 걸. 그 녀석이 이런 선한 인상을 할 때도 있었다는 말이야."

수배보에 그려져 있는 슈페이안의 얼굴은 유약한 인상을 하고 있는 평범한 중년 귀족의 모습이었다.

이런 인상을 가진 자가 인간의 피를 빼는 흡혈귀가 됐다는 것이 조금 이해가 가지 않았지만 어쨌든 그런 것은 나하고는 상관없는 일이었다.

나의 목적은 단 하나, 광전사 슈펜의 딸인 아이나스를 죽이는 것뿐이다.

이스트가 슈펜의 수배보를 구경하고 있는 사이에 접수원이었던 여자 용병이 그의 뒤로 다가서며 말했다.

"슈페이안 폰 레드안 공작, 발견 즉시 무조건 사살로 만 골드의 상금이 걸려 있지. 자신의 딸에 의해 수배된 남자야."

"딸? 아이나스 말인가?"

이스트의 물음에 그녀는 고개를 끄덕이며 말했다.

"이곳에 용병들이라면 다 아는 이야기다. 피의 전승을 통해 살려낸 딸에게 수배된 귀족, 돈과 권력이라면 뭐든지 다 해결되는 귀족들의 전형적인 가족 모습이라… 쾌감까지 들 정도지."

"이거 예상 밖인데. 자신이 살려낸 딸에 의해 수배 명단에 올라가다니 말이야."

용병의 다른 일 중 수배된 범죄자들을 잡는 바운티 헌터의 역할도 있다.

수배보의 액수는 특급에 해당하는데 수바자의 설명에서는 유약한 인상에 보통의 기사급 정도의 검술 실력이라 쓰여 있었다.

그 정도의 만만한 상대라면 아마 대륙에서 그를 쫓고 있는 용병들의 수는 몇 천을 헤아린다고 해도 과언이 아니었지만, 우리가 알고 있는 슈펜이라면 그들 중 어느 누구도 살아남지 못했을 것이다.

"수배보가 잘못 나와 있군. 슈펜의 검 실력은 일급 이상, 꽤 많은 용병들이 죽었겠는데?"

"슈펜을 알고 있나 보군. 그래, 네 말대로 현재까지 그를 쫓다 실종된 용병들만 해도 천여 명, 비공식적으로 사라진 녀석들까지 합치면 적어도 삼천 이상은 되겠지."

"호오, 굉장한데."

"지금에 와서는 제대로 알고 있는 자라면 절대로 건드리지 못하는 자가 되었지. 소문에는 만오천 골드까지 현상금이 오른다는 말이 있지

단 특급용병 외에는 그를 잡아들일 사람이 없는데 돈만 오른다면 뭐
하겠어."

"애석하지만 특급용병도 실패했다구."

이스트의 말에 설명해 주던 여자 용병은 이채를 띠며 물었다.

"호오, 특급용병도 실패했다고?"

"로아냐드의 지방시 전선에서 왔다. 상대했던 특급용병은 블러드 스
톰, 바로 저 친구지."

블러드 스톰이란 말에 그녀는 놀라는 얼굴을 하며 뒤돌아섰고, 난
자리에서 일어나 그녀에게 말했다.

"특급용병의 권리를 행사한다."

"수락하지요. 이런 소국에 특급용병이 왔다는 것을 알렸다간 자칫
잘못해서 길드를 말아먹을 수도 있으니까 말이야. 자, 들어가자고."

여자 용병의 안내에 따라 우린 작은 방으로 들어갔다.

작지만 전통을 가지고 있는 듯 여기저기의 오래된 조각상과 함께 길
드 인증서들이 도배되어 있는 방은 서너 명이 앉을 소파와 길드장의
책상뿐이었다.

하지만 애석하게도 길드 지부장의 모습은 보이지 않았다.

"어라? 접수 요원이 왜 안에까지 들어온데?"

"그거 미안하게 됐군."

우리들이 앉기도 전에 소파에 자리를 잡고 앉은 그녀는 자신의 소개
를 했다.

"난 이곳 루브넨 왕도 길드 지부의 대리 지부장이지."

"대리 지부장이라."

그녀의 말에 이스트는 미소를 짓고는 소파에 앉아 말했다.

"이곳 루브넨 왕도 길드 지부의 지부장은 덴티스 크드렌, 슬하에는 삼남이녀의 자식이 있고. 그렇다면 당신은 그중 장녀인 이급용병의 신분을 가진 알리샤 크드렌이겠군. 맞지?"

"어라?"

생각보다 이스트가 자신을 잘 알고 있자 알리샤는 황당한 얼굴을 하며 이스트를 쳐다보았다.

"미안하지만 이 몸이 한때 피렌드 시의 용병 길드에서 정보 수집 쪽의 일을 조금 했거든. 그래서 대륙에 산재해 있는 용병 길드의 상황은 조금 알지. 덴티스 크드렌이라면 꽤 이름있는 용병이잖아?"

"그건 그렇지."

덴티스 크드렌, 대륙 용병 길드의 직급으론 삼급용병에 지나지 않는 인물이지만 그의 지략은 타의 추종을 불허한다고 한다.

한때 로아냐드 제국의 내전으로 인한 미묘한 정치 상황과 맞물려 붕괴되어 가는 용병 길드를 중앙 귀족과 지방 호족 간의 미묘한 균형을 맞추는 데 성공하여 유지시킨 인물이다.

그 대가로 특급용병에 준하는 대우와 이곳 루브넨 왕국의 길드 지부장의 자리를 받은 인물로 용병계에서는 전설적인 사람이었다.

과거가 알려져 있지 않은 인물인 덴티스 크드렌은 현재 내전의 중심 인물인 중앙 귀족의 파드에리니안 공작과 지방 호족의 다얀 백작과 친밀한 우정을 유지하고 있었고, 이 관계를 이용하여 대륙 용병 길드에서 중추적인 역할을 담당하고 있었다.

이런 이유로 이스트가 피렌드 시의 정보 담당이었다면 덴티스 크드렌에 관해선 모두 알고 있는 것이 당연한 이치였다.

이스트가 자신에 대해서 잘 알고 있는 것을 안 알리샤는 고개를 끄덕이고는 말했다.

"그렇다면 내가 왜 특급 정보 의뢰를 처리하는지 정도의 이유는 알고 있겠군."

"물론. 현재 텐티스 크드렌은 제국의 황도에서 파드에레니안 공작과 다얀 백작의 정치 로비 임무를 맡고 있다 들었다. 통신 구슬로 연락은 끝냈나?"

"물론. 특급 정보에 대한 것은 지부장의 허가가 있지 않고서는 대리하는 것이 불가능하니까."

알리샤는 서류를 한 장 꺼내주더니 이스트에게 던지며 말했다.

"의뢰 내용이나 적으라고."

"응? 그런 건 그쪽에서 받아 적어야 하는 거 아니야?"

"귀찮아."

귀찮다는 한마디로 끝내 버린 알리샤는 뒤쪽 책상으로 걸어가더니 와인 한 병과 술잔을 갖고 와 우리들에게 내밀었다.

"젠장."

할 수 없이 이스트는 서류에 우리가 원하는 정보를 적기 시작했다.

오 분 정도 후 서류를 모두 작성한 이스트는 집어 던지듯이 서류를 넘겼는데, 알리샤는 이스트가 적은 내용을 보고 놀랐다는 표정을 지으며 말했다.

"오호, 잘하면 만오천 골드도 차지할 수 있겠는데?"

"뭐 잘된다면 그렇지. 실수하면 이쪽은 이 나라에서 목이 달아나야 한다고."

"훗. 그건 당신만이지. 미안하지만 저쪽에 계신 특급용병 분은 무슨 일이 있어도 안전하다고 생각하는데?"

"특급 정도면 치외 법권에 속한다는 건가?"

"물론. 대륙에 용병 길드가 없는 곳은 없으니까."

이스트에게 받은 서류를 동그랗게 말아 밀랍으로 봉인을 떠 서랍 속에 집어넣은 알리샤는 소파에 앉아 정보를 이야기해 주었다.

"아이나스가 현재 있는 곳은 왕성의 왕세자궁, 경비 인원은 삼백이십 명. 보통 삼 분의 일 정도인 백 명 정도가 계속 경비를 서고 있지."

"어라? 조사도 안 하고 다 외우고 있네?"

"지부에 관계된 정보를 모르면 지부를 운영하기가 어렵거든."

"그나저나 숫자를 보면 상당히 힘들겠는걸."

"힘들겠지. 경비 인원 중 왕궁기사대의 숫자는 백삼십 명. 그중 일급으로 분류된 기사들만 해도 칠십 명이나 되니까."

"칠십 명? 왕세자치곤 너무 많은 숫자 아니야?"

"현재 루브넨 왕국의 모든 내정은 왕세자 다렌이 맡고 있으니 그 정도도 부족하다고. 일주일에 한 번은 왕세자의 목숨을 노리는 알라드 왕국의 자객들이 들이닥치니 말이야."

기사와 용병들의 계급은 다른 면이 있었다.

일급 이상이라면 용병 쪽과 기사들 간의 실력이 비슷하다고 할 수 있지만 이급 정도가 되면 두세 명의 용병들이 한 명의 이급기사를 상대하기도 힘든 것이 현재 대륙의 사정이었다.

그런 상황에서 일급의 숫자만 칠십 명이라면 왕국의 주력이 거의 대부분 왕세자의 경비 인원으로 돌려져 있다고 해도 과언이 아니었다.

"이상하군. 암살자들이 노린다 해도 일급기사 칠십 명은 너무 많다."

아무리 현재 전쟁 중이라 해도 일국의 지도자를 지키는 일급기사가 칠십 명이나 된다고 하는 것은 너무 과한 수치였다.

이런 수치라면 주격전지에서는 군대를 지휘할 기사들의 수가 적어 전쟁에서 승기를 잡기 힘들기 때문이다.

나의 말에 고개를 끄덕인 알리샤는 진짜 이유를 설명해 주었다.

"뭐, 대충 알겠지. 암살자 정도면 이십여 명의 일급기사들이 돌아가 거 지켜도 충분히 막아낼 수 있으니까 말이야. 하지만 왕세자 측에서 두려워하는 상대는 암살자가 아니라고. 너희들이 대충 알고 있는 사람이지."

"슈펜?"

이스트의 짐작에 알리샤는 고개를 끄덕이며 말했다.

"무슨 이유인지 모르지만 왕세자는 수배를 시작한 후부터 신변에 상 당히 불안감을 비추고 있다. 어린 왕세자비는 궁에서 나오는 일이 거 의 없다고 해도 과언이 아니고 상시 일급기사 열두 명이 경비를 서고 있지. 자세한 내막은 모르겠지만 다렌 왕세자와 슈펜 공작과의 사이에 서 암투 같은 것이 있었던 듯해."

"암투라. 여기저기 난리군."

"지금까지 수많은 중소 국가들을 지배했다고 해도 과언이 아닐 만큼 제국이 내전 때문에 시끄러우니까. 조용한 곳은 남쪽의 섬나라밖에 없 을걸?"

"그렇겠군."

로아냐드 제국에 관련된 거의 모든 나라가 제국의 지배력이 약해지 자 그동안 썩어 있었던 분쟁이 터져 나오기 시작했고, 그로 인하여 대 류의 동쪽 반은 전란에 잠겨 있는 것이 대류의 상황이다.

이스트와의 이야기가 어느 정도 정리된 것을 본 난 알리샤를 보며 갈했다.

"왕세자궁의 설계도와 왕궁 지하 하수도 지도를 부탁한다."

"애석하지만 그 딴 건 없어. 왕세자궁은 건립함과 동시에 도면이 파괴됐고, 왕국 지하 하수도 약도는 현재 왕궁 안의 비밀 서류실에 보관되어 있지."

"왕궁의 대략적인 모습을 담은 지도도 없는가?"

"직접 들어가려고?"

그녀의 말에 난 고개를 끄덕였다. 많은 수의 기사들을 정면으로 상대할 수 없는 이상 어떻게든 왕세자궁으로 조용히 들어가야 했다.

길드에서 간략한 지도를 받은 우린 왕성으로 향했다.

한참 나라의 국운을 좌지우지하는 전쟁을 치르는 왕국치고는 조용하기 짝이 없었다. 병상에 누워 있는 왕 때문에 왕궁 안에서는 소란스러운 소리를 냈다간 목이 달아날지도 모르기 때문이었다.

왕성의 경비병들은 일주일에 한 번 꼴로 잠입해 들어오는 자객 때문인지 교대 타임에도 허술함이 보이지 않았기에 안으로 잠입해 들어가는 것은 힘이 드는 일이었다.

알리샤에게서 받은 왕궁 내부 지도로 판단하건대 현재 위치는 왕성 동북쪽의 제2외벽에서 백 미터 정도가 지난 곳임을 알 수 있었다.

시녀들이 거처하고 있는 건물로 이곳을 지나면 왕성의 중궁으로 들어설 수 있는 후문이 나타나게 된다.

하지만 중궁 경비들의 숫자는 상시 일급기사 한 명과 이급기사 다섯 명이기에 쉽게 접근하기는 어려웠다.

내가 노릴 시간은 시녀들의 교대 시간, 앞으로 23분 후면 왕궁 안에 있는 시녀들과 시녀관의 시녀들이 교대하기 위해 삼십 명 정도의 시녀들이 후문으로 들어설 것이다.

"교대할 시녀들 중 두 명을 재워뒀다."

이스트는 삼십 명의 시녀들 중 두 명을 기절시키고 옷 두 벌을 가져왔다.

죽이는 것이 가장 안전한 방법이었지만, 아무런 죄도 없이 사람을 죽인다는 것이 조금 껄끄러웠는지 기절시켜 묶고는 재갈을 물려 가두어놓고 온 이스트였다.

다행히 가을의 날씨였는지라 시녀들의 옷도 두터웠기에 후드를 뒤집어쓴다고 해서 문제될 것은 없었다.

다만 연이은 자객들 때문에 강화되어진 왕국 경비를 이 정도로 뚫을 수 있을까 하는 의구심이 들 뿐이었다.

물론 어느 정도의 소란을 일으킬 것은 준비되어 있었지만, 시간이 적었기 때문에 완벽한 계획을 세울 수가 없었던 것도 이유였다.

"뒷처리는?"

"완벽하게. 다만 다른 시녀들이 우리를 알아보지 않을까 그게 걱정이지."

남자와 여자의 체형은 확연히 드러나는 만큼 망토와 후드로 가린 몸을 최대한 웅크리지 않는다면 위험하다.

웅크릴 때 역시 구부정한 모습이 드러나기 때문에 여자로 변장한다는 것은 소년 같은 체형이 아직 발달하지 않은 사람을 제외하고는 꺼려하는 편이었다.

10분 후 시녀관이 바빠지기 시작했다.

궁으로 들어가기 위해 준비하고 있는 중이었기 때문에 우린 기절시킨 시녀들의 방에서 후드를 뒤집어쓴 채 기회를 기다리고 있었다.

"라이라, 엘리나, 빨리 나오라고."

이 방의 주인을 부르는 듯한 음성이 들려왔기에 후드를 뒤집어쓴 채 밖으로 나왔다.

우리의 모습에 시녀는 다소 이상하다는 표정을 지었지만, 앞으로 나서는 우리를 보며 할 수 없다는 듯이 손을 내저으며 말했다.

"무슨 일이 있었는지 모르지만 밤새 질질 짜서 눈이라도 부은 거야?"

다행히 남자 문제가 있었던지 시녀는 우리의 모습을 남자에게 채여 침울해 있는 것으로 본 것이다.

그녀의 물음에 망설이는 듯한 몸짓을 짓다가 고개를 끄덕이자 시녀는 다가와 어깨를 두드려 주고 앞으로 나섰다.

"대충 잊으라고. 시녀관에 계속 있다 보면 그래도 괜찮은 병사 하나쯤은 꼬실 수 있을 테니까."

미소를 지으며 앞으로 나서는 그녀의 뒤를 쫓아 걸어갔다.

시녀관 정문 밖에는 이십여 명의 여인들이 하품을 하며 기다리고 있었고, 우리가 합류하자 시녀장이 앞에 서며 소리쳤다.

"이제 대충 잠 깼으면 가자. 왕성 안에서 시끄럽게 떠들다가 걸리면 어떻게 되는지 잘 알고 있지?"

"예."

시녀장의 말에 졸린 눈을 비비며 대답한 여인들은 목적하고 있던 후문 쪽으로 걸어가기 시작했다.

얼마 지나지 않아 후문이 드러났고 경비를 서던 병사들이 시녀들을 멈추게 했는데, 그중 한 병사가 뒤쪽 초소 건물로 들어서는 것을 보아 기사를 부르고 있음을 알 수 있었다.

암살자에 대한 경비로 경비가 철저했던 것이다.

'일이 어렵게 되는 것 같군.'

이 정도로 철저하게 검문을 할 정도라면 어설픈 변장으로 뚫을 수 없는 것은 당연했다.

얼마 안 있어 초소 건물 안에서 기사가 졸린 눈을 비비며 나타났는데, 예상과는 달리 건물에서 나온 기사의 숫자는 세 명. 그리 중요하지 않은 검문에서조차 세 명이나 되는 기사가 나올 정도면 이번 작전은 완전히 실패였다.

할 수 없다는 생각에 망토로 감추어져 있는 검에 손을 댔다. 여차하면 이들을 베고 달아날 수밖에 없었기 때문이다.

기사들이 후드를 뒤집어쓰고 있는 우리에게 걸어올 쯤 다행히 내가 안배한 일이 벌어졌다.

"불이야!! 불이야!!"

시녀관 쪽에서 펑하는 소리와 함께 불길이 치솟아올랐고 사람들이 소리치기 시작했다.

이 불길은 기름을 이용하여 시간에 맞게 불길이 옮겨 붙게 만든 장치였기에 우리가 나온 후에야 폭발을 하며 불을 낸 것이다.

기사들은 갑작스러운 사태에 놀라 하는 듯했다.

"자객의 습격일 수도 있다. 나머지 기사들을 깨워 경계 태세로 갖추도록."

그렇게 말한 기사대장은 수석 시녀인 듯한 여인에게 말했다.

"일단은 시녀들을 데리고 안으로 들어가라. 여기에 있다간 괜히 화를 당할 수 있으니."

"예."

기사의 말에 대답한 시녀장은 여인들을 보며 소리쳤다.

"빨리 안으로 들어가자!"

예상외로 일이 쉽게 풀리자 조용히 시녀들의 뒤를 쫓아 들어갔는데 갑자기 기사 한 명이 우리의 앞을 막았다.

"잠깐! 너희들, 후드를 벗어봐라!!"

"예?"

이스트는 그 기사의 말에 간드러진 목소리를 니며 당황한 듯이 말했다.

"우리 앞에서 얼굴을 가린 시녀들은 본 적이 없다!!"

'젠장!!'

난 그때야 실수를 알 수 있었다. 원래 왕국의 시녀들은 평민이나 하급 귀족의 딸들이 들어오게 되어 있다.

물론 거부하고 돈을 내는 자들도 있었지만 왕국에 들어오면 나라의 이름난 기사들을 만날 수 있어 시녀들은 자신의 미를 뽐내는 일이 많았기에 언제나 기사들의 앞에선 쓰고 있던 후드를 벗는 것이 관례가 되어 있었던 것이다.

그런데 이스트와 난 기사들 앞에서 후드를 벗고 있지 않으니 그들이 이상하게 생각하는 것은 당연하다 할 수 있었다.

하지만 이런 위기는 예상 밖의 인물에 의해 빠져나갈 수 있었으니, 바로 진짜 자객들이 침입했기 때문이다.

"자객이다!!"

화재로 소란스러웠기 때문에 조용히 잠입해 들어가려 하던 자객들이 사람들의 눈에 띄인 것이다.

"저쪽이다. 두, 세 명만 남고 다 나를 따르라!"

우리의 후드를 벗기려 했던 기사는 진짜 자객이 나타나자 우리를 포기하고 병사들에게 지시하여 빠르게 움직이기 시작했다.

그 덕에 정체를 들키지 않고 성안으로 들어설 수 있었지만, 난 자객들의 기운과 함께 다른 기운을 느낄 수 있었다.

'슈펜?'

한번 느꼈던 기운은 잊어버린 적이 없었기 때문에 왕세자궁으로 향하는 기운 중 하나에 슈펜의 기운이 느껴짐을 알 수 있었다.

이렇게 된다면 궁 안으로 잠입해 들어가는 목적이 사라지는 것이기에 계속 시녀의 흉내를 낼 필요가 없었다. 조용히 시녀들의 뒤에서 떨어져 나온 우린 다시 후문 쪽으로 나왔다.

"무슨 일. 큭!!"

우리들을 보며 이상하게 여긴 병사들이 다가왔지만 그들이 뭐라고 할 새도 없이 난 가볍게 그들을 기절시켰다.

물론 죽이는 것이 간단하긴 했지만 나 역시 쉽게 사람을 죽이고 싶은 마음은 없었기에 기절만 시킨 것이다.

"무슨 일이지?"

병사들이 쓰러지자 이유를 몰라 하던 이스트가 왕세자 궁으로 향하는 나에게 물었다.

"슈펜이 왕세자궁으로 향했다."

"젠장!!"

그제야 이유를 알게 된 이스트는 시녀의 망토를 집어 던진 후 따라왔다.

왕궁을 지키고 있던 경비들은 거의 대부분이 자객들이 나타난 방향으로 몰려갔기 때문에 우린 몇 명의 경비병들만을 처리하는 정도로 왕세자궁 쪽으로 들어갈 수 있었다. 하지만 막상 궁에 다다르자 난처한 상황에 빠지고 말았다. 아직 슈펜이 궁으로 잠입했다는 것을 모르는 경비기사들이 있었기 때문이다. 이들은 자객들의 소란에도 결코 궁을 떠나지 않는 상비기사들이었다.

길드에서 들은 정보라면 하나하나가 결코 쉬운 상대가 아니었기에 어쩔 수 없이 슈펜이 나오기를 기다리는 방법을 택하게 되었다.

인간의 몇 배에 달하는 능력을 지닌 슈펜이라면 얼마 안 있어 모습을 드러내리라 생각했기 때문이다.

'무엇을 노리고 있는가.'

그리고 문득 한 가지가 생각이 났다.

만약 슈펜이 자신의 딸을 숨겨놓는다면 그를 죽인다는 것은 불가능할 수밖에 없었기 때문이다.

'막아야겠군.'

일단은 슈펜의 행동을 막아야겠다고 생각한 난 이스트를 보며 말했다.

"나 혼자 진입한다."

나의 말에 그는 고개를 끄덕였다.

일단 이스트가 떨어진다면 마나를 이용하여 빠르게 잠입할 수 있었기에 난 왕세자궁으로 몸을 날렸다.

점점 더 가까워지는 슈펜의 기운에 검을 쓸 수 있는 준비를 하며 궁 안으로 들어섰는데, 내부는 이미 슈펜의 등장으로 소란스럽게 변해 있었다.

이십여 기사들의 마나 기운이 느껴지고 있었는데 시간이 지날수록 그 수가 적어지고 있었다.

궁 내부의 복도에는 온몸에 피가 말라붙어 있는 시체들이 널려 있었다.

"늦었군."

불사신과 같은 녀석을 이곳의 기사들이 당해낼 수 없다는 것을 깨달은 난 급히 마나가 느껴지고 있는 곳으로 빠른 속도로 뛰어갔는데, 화려하게 꾸며져 있는 방으로 들어서자 슈펜과 아름다운 소녀가 서로를 바라보고 있는 것을 볼 수 있었다.

"음."

하지만 두 사람의 시선에 들려 있는 감정은 판이하게 달랐다.

슈펜의 눈에 슬픔이 가득하다면 그의 딸이라 생각되는 여인의 눈에는 경멸감이 가득 차 있었기 때문이다.

그의 아버지일 것임에도 불구하고 눈에 가득 찬 경멸감은 마치 벌레를 보는 듯했다.

"크크크."

그녀의 눈빛을 보던 슈펜은 낮은 웃음소리를 흘리고는 천천히 그녀에게 다가갔다.

"물러서라!"

그녀를 지키기 위해 남아 있던 두 명의 기사는 검을 겨누며 소리쳤지만, 그는 망설임도 없이 검을 뽑아서는 기사를 향해 휘둘렀다.

"끄악!!"

횡으로 휘두른 검은 순식간에 두 명의 기사를 두 동강 내서는 땅으로 쓰러뜨렸고, 기사들의 피에 여인은 금세 붉게 물들었다.

"저리 가! 저리 가란 말이야!"

다가오는 아버지를 보며 그녀는 비명을 지르듯이 소리쳤는데, 슈펜은 가볍게 주먹을 질러 그녀의 복부를 쳐 기절시켜서는 어깨에 짊어졌다.

"거기까지."

난 검을 뽑아서는 그의 앞을 막아서려 했는데, 나의 모습을 확인한 그는 슬픈 눈을 하며 말했다.

"블러드 스톰, 한 달 뒤 정오에 널 만나겠다. 우리가 처음 만난 그곳에서."

왠지 거부할 수 없는 목소리에 난 자신도 모르게 뒤로 물러섰고, 내가 약속을 받아들였다는 것을 안 그는 딸과 함께 창문을 뛰어내렸다.

반불사의 몸을 지닌 덕에 10여 층이나 되는 궁에서 뛰어내렸음에도 아무런 부상도 입지 않고 땅으로 착지한 그는 빠른 속도로 사라져 갔다.

'무엇을 하려 하는가.'

창문으로 사라지는 슈펜의 모습을 보며 그가 한 달이란 시간 동안 무엇을 하려 하는지 궁금할 수밖에 없었다.

"끼야악!!"

이 나라에서 흔히 볼 수 있는 사창가의 한구석. 난 벽의 반대쪽에서 들리는 딸아이의 비명 소리를 듣고 있다.

귀족의 아이로 태어나 단 한 번도 겪지 못한 일. 공포에 질려 울부짖는 딸아이의 목소리에 슬픔을 참을 수가 없다.

하지만 딸아이가 당하고 있는 일은 이 시대에선 흔히 있는 일, 처참하게 무너지고 있는 세계에서 아버지가 딸을 사창가에서 파는 것은 너무나 흔한 일이었다.

힘없는 자의 슬픔, 강한 자의 손아귀에서 벗어나지 못하며 허우적대는 수많은 인간들은 어느새 힘에 복종하여 살아가는 방법을 배운다.

광기, 지금은 광기가 지배하는 세상이었다. 광기가 없는 자는 살아나갈 수 없는 세상.

벽 너머의 여인은 이제 아무런 반항도 하지 못하고 힘이 지시하는 대로 움직이고 있다.

"하하하! 몸 한번 잘 풀었군."

모든 것이 끝났을 때 그들은 단 1실버의 동전을 나에게 건네주며 사라졌고, 1실버의 뒤에는 무너져 간 인간이 꿈틀거리고 있다.

"더러운 새끼!!"

나의 얼굴을 보며 딸은 욕설을 퍼붓고 있었다.

웃음이 나온다. 내 딸은 그 수많은 고통과 죽음의 시간을 알 수 있을까?

난 모든 것을 포기하며 죽어가는 딸을 위해 악마가 되었건만, 딸아이는 내가 겪어야 했던 모든 것에 티끌도 되지 않는 것을 받았음에도 분노를 참지 못하고 소리 지르고 있었다. 온몸이 찢어지는 중에서도 살아가야 했으며, 생존해야 하는, 아니, 죽을 수 없는 그런 고통. 그것을 딸아이는 알기나 할까? 피의 전승에 의해 나의 몸은 피를 먹지 않고는 살 수 없는 몸이 되어 버렸다.

그리고 그것을 혐오하며 나를 죽이려 한 나의 딸, 달려드는 용병들에게서 받은 죽음을 향한 고통, 한없는 고통만을 느끼고 죽을 수 없는 신체 속에 난 절규했었다.

사지가 절단나고 온몸이 갈기갈기 찢겨져 나가도 고통만이 전해질 뿐 죽음은 다가오지 않았다.

개미새끼 한 마리 죽이지 못했던 난 고통을 참지 못하고 인간의 피를 빨아야 했다. 혐오스럽고 역한 인간의 피를, 그리고 조금씩 피의 쾌감을 느껴갔다.

혐오하며 역겨워하는 그것이 없으면 살아갈 수 없는 나의 정신은 서서히 무너져 갔고, 이성은 본능에 의해 무너져 갔다.

삶을 부정하면서도 몸은 혐오를 쫓아야 하는 그런 고통을 알고나 있는가?

죽여달라 수백 번 외쳤어도 죽음은 오지 않고 육체가 산산이 찢겨 나가고 뼈가 산산이 부서지는 고통을 느껴야 했다.

그것을 알지 못하는 딸의 눈은 나를 지극히 혐오스러운 동물로 보고 있었다. 도대체 난 무엇 때문에 죽어가는 딸을 살렸던 것인가?

슬픔으로 인해 나의 눈에선 붉은 피가 눈물이 되어 흐르고 있었다.

느끼게 해줄 것이다. 피와 죽음을 원할 수밖에 없는 고통을. 그것을 알기 전까진 세상의 모든 고통을 겪어야 할 것이다.

인간의 피를 빨 수밖에 없는 나를 죽이려 했던 딸에 의해 난 조국에서 쫓겨 외지로 도망갈 수밖에 없었다.

그리고 살아 나갈 수 있는 유일한 장소, 난 그곳을 찾아 여러 군데를 헤맸었다. 깊은 산속, 외딴 섬. 하지만 피의 전승에 의해 피가 없으면 살아 나갈 수 없는 난 가장 많은 피를 볼 수 있는 곳에서 살 수밖에 없었다.

전장, 누군가의 욕심으로 인해 수많은 자들이 죽어 나가는 그곳에서밖에 살 수 없는 운명이 되어 있었던 것이다.

느껴라, 나의 딸이여! 비정함으로 아비를 몰아넣은 그 어둠의 장소를 말이다!

순백의 드레스는 검붉은 피의 색으로 바뀌고, 맛 좋은 음식에 질린 너의 입은 썩어가는 인간의 육체를 맛보게 되리라.

신을 저주하며 눈물 흘리는 고통을 알게 되었을 때, 넌 진정 네가 지녔던 것이 얼마나 고귀하고 소중했던 것인지를 알게 될 것이다.

그리고 넌 사라져야 한다.

나의 딸아! 이것이 마지막으로 주는 이 아비의 선물이다.

"도대체 무슨 생각을 하고 있는 거야!"

이스트는 지방시로 돌아오면서도 투덜거리는 것을 멈추지 않았다.

슈펜이 딸을 데려가는 바람에 모든 일이 흐트러졌기 때문이다.

"피의 전승을 아는가?"

"박사가 보내준 편지 다 읽어봤잖아."

난 그런 이스트를 보며 검을 들어 그의 피부에 살짝 상처를 입혔다.

블러드 소드는 상대에게 상처를 입히게 되면 강한 통증과 함께 정신력을 붕괴시키는 마검 중의 하나다.

그 고통을 이길 수 있는 유일한 방법은 마나를 돋우어 침범하는 마기를 밀어내는 것뿐이지만, 아직 마나를 제대로 다스리지 못하는 이스트는 이 고통을 막을 수 있는 방법이 없을 것이다.

이스트는 작은 상처를 입었음에도 고통을 참지 못하고 땅에 뒹굴기 시작했다.

"이 개자식아!!"

처음 블러드 소드에 실수로 베였을 때 난 그 고통을 알게 되었다.

물론 마나로 차단하여 그 고통을 없애기는 했지만 나에게 베이는 사람들의 고통을 알고자 다시 한 번 나의 몸을 베었고 다음엔 그 고통을 느꼈다.

살을 짓이기는 듯한 고통의 시간, 어깨를 살짝 베었음에도 고통은 몇 시간을 지속한 후에야 멈추었다.

고통에 발버둥 치는 이스트의 곁에 앉아 블러드 소드로 나의 손을 베었다.

뼛속 깊숙이 느껴지는 충격이 머리까지 뻗어왔지만 마나를 사용하여 그 기운을 막지 않았다.

몇 시간 후 고통이 사라지자 이스트는 고통에 움추려 있던 탓에 온몸에 힘이 다 빠져 움직이지도 못하고 있었다.

"빌어먹을 자식아!! 도대체 이게 무슨 짓이야!!"

온몸의 근육통으로 움직이지도 못하는 가운데도 그는 분노를 참지 못하고 소리쳐 욕을 하기 시작했기에 난 내가 한 행동의 이유를 말해 주었다.

"그것이 피의 전승을 받은 슈펜의 고통이다."

나의 말에 이스트는 황당하다는 표정을 지으며 나의 얼굴을 쳐다보았다.

"무슨 소리야?"

"슈펜 공작은 검을 사용할 줄 모르는 자였다. 그런 자가 용병들에게 쫓겨 살아남을 수 있겠는가?"

이스트는 그 말에 곰곰이 생각에 잠기는 듯했다.

그도 편지를 읽어보았기 때문에 슈펜의 상태를 알 수 있었기 때문이다.

"누가 죽음의 고통을 겪어보았을까?"

처음에는 슈펜의 행동을 욕하던 이스트였지만 이젠 동정으로 바뀌어 있었다.

"블러드 소드의 작은 상처에도 죽을 듯이 발버둥 쳤는데, 죽어야 되는 고통 속에서도 살 수밖에 없는 그는 이런 고통을 수십 번, 아니, 수백 번 겪어야 했겠지?"

이스트는 하늘을 보며 중얼거렸다. 사람들은 살아가면서 느끼는 삶의 아픔을 죽음보다 더한 고통이라 말한다.

지방시에 돌아오자 뇌검 유라이는 전장 소식을 말해 주었다.

광전사가 사라진 후 지방시 군은 가이프 마을을 점령했고, 현재는 진군 준비를 하고 있다고 했다.

"잠시 진군을 멈춰주십시오."

"뭐라고?"

"광전사 슈펜, 그가 다시 가이프 마을로 돌아올 겁니다."

이스트의 말에 뇌검 유라이의 안색이 변했지만 나를 보며 조금 안심하게 된 것 같았다.

"그냥 돌아올 자네는 아니겠지. 알겠네. 진군을 잠시 멈추도록 하지."

지방시가 진군을 멈추자 어느 정도 전장에 평화가 돌아왔다.

자연은 모든 것을 정화하는 것처럼 짧은 그 시간 동안 전장을 물들이던 피의 향기를 조금씩 사라지게 하고 있었다.

그가 약속한 한 달 후, 광전사는 한 여인을 데리고 가이프 마을로 돌아왔다.

"아이나스?"

이스트는 그가 데리고 온 여인을 보며 할 말을 잊은 듯했다.

올해 열다섯의 어린 나이에 고귀한 생활을 했을 귀족가의 공녀는 없고, 눈앞에 보이는 것은 온갖 세상의 풍파를 다 겪은 듯한 여인의 모습이었기 때문이다.

"모든 것을 끝냈는가?"

나의 물음에 그는 고개를 끄덕였다. 그리고 자신의 딸을 보며 단검을 한 자루 던져 주고는 말했다.

"죽어라."

아이나스란 여인은 공포에 떨고 있는 듯했다.

아버지가 던져 준 단검을 겁에 질린 눈으로 쳐다보고 있는 여인, 그녀는 이제 공녀가 아니었다. 삶을 갈구하는 불쌍한 여인일 뿐이다.

"으아앗!!"

단검을 손에 든 그녀는 슈펜의 몸을 난도질하기 시작했다.

살고자 하는 충동, 아니, 그것이라 말하기 어려웠다.

두 눈에서 눈물을 흘리며 아비를 난도질하그 있는 그녀의 눈은 증오로 가득 차 있었다.

자신을 이런 어둠의 세계로 몰아붙인 아비에 대한 한없는 원망, 그것 외에는 아무것도 없었다.

딸에 의해 수십 번을 난도질당한 슈펜이었지만, 아무런 미동도 하지 않았다.

엄청난 고통이 그의 몸을 밀어닥치고 있음에도 자신의 딸을 슬픔에 가득한 눈으로 쳐다볼 뿐 아무런 행동도 하지 않았다.

그리고 가쁜 숨을 쉬며 쓰러진 딸이 난도질을 멈추었을 때 그는 눈물을 흘렸다.

"증오를 알았느냐?"

슈펜의 말에 아이나스는 아무 말도 하지 않았다.

온갖 세상의 더러움과 고통을 겪은 그녀는 이제야 자신을 살려주고 자신의 의해 수많은 고통을 겪었던 아버지를 알 수 있었기 때문이다.

"죽어라."

다시 한 번 슈펜의 입에서 권고가 떨어지자 그녀는 어깨를 늘어뜨린 채 일어났다. 그리고 자신의 앞에 있는 슈펜의 입에 키스를 했다.

슈펜은 마지막 키스를 한 자신의 딸을 두 팔로 가슴에 안았고 잠시 후 그녀는 힘없이 땅으로 쓰러져 갔다.

슈펜의 몸은 변해가기 시작했다. 손끝에서부터 부서져 가는 육체. 그의 표정에서 고통을 느낄 수 있었기에 그를 동정할 수 있었다.

"블러드 스톰, 피로 살아갈 수밖에 없는 숙명을 지닌 자여! 그대의 선택이 나와 같았기에 난 결정할 수 있었다. 하지만 나와 같은 선택의 순간이 온다면 거부해 주게. 그것은 신이 만들어낸 법칙이니."

그 말을 끝으로 슈펜의 몸은 전장의 먼지가 되어 사라져 갔다.

그가 뿌리던 짙은 피의 향기는 이제 모두 사라져 간 것이다.

"공생체를 아는가?"

"응?"

"같이 살아갈 수밖에 없는 존재들, 서로를 도우기에 살아갈 수 있지만 어느 하나가 그것을 거부하면 모두 죽을 수밖에 없는 존재이지."

나의 말에 이스트는 무엇인가를 알겠는지 고개를 끄덕인다. 슈펜과 그의 딸 아이나스 둘은 공생체일 수밖에 없는 존재였지만 인간은 이기적인 동물이었다.

대지에서 피의 향기가 사라져 간다. 하지만 완전히 사라지지 않을 것이다. 인간이 살고 있는 한 언제고 전장은 사라지지 않을 테니.

제5장 **어둠의 지배자**

어둠의

지배자

"피의 전승자가 사라졌군요."

칠흑같이 어두운 방, 두 명의 남자가 의자에 앉아 이야기하고 있었다.

검은색의 짙은 로브를 입고 후드를 깊숙이 눌러쓴 남자는 자신의 앞에 있는 기사를 보며 말했고, 기사는 고개를 끄덕였다.

"동질적인 존재라 생각했는데 끌려갔던 모양이군."

"불필요한 자라 생각합니다."

로브남자의 말이 무엇을 의미하는지 알고 있었지만 기사는 한참을 생각하는 듯하다가 말했다.

"하지만 재밌을 것 같지 않은가?"

"무엇이 말입니까?"

"두 개의 서로 다른 존재 블러드 스톰과 뇌검 유라이, 어느 한 명 끌려갈 자가 아니지 않는가?"

"그렇군요."

기사는 미소를 짓고 있었다. 어둠과 동화된 미소를.

가이프 마을이 다시 지방시의 영지로 들어오고 전세는 지방시 쪽에 유리하게 돌아갔지만 내전 이후 한 번도 자신의 영지에서 전쟁을 치러본 적이 없던 프로이브란 백작은 지방시의 군대가 영지를 넘어오자 다급해졌는지 막대한 돈을 치러 수천 명의 용병들을 사 전선에 투입시켰다.

이 탓에 수적으로 밀리기 시작한 전선은 어느 한쪽이 유리하다고 할 수 없는 팽팽한 상태를 유지하게 되었고 전선은 다시 교착 상태에 빠져들었다.

"젠장, 심심해 죽겠군."

부관의 역할을 하고 있는 이스트는 간이 침대에서 뒹굴며 중얼거리고 있었다. 그도 그럴 것이 싸움이 위험하다고는 하지만 지금껏 제대로 된 활동 한번 못해봤기 때문이다.

따분한 일상의 하루, 그것이 그에게는 어쩌면 고행이었을 수도 있을 것이다. 물론 인간이라면 안전한 생활을 꿈꾸는 것이 당연하겠지만 검을 잡고 피를 아는 자들에게 그것은 사치일 것이라 생각한다.

현재의 상황에서 보면 나를 중심으로 군을 일시에 밀고 나간다면 승기는 잡을 수 있겠지만 전략적인 차원에서 프로이브란 백작만이 아닌 근처의 중앙 귀족들까지 경계해야 되기 때문에 확실한 승리를 해서는 안 되는 상황이었다.

만약 지방시가 프로이브란 백작의 영지를 점령한다면 불안감을 느낀 주변의 중앙 귀족들은 연합하여 지방시를 공격할 것이 분명할 터였기에 그들과 맞설 병력이 모이기 전까지는 승기만을 유지하는 것이 주

목적이다.

"이스트 군, 꽤나 심심한가 보군."

나와 같을 수 없는 자, 뇌검 유라이었다.

침대에서 뒹굴던 이스트는 조금 상대하기 어려운 사내인 유라이를 보곤 한숨을 쉬면서 말했다.

"아무리 얼굴 마담이라곤 해도 제대로 된 일도 주지 않으니 심심할 수밖에요."

"그런가? 그럼 잘됐군. 꽤 재밌는 일이 생겼으니까."

"재밌는 일?"

이스트가 관심을 보이자 유라이는 미소를 지으며 뒤에 있는 사람을 불렀다. 그자는 광전사 때에 정보를 담당했던 스브라인 박사였다.

"어라? 박사님, 오랜만이네요?"

"두 달 만에 보게 되는군, 이스트 군."

정보 담당인 스브라인 박사가 직접 올 정도면 꽤 중요한 일이 분명할 터였다. 스브라인 박사는 몇 개의 양피지를 가방에서 꺼내더니 우리에게 던져 주었다.

"최근 프로이브란 백작 측의 움직임이 이상해서 조사해 보았더니 꽤 재밌는 단체가 등장했더군."

"재밌는 단체요?"

"응. 다크 솔루션이라는 비밀 단체지."

박사가 던져 준 양피지 내용을 훑어보았다.

다크 솔루션, 일종의 해결사 집단으로 주요 청부자들은 대륙의 핵심 지도자들이다.

불가능하다고 생각하는 거의 모든 일을 맡아보는 단체로 광전사 슈펜에게 안드로이프스를 소개해 준 자들이 바로 다크 솔루션이라고 쓰여 있었다.

"지하에선 꽤 힘이 있겠는데?"

이스트의 말에 박사는 고개를 끄덕이며 말했다.

"입수한 정보에 따르면 제국의 황궁에까지 손이 뻗어 있는 것 같더군."

"금지 마법까지 사용하는 비밀 단체로 그냥 내버려 둔다면 지방시에 막대한 손실을 끼칠 것이 당연할 것 같아서 자네들에게 맡겨보려 하네."

"우리 외에 다른 자들은?"

난 뇌검 유라이가 그들의 움직임을 발견하자마자 우리를 움직이지는 않을 것이라 생각되었기 때문에 물었다.

"실력있는 용병을 다섯 번 정도 보내봤지만 모두 연락 두절, 어쩔 수 없이 자네들을 보내게 됐네."

슈펜에게 피의 전승을 유도한 자들, 유라이가 보낸 용병들이라면 결코 약한 자들이 아닐 것은 분명할 터였기에 그들이 도망조차 치지 못했다면 이번 일은 생각보다 꽤 힘든 일임을 짐작할 수 있었다.

뇌검 유라이와 박사가 나가자 이스트는 심각한 얼굴을 하며 말했다.

"유라이가 우리들을 신용하지 않는 것 같군요."

사실이었다. 하지만 어쩌면 그건 당연한 일일 수도 있었다. 필요에 의해 나를 고용하기는 했지만 두 마리 호랑이가 한곳에서 양립할 수 없는 것은 당연했기 때문이다. 화령의 기사 리후드, 어쩌면 그는 그것을 생각하며 만류했을 수도 있었다.

언젠가 나와 유라이 둘 중의 한 명은 죽어야 된다는 생각을 하며 말이다.

하지만 난 그들의 일에 깊이 관계하고 싶은 생각은 **없었다**. 물론 그것이 나만의 생각일 뿐이지만 말이다.

"가자, 이스트."

"그러지 뭐."

일단 단서라고 할 만한 것은 유라이가 보낸 용병들의 소식이 끊겼다는 것 외에는 아무것도 없었기에 그들이 사라진 장소로 향하는 것이 첫 번째였다.

프로이브란 백작의 영지, 우린 적으로 싸우고 있는 수장의 영지에 잠입해 들어가야 했다.

도시가 아닌 이상 귀족들의 영지는 작은 마을이 주를 이루는 것이 보통이었고, 프로이브란 백작도 여느 귀족과 다름없이 영지에서 나오는 세금으로 부를 영위하는 귀족이었다.

상업 도시인 지방시와는 달리 농업 쪽에만 그 기반이 있기 때문에 낯선 사람이 들어서면 금방 그 정체가 탄로나 버린다. 그래서 단순한 여행자 복장으로 변장을 한 뒤 영지 내에 들어갔다.

"뭐야. 그냥 와도 상관없을 뻔했잖아?"

지방시의 군대와 맞서기 위해 상당수의 용병들을 고용한 상태였기 때문에 프로이브란 백작의 영지 거의 모든 마을에는 용병들이 상당수 머물고 있었다.

물론 그들의 대부분은 사, 오급 정도의 삼류용병으로 백작에게 고용되기 위해 이곳으로 온 사람들이었다.

일단 쉴 곳을 찾아 들어간 마을의 작은 술집은 자리가 없을 정도의 용병들로 가득 차 있었지만, 이런 일엔 익숙한 이스트였기 때문에 근처를 둘러보며 가장 강할 것 같은 용병을 찾고는 앞으로 걸어갔다.

"어이, 형씨. 자리가 없는데 비켜주겠나?"

갈색 머리의 이 미터가 넘는 거구인 용병은 이스트의 도발 어린 말에도 별 반응을 보이지 않았다.

"허허, 무시하는 건가?"

이스트는 미소를 지으며 그가 앉아 있던 의자 다리를 걷어찼다.

강한 타격은 아니었지만 발길질은 의자를 부숴 버리기에 충분했는데 놀랍게도 그는 쓰러지지 않았다.

하지만 이스트의 행동에 조금 화가 났는지 천천히 자리에서 일어나서는 이스트를 보며 말했다.

"알라드의 피의 도끼 켈드다."

그의 이름을 들은 용병들은 놀란 표정을 지으며 수군거리기 시작했다.

"피의 도끼 켈드!!"

"사소한 시비로 사람을 죽여 길드에서 쫓기는 녀석이잖아?"

생각 외로 강적과 만난 이스트였지만 그런 자에게 주눅 들 정도는 아니었기 때문에 미소를 지으며 말했다.

"피렌드 시의 이스트다. 잘됐군. 현상금 100골드짜리 녀석을 여기서 만나다니 말이야."

"후후후."

이스트의 말을 들은 켈드는 살기 어린 미소를 지으며 옆에 세워두었던 베틀 엑스를 들고 밖으로 나갔고, 이스트는 가볍게 몸을 풀며 따라갔다.

보통의 용병이라면 이곳에서 가볍게 주먹다짐하는 정도로 끝냈지만 상대가 용병 길드에서 수배된 수배자라면 사정이 달랐다.

"하아!!"

술집에서 나온 이스트는 잠이라도 오는 듯이 하품을 하고 있었는데,

그런 그를 보며 켈드는 미소를 짓고 있었다.

"꽤 심심했나 보군."

"그래도 지금부터는 심심하지 않을 것 같군."

이스트는 가볍게 허리에 차 있는 검에 손을 대었다.

이스트의 검은 롱 소드, 양손으로도 사용 가능한 검이기는 하지만 위력이 강하다고는 할 수 없었다.

그에 비해 상대는 베틀 엑스를 들고 있었기 때문에 무기를 맞부딪치는 행동을 했다가는 이스트의 검이 두 동강 날 우려가 있었다.

"후아앗!!"

귀를 울리는 듯한 괴성을 지르며 켈드의 도끼가 이스트를 향해 날아왔고, 이스트는 당황한 표정을 지으며 옆으로 비껴섰다.

하지만 놀랍게도 뒤로 날아가던 도끼가 다시 반전해서는 이스트의 뒤통수를 노리며 들어왔다.

챙!!

검을 비껴 맞추는 식으로 도끼를 튕겨낸 이스트는 방금 전의 상황이 믿기지가 않는지 머리를 갸웃거리고 있었다.

"도끼가 되돌아온다?"

켈드의 베틀 엑스. 거기에는 한 가지 장치가 되어 있었다.

도끼의 끝 부분에 얇은 쇠사슬이 달려 있었기 때문에 날아가던 도끼를 다시 되돌릴 수 있었던 것이다.

이스트 역시 그것을 발견하고는 미소를 지으며 말했다.

"과연 피의 도끼로군. 쇠사슬은 미쓰릴로 최대한 무게를 줄인 것 같은데 생각보다 돈이 많나 보군."

"후후후."

오랜만에 상대할 자라도 만났는지 켈드는 웃음을 터뜨렸고, 이스트 역시 그런 그를 보며 미소를 짓고 있었다.

"그 쇠사슬 마음에 들어. 녹여서 검으로 만들어 써야겠군."

"이긴다면."

이스트의 도발에 넘어가지 않는 것으로 보아 상당한 실전을 겪어본 용병이란 것을 알 수 있었다.

켈드는 쇠사슬 중간 부분을 잡고는 도끼를 회전시키고 있었다.

거대한 무기를 강하게 돌리면서도 아무렇지도 않은 그의 모습을 보며 상당한 힘의 소유자라는 것을 알 수 있었다.

상대의 움직임을 보며 이스트는 천천히 검을 들어 자세를 잡았다.

잠시 후 켈드가 움직였을 때 수십 개의 도끼 잔영이 이스트를 향해 밀려왔다.

보통 사람이라면 이 잔영에 당황하겠지만, 이스트는 잔영 사이를 헤치고 뛰어들어 가 녀석을 향해 공격을 시도했다.

"크억!!"

한순간의 공격이었지만 이 한 칼로 승부는 정해졌다.

피의 도끼 켈드, 그는 외마디 비명과 함께 대지의 흙으로 사라져 간 것이다.

같은 이급의 용병이긴 했지만 켈드는 많은 자를 상대로 하는 싸움 방법이었기에 빠르게 쇄도해 들어오는 이스트의 검을 효과적으로 막을 수 없었던 것이다.

"하! 돈 벌었다."

용병이란 이름을 지니고 있는 자. 그들은 힘으로 살아가는 사람들이다.

용병들이 살아갈 수 있는 방법은 힘이 강한 자의 밑으로 들어가거나 강한 자를 쓰러뜨려 힘을 쟁취하는 두 가지 방법뿐이었고, 피의 도끼라는 켈드는 그런 용병의 법칙에 충실한 자였다.

기선 제압이랄까? 켈드의 시체를 발밑에 두며 이스트는 태연하게 점원이 내오는 술을 마시고 있었다.

주인이나 사람들은 시체를 발 아래 두고 태연하게 술을 마시는 이스트를 보며 수군거리기만 할 뿐 아무도 이스트에게 뭐라 하는 사람은 없었다. 용병은 강한 자가 곧 법이기 때문이다.

"우후, 돈 벌었다."

100골드의 현상범을 잡은 탓인지 이스트는 연신 웃음을 멈추지 못하고 있었는데, 술집 안으로 몇 명의 기사와 병사들이 들이닥쳤다.

"마을에서 소란 피우던 자가 누구인가?!"

기사들 중 한 명이 주점 사람들을 보며 소리쳤지만 얼마 지나지 않아 이스트가 그 주범이라는 것을 알아채는 듯했다.

이스트의 발 아래에 있는 시체를 보며 잠시 당황한 그들은 검을 뽑아 들며 이스트 주위를 포위하기 시작했다.

"하하하하."

자신을 둘러싸는 병사들을 본 이스트는 시체를 들어 올려 얼굴을 보여주곤 말했다.

"미안하지만 이 녀석은 용병 길드에서 수배 중인 범죄자라서 말입니다."

그렇게 말한 이스트는 자신의 용병패를 기사에게 던져 주었다.

"피렌드 시의 정보 담당 이급용병 이스트라고 하니 용병 길드에 알아보도록 하슈."

당당한 이스트의 말에 기사는 어쩔 줄을 몰라 하고 있었는데, 그들 곁에 있던 병사 한 명이 기사에게 다가가 귓속말을 했다.

병사의 모습이나 행동으로 보아선 용병 출신으로 제법 높은 계급의 병사로 기용된 듯했다. 다른 병사들이 창을 들고 있는 데 반해 그는 검을 사용하며 철저한 실용 검법의 자세를 취하고 있었기 때문이다.

그의 말을 들은 기사는 알았다는 듯이 고개를 끄덕이고는 용병패를 다시 이스트에게 던져 주고 검을 집어넣은 후 병사들을 뒤로 물리며 말했다.

"시체를 안으로 들고 오는 것은 미관상 별로 좋지 않군. 자네의 신분은 우리 중 알아보는 자가 있어 확인했네."

"고맙군."

용병을 모집하고 있는 이곳에서 자주 용병들끼리 싸움이 일어나는지 기사는 간단하게 일을 처리하고 돌아갔고, 그들의 뒷모습을 보며 이스트가 조용히 말했다.

"대충 처리된 것 같군. 백작 측에서 사람이 오겠지?"

그의 말에 고개를 끄덕였다. 분명히 올 것이다. 싸움에서 밀리고 있는 가운데 쓸 만한 용병을 구하고 있는 백작 측에서 이스트 정도의 실력을 가진 이를 가만히 두지는 않을 것이기 때문이다.

"그나저나 알아보는 사람이나 없었으면 좋겠군."

일단은 직접 전장에 얼굴을 보인 적이 별로 없고, 있다 해도 살아 있는 자가 없는 만큼 이곳에서 정체가 알려질 염려는 별로 없지만, 얼굴을 모르는 자가 아예 없는 것은 아니기 때문에 조금 조심스럽게 움직이는 것이 좋다고 생각되었다.

"일단 이 녀석을 넘길까?"

지방시의 공세에 밀린 백작이 영지에서 용병을 모집하기 시작하자 용병 길드에서는 각 마을에 임시 지부를 설립하여 용병들을 채용하고 있었다.

　하지만 떠도는 삼류용병을 무턱대고 채용할 수는 없는 일이었기 때문에 몇 가지 관문을 두고 넘는 자들만을 채용하고 있다.

　이스트가 켈드의 시체를 넘긴 후 제일 먼저 찾아간 곳이 바로 이 관문이 설치된 장소였는데, 관문이라고 해봤자 몇 가지 장애물 넘기와 대련이 전부였다.

　"웬 장애물 넘기?"

　이스트는 장애물 코스를 보며 웃고 있었다. 실력있는 용병들에게 이러한 장애물 넘기 같은 것은 우스운 일이다. 어느 정도 마나만 다룰 수 있는 실력이 되어도 보통 인간은 생각지도 못할 높이를 뛰어넘을 수 있기 때문이다. 이스트가 장애물 넘기를 보며 웃고 있을 때 우리의 뒤로 인기척이 느껴져 왔다.

　"평민들과 구분하기 위해서죠."

　이곳 임시 길드에 소속된 용병으로 보이는 남자는 이스트의 옆으로 가서 장애물 넘기에 대한 이유를 설명하기 시작했다.

　"용병이란 것이 죽기도 쉽지만 돈도 쉽게 버는 직업이다 보니 어중이떠중이들이 다 용병에 가입해서 전쟁에 나가려고 합니다. 이, 삼급 용병 이상부터는 확실히 용병이라고 부를 수 있는 실력들이 있지만 사, 오급에서는 이러한 자들이 대부분이기 때문에 장애물 넘기 같은 기초 관문을 정해놓고 분류하고 있지요. 이 정도의 장애물 넘기를 해낼 수 있다면 충분히 용병으로서 쓸모가 있다고 말할 수 있으니까요."

틀린 말은 아니었다.

쉽게 보면 쉬운 관문인 장애물 넘기였지만, 이 정도의 장애물을 뛰어넘을 수 있는 자와 없는 자는 전쟁에서 살아남을 확률과 관련됨은 물론 전쟁 시 기동성 문제도 연관되어 있기 때문이다.

제대로 먹지 못해 용병 일을 하고자 하는 자라면 이러한 장애물은 하나의 산처럼 느낄 수도 있으리라.

이스트는 옆에서 설명해 주는 사나이를 잠시 흘겨보더니 미소를 지으며 손을 내밀었다.

"피렌드 시 정보부 소속의 용병 이스트라고 하오."

"이곳의 임시 길드 지부장을 맡은 케이드라고 합니다."

이스트는 케이드의 이름을 듣고는 잠시 생각하는 듯 고개를 갸우뚱거리다가 손바닥을 치며 말했다.

"아! 생각이 나는군요. 3년 전 피렌드 시에 한번 찾아온 적이 있지 않습니까?"

"예. 중앙 길드의 서류 문제 때문에 잠시 다녀간 적이 있었지요."

"하하하, 어쩐지 낯이 익다고 했더니."

이스트는 반가운 듯 크게 웃으며 케이드란 사나이와 악수를 했다. 그는 잠깐 나의 얼굴을 보고는 이스트의 귀에 대고 조용히 물어보았다.

"실례지만 옆에 계신 분은 블러드 스톰님이 아니십니까?"

조용히 묻는다고는 하지만 소드 오버러의 경지에 이른 내가 그 정도의 소리를 못 들을 것은 아니기 때문에 내가 아닌 다른 사람들이 들을까 신경 쓰고 있다는 것을 알 수 있었다.

"예. 기본 원칙은 지키시겠죠?"

"물론입니다. 특급용병의 활동에 대해선 무조건 비밀을 지켜야 하는 것이 길드의 통례니까요."

"그럼 안으로 드시겠습니까?"

케이드의 안내를 받으며 우린 길드 임시 지부의 건물 안으로 들어갔다. 임시 지부라고는 하지만 내전 중이니만큼 임시치고는 많은 인원을 투입하고 있는 상태였기에 길드는 큰 규모를 유지할 수 있었다.

또한 길드의 수익과 관련되어 있는 만큼 이곳의 길드 지부장은 정식 지부장과 맞먹는 대우를 받는 듯 케이드의 위치는 상당해 보였다.

하지만 무엇이랄까? 케이드란 사내에게서 느낀 기운은 이곳에서 썩을 만한 인재는 아니라는 생각이 들었다. 그러면 충분히 중앙에 있더라도 큰 공적을 세울 수 있다는 느낌이 들기 때문이다.

지부장실에 도착한 우린 가벼운 차를 마시며 이야기를 나누기 시작했다. 정보 수집에 열을 올리는 이스트는 결코 이 기회를 놓치고 싶지 않았는지 진지한 어조로 케이드란 사내에게 말했다.

"중앙 쪽도 생각보다 사정이 안 좋은 것 같군요."

이스트의 말에 그는 고개를 끄덕이며 답했다.

"예. 파벌 분쟁이 조금 심해진 편이니까요. 재능있는 사람들은 모두 지방으로 좌천되어 가는 것이 보통입니다. 저의 경우에는 조금 운이 좋아서 이곳의 임시 지부장을 맡고 있으니까요."

"그렇습니까?"

어느 정도 예상은 할 수 있었던 문제였다.

용병이라는 같은 울타리 안에 존재하는 그들이었지만 사람의 생각까지 같다고 할 수 없었기에 약간의 마찰 정도는 있었으리라 생각되기 때문이다.

"케이드 씨는 알라이어드 부책임장의 측근이셨나 보군요."

"측근이라기보다 가까이에서 보좌하고 있었던 정도입니다."

최근 용병 길드 총본부 내에서 약간의 분쟁이 있었다는 것은 알고 있기에 정확히 그 파벌까지 파악하며 물어본 것이다.

지방시에서 벗어난 적이 없는 이스트였지만 정보 수집 능력에서 상당한 능력을 가지고 있었기 때문에 가능한 일이었다.

기분 좋지 않은 이야기는 분명한데 케이드는 인상을 찌푸리는 기색도 없었다.

오히려 그런 일이 있었던 것이 다행이란 것처럼 보이는 그를 보며 이스트는 이상하다는 표정을 짓곤 물었다.

"그런 것치곤 태연하시군요?"

"뭐, 안달해 봤자 다 지나간 일이니까요. 그나저나 어떻습니까? 당신 정도의 실력이라면 가까운 시일 안에 프로이브란 백작 측에서 사람이 올 텐데요. 물론 그것을 노리고 한 일이기는 하지만요."

"하하하, 숨길 수도 없군요. 뭐, 일이 그렇게 됐습니다."

케이드는 모든 것을 다 짐작하고 있는 듯했다.

하지만 내가 있는 한 그는 알고 있다 해도 그 비밀을 밝힐 수 없는 일이었다.

용병의 규약상 특급용병의 활동은 누구도 밝힐 수 없는 것이 원칙이기 때문이다.

"추천은 할 수 없다는 것을 알고 계시겠죠?"

"물론입니다."

"그럼."

하지만 사람이란 쉽게 믿을 수 있는 것이 아니다. 우리를 너구나 잘 알고 있는 케이드에게서 좋지 않은 예감이 들었다.

그를 과연 신용할 수 있을까?

보통 사람들을 평가함에 가장 크게 실수하는 부분이 바로 첫인상에 대한 것이다. 케이드 그가 첫인상이 좋은 남자라는 것은 알 수 있었다.

이러한 보통 사람들의 생각 때문에 사람들을 속일 때 가장 손쉽게 다가갈 수 있는 것이 바로 첫인상으로 이 첫인상에 많은 사람들은 속고 속이는 것을 반복하게 된다.

어느 정도의 의심과 함께 좋은 첫인상을 주는 케이드란 사내. 그가 단순히 인상 좋은 남자라면 다행이지만 만약 우리를 속이고자 하는 자라면 무서운 자였다.

"지방에 좌천된 자치고 안색은 좋은 편이었지?"

이스트는 재밌는 사람을 만났다는 듯한 표정을 짓고 있었다. 의심스러운 부분을 스스로 드러내면서 우리가 목적하고 있는 인물은 아니라는 생각을 갖게 한 것일까? 케이드의 언변에 속아 넘어간 것 같은 생각이 들었다.

"일단은 백작 측에서 사람이 올 때까지 기다리는 게 좋겠군."

우린 처음 들렀던 술집으로 걸음을 옮겼다. 일단은 한곳에 거처를 잡아두는 편이 일을 진행하기에 편하다고 생각했기 때문이다.

프로이브란 백작의 사람이 찾아온 것은 술집에 머무른 지 삼 일이 지난 후였다.

검은 갑옷의 기사들. 그들은 프로이브란 백작의 친위부대라고 할 수 있는 기사단인 다크 스피리츠 나이트였다.

단 한 번도 전장에서 모습을 드러낸 적이 없는 이들이 이곳에 나타나자 술집은 한순간에 아수라장으로 변하고 달았다.

기사 한 명이 천천히 이스트의 앞으로 걸어오며 말했다.

"자네가 피렌드 시에서 온 용병 이스트인가?"

이스트는 기사들을 보며 미소 짓고 있었다.

필요한 이를 구하기 위해서 직접 찾아온 그들이지만 자신들의 권위를 잊지 않으려는 듯 얼굴을 가리고 있는 그들이 우습게 보이기 때문일 것이다.

가볍게 고개를 끄덕이는 이스트를 보며 그는 한 장의 양피지를 이스트에게 내밀며 말했다.

"용병 계약서다."

대대로 자신들의 병사들만으로 영지를 지켜왔던 이들은 용병들의 모집을 탐탁지 않게 생각하고 있는 듯했다.

기사도 정신에 어긋나는 전사들이 바로 용병들이기 때문이다.

하지만 현재에 와서 기사도가 무슨 소용이 있단 말인가? 약자를 지킨다는 허울 좋은 맹세만이 남아 있는 거짓의 군대, 그들이 바로 기사들이었다.

약자에게는 강하고 강자에게는 한없이 약해지는 이들. 용병과 기사들의 행동은 다를 것이 없었던 만큼 권위만을 내세우는 기사들과 용병들의 사이는 좋을 리가 없었다.

철저한 강자의 위치에서 권위를 누려왔던 중앙 귀족의 기사들은 그런 것이 더할 것은 당연했다.

그들은 이스트에게 한 장의 양피지만을 던져 주고는 술집 밖으로 사라졌고, 그런 그들을 보며 이스트는 손을 내저으며 말했다.

"휴~ 상대하기 어려운 녀석들이군."

하지만 이스트의 표정은 억울하지만은 않은 듯했다. 기사단에서 직접 사람이 왔다는 것은 어느 정도 자신의 실력을 인정받았다는 것을 뜻하기 때문이다.

"여기에 이름을 쓰면 이중 계약인데 말이야."

용병 길드 내에서는 이중 계약을 확실히 금지하고 있었다.

그것도 서로 싸우고 있는 상대에서의 이중 계약이 밝혀진다면 당사자는 용병 길드에서 쫓겨나는 것은 물론이고 그 처벌이 무거워지면 숙청을 당할 수도 있는 일이었다.

결국은 포기했는지 이스트가 양피지를 품속에 집어넣고는 말했다.

"휴~ 힘들다, 힘들어. 천하의 이스트가 용병 길드 무서워서 이렇게 떨고 있어야 하다니."

그날 밤 우린 프로이브란 백작의 성에 잠입해 들어가기로 결정했다.

프로이브란 백작의 성은 지방시에 있는 성과는 달리 삼중의 성벽으로 둘러싸여져 있고, 두 번째 외벽의 해자는 약 6미터 정도의 넓이로 이루어져 있어 대군이 침범한다 해도 견딜 수 있을 정도의 성이었다.

성벽의 돌 틈 사이로 손을 집어넣으며 천천히 오르고는 있었지만 생각 외로 잘 만들어진 성이었기에 마나를 사용하며 오르는 것도 상당히 힘이 드는 작업이었다.

첫 번째 성벽에서 경비병들이 사라지는 것을 확인한 난 이스트에게 줄을 내려주었다.

성벽으로 오른 이스트는 병사들이 다니는 성벽 위의 길에 작은 모래를 뿌리고 있었는데, 그것은 마법 알람의 존재를 살피는 방법이었다.

다행히 마법 알람이 없다는 것을 확인한 이스트는 주먹을 쥐며 수신호를 하고는 가볍게 길을 지나 성안으로 내려갔다.

세 번째 성벽 안에는 성에서 일하는 사람이나 기사들의 거처가 마련되어 있는 곳이었기에 그다지 경비는 심하지 않아 가볍게 두 번째 성벽으로 다가갈 수 있었다.

두 번째 성벽 앞에는 해자가 깊게 파져 있었기 때문에 접근하기 용의하지 않았지만 블러드 소드를 꺼내 줄을 묶고는 성벽을 향해 던졌다.

마나를 주입한 데다 날카롭기 그지없는 블러드 소드는 성벽의 돌에 소리없이 박혀 들어갔고, 매여져 있던 줄을 타고 성벽을 오를 수 있었다.

두 번째 성벽을 지나서부터는 중요 인물의 거처가 있는 곳이었기에 순찰 근무자가 아닌 상시 근무자가 서 있는 곳이라 쉽게 성벽 위로 오를 수는 없었다.

성벽에 붙어 밑으로 줄을 던져 이스트를 오르게 한 뒤 돌을 잡고 상시 근무자가 교대할 시간을 기다렸다.

"어이, 수고."

"교대 시간인가?"

짧은 교대 시간, 이 철저한 경비 때문에 어느 정도의 실력이 없이는 잠입할 엄두를 내지 못했지만 인간은 완벽할 수 없는 법이었기에 틈은 있었다.

교대 병사가 준비를 하느라 잠시 눈을 돌린 사이에 이스트는 알람을 찾을 수 있는 마법 모래를 뿌렸고, 몇 개의 바닥 돌에서 미세한 형광 빛을 뿜기 시작했다.

알람의 위치를 확인한 이스트는 마법 모래를 바람으로 흐트러뜨린 후 두 번째 성벽을 넘을 수 있었다.

마지막 성벽은 쉽게 넘을 수 없었다. 각 경비의 근무 시간은 두 시간으로 성벽 위의 경비는 20미터를 사이에 두고 두 명씩 위치해 있었다.

20분 정도의 간격으로 한 명의 경비가 순찰을 돌며 병사들을 체크하고 있기 때문에 기절시킨 후 들어가는 것도 들킬 위험이 있었고, 성벽에 오른다 해도 그들에게 들키지 않고 넘어가기란 불가능하다 할 수 있었다.

교대 시간, 오십여 명의 병사들이 이열로 성벽을 돌며 교대를 하고 있었기 때문에 작은 틈조차 생기지 않았지만 많은 수의 병사가 오히려 도움이 되는 순간이었다. 원형으로 된 초소관에서 교대 순간 경비병의 옷으로 갈아입은 우리는 그들의 뒤에 섰다.

많은 수의 경비병들이 오히려 우리의 얼굴을 감추어주고 있기 때문에 가능한 일이었다.

물론 경비병들은 내성 안으로 들어가는 것이 아닌 성벽의 교대가 끝난 후 제2성벽 내의 경비병 숙소에 머무르기는 하지만 그전에 빠져나오는 것은 성벽을 넘는 것보다 어려운 문제는 아니었기에 세 개의 성벽을 넘어 프로이브란 백작의 성에 다다를 수 있었다.

프로이브란 백작의 성은 300년이 넘는 역사를 가진 성으로 그 웅장함은 다른 영지의 성과는 비교가 안 되는 곳이었다.

총 이천여 명의 시종과 시녀들이 생활하고 있었고 성안의 머무르는 기사들의 수는 500여 명에 이를 정도로 큰 규모에다 상시 경비 인원만 200명을 넘어설 정도였다.

물론 이 정도의 경비 인원은 혹시 있을지 모르는 첩자를 대비해서 늘린 인원이었다.

성에 심어져 있는 나무들 사이로 조용히 숨어 들어간 우리는 내성 안으로 들어선 지 십 분 정도 후에야 성안으로 들어올 수 있었다.

주변에 몇 가지 마법이 설치되어 있긴 했지만 프로이브란 백작 자신이 마법사들을 별로 신용하지 않는 듯했기에 기스트가 처리하는 것은 별로 어렵지 않았다.

백작의 성격상 마법 트랩을 강화하는 것보다는 경비 인원을 늘리는 데 주력한 듯했다.

조사한 바에 의하면 프로이브란 백작의 방은 서쪽 성의 5층 정도에 위치해 있을 것이다. 그곳은 백작의 가족들이 머무르고 있는 곳이었고, 다크 스피리트 나이트 다섯 명이 상시 근무를 서고 있는지라 중요한 곳임을 은연중에 나타내고 있었다.

성벽 경비병과 성내의 경비병의 복장은 다르기 때문에 성안으로 들어선 우린 조용히 잠입하는 방법을 취했다.

성벽과 마찬가지로 성내의 교대 역시 철저했기 때문에 교대 시간을 노리는 상투적인 방법은 사용할 수 없기 때문이다.

"음, 음."

서쪽 성의 5층에 들어선 우린 여인의 신음 소리를 들을 수 있었다.

예상대로라면 이곳은 프로이브란 백작의 방이 틀림없었기에 조용히 열쇠 구멍을 통해 안을 들여다보았다. 안에서는 금발의 아름다운 여인이 누군가와 침상에 누워 있는 것을 볼 수 있었는데 놀랍게도 그녀의 얼굴은 과거에 본 적이 있는 여인의 얼굴이었다.

"설마?"

이스트는 그녀의 얼굴을 확인한 후 입을 다물지 못하고 있었다.

프로이브란이라 생각되는 남자와 같은 침상에 있는 여인의 얼굴은 피렌드 시에서 보았던 여자 용병 헤레나 루아노프였기 때문이다.

"생각 외로 발이 넓은 여잔데?"

이스트는 헤레나의 얼굴을 확인한 후 혀를 내두르고 있었다.

미모의 여인이란 것은 알지만 제국 곳곳을 돌아다니면서도 이 정도의 활동을 할 수 있다는 것이 놀라운 일이었기 때문이다.

"저 여자는 또 뭘 노리고 왔지? 음."

이스트는 일단 무엇인가를 노리고 왔다고 짐작하는 듯했지만 나의 생각은 달랐다. 어쩌면 그녀는 우리가 찾고 있던 다크 솔루션의 인물일 수도 있다.

프로이브란 백작은 철저하기로 소문이 난 자였다. 그런 그에게 접근하기 위해 가명을 사용하는 것은 어려운 일이었기에 그녀를 도와주고 있는 집단이 있으리라 생각했기 때문이다.

하지만 이것은 단지 짐작일 뿐 확실한 자료를 수집해야 한다. 우린 백작의 집무실을 찾았다. 집무실로 보이는 방문의 앞에는 두 명의 경비병이 경비를 서고 있었지만 그리 시간이 오래 걸리지 않으리라 생각하며 가볍게 경비병을 처리하고 안으로 들어갔다.

마나로 경비병의 몸을 경직시켜 세워둔다면 순찰을 돌고 있는 이도 의심을 하지 않으리라 생각하고 안으로 들어선 우린 집무실을 뒤지며 다크 솔루션과 관계있는 자료를 찾기 시작했다.

다크 솔루션 정도의 집단과 관련되어 있다면 함부로 방치하지 않을 것이 분명했다.

이스트는 벽의 여러 부분을 손으로 두들겨 보며 백작의 비밀 공간을 찾고 있었고, 십 분 정도 후에 벽의 울림을 확인하곤 비밀 장치를 찾아보기 시작했다.

하지만 그 정도의 시간도 부족했기 때문에 난 마나를 블러드 소드에 집중시키며 벽을 잘라내기 시작했다.

이런 식으로 작업을 한다면 금방 들킬 것은 분명했지만 우린 백작의 거래 내역을 확인한 후 의심되는 녀석을 잡는 것만으로 충분했기 때문에 신경 쓰지 않고 있었다.

하지만 일은 그렇게 쉽게 풀리지 않았다.

소드 오버러의 경지에 들어선 나조차 느끼지 못했던 곳에 불청객이 있었기 때문이다.

"이스트!!"

약한 살기를 감지한 난 이스트의 머리를 누르고 블러드 소드로 살기가 난 곳을 찔러 나갔다. 살기가 드러난 곳은 집무실 한쪽의 천장. 검이 천장을 꿰뚫고 나오자 그 틈새로 붉은색의 액체가 조금씩 흘러나왔다.

검의 느낌을 생각한다면 녀석의 복부에 검이 꽂혔을 확률이 높았다. 마나를 집중시켜 녀석이 있던 곳을 살펴보았을 때 체온이 조금씩 식어가고 있었기 때문에 녀석의 죽음을 확인할 수 있었다.

천장의 여러 부분을 확인하고서야 위로 올라가는 곳이 있다는 것을 확인했고, 죽어 있는 한 남자의 시체를 발견할 수 있었다.

사인은 물론 나의 검에 의해 복부를 관통당한 것이었다.

"암살자인가?"

그 정도의 살기였다면 나 외에는 아무도 발견할 수 없었을 것이다.

유라이가 보낸 용병들, 그들은 모두 이자에게 당했을 확률이 높았다.

이스트는 우리를 기습하려다 실패한 그의 몸을 뒤져 보며 단서를 찾아보고 있었고 난 프로이브란 백작의 비밀문을 검을 사용하여 잘라내고 있었다.

먼저 일이 끝난 것은 이스트였다. 물론 발견한 것은 아무것드 없었다.

"이 정도의 능력을 지닌 암살자가 프로이브란 백작에게 있다는 말은 듣지 못했어. 아마 다크 솔루션 측에서 보낸 자라 생각되는데, 완벽한 녀석들이다. 아무런 단서조차 없다."

같은 편이란 표식조차 없다면 다른 암살자를 발견한다 해도 그와 같은 소속이라는 것을 알아낼 수 있는 방법은 없었다.

또 시체를 살펴본 결과 그는 자신의 실패를 확인하고는 망설이지 않고 이빨에 숨겨놓은 독단을 물 정도로 완벽하게 훈련받은 암살자였다.

비밀문을 연 것은 5분 정도 후였다.

벽을 잘라낸 후 우리 앞에 모습을 보인 것은 미쓰릴로 만든 금고였다.

다시 한 번 검에 마나를 주입한 후 금고의 두쪽 면을 잘라내자 몇 개의 서류와 보석들이 눈에 들어왔다.

이스트는 서류를 몇 개 살펴보고는 고개를 저으며 말했다.

"지방시 침공에 관한 비밀 서류뿐이다. 다크 솔루션과의 거래 문서는 아마도 백작의 방에 있는 것 같군."

집무실에 더 이상 비밀 공간이 없다는 것을 파악한 후 프로이브란 백작의 방으로 향했다. 방 안이 조용한 것으로 보아 자고 있는 것으로 보였다.

"어라?"

두 사람의 기운을 감지할 수 있었는데, 그중 한 명이 방 안을 분주하게 움직이고 있는 것을 느낄 수 있었다.

"헤레나 루아노프?"

시간을 더 이상 지체할 수 없다고 판단한 난 조용히 문을 열고 안으로 빠르게 쇄도해 들어가 움직이고 있는 자의 입을 막았다.

"음."

헤레나 루아노프였다. 얼굴이 시뻘겋게 변한 채 발버둥 치며 그녀는 손에 들고 있던 단검으로 나의 눈을 찌르려고 했지만 나는 급히 다른 손을 들어 단검을 빼앗곤 그녀의 복부를 가격했다.

"윽!!"

외마디 비명과 함께 그녀는 혼절했고, 이스트는 천으로 얼굴을 가린 후 잠자고 있는 프로이브란 백작을 깨웠다.

"음, 누구냐?"

백작이 일어나는 순간 이스트의 주먹은 정확히 복부를 가격했고, 그는 비명도 지르지 못하고 기절하고 말았다.

이스트는 침대보를 찢어 백작의 몸을 묶고 입을 막은 후 안도의 숨을 내쉬며 말했다.

"대충 잠재운 것 같군."

우리의 목적은 백작의 암살이 아니다. 만약 이곳에서 백작을 암살한다면 주변의 중앙 귀족들이 들고일어설 것이 분명했기 때문이다.

그것을 알고 있는 이스트는 백작을 기절시키기만 한 것이다.

백작의 방은 호화롭기 그지없었다.

값비싼 물건으로 장식되어 있는 방을 본다면 도둑의 직업을 가지고 있는 이는 눈을 떼지 못할 정도였다. 이스트는 나의 주먹에 쓰러진 헤레나의 모습을 보곤 미소를 지으며 말했다.

"이것도 인연인 것 같군. 숨어 들어오는 집 안엔 꼭 이 여자가 있으니 말이야."

이스트는 무슨 생각인지 그녀의 뺨을 때리며 깨우고 있었다.

"어이. 어이."

"음…… 앗!!"

천천히 눈을 뜬 헤레나는 자신의 앞에서 웃고 있는 이스트를 보며 크게 놀라는 듯했다.

"깼나, 도둑 아가씨?"

"당신들은?"

"피렌드 시에게 한 번 본 적이 있지?"

"아!!"

그제야 이스트의 얼굴을 생각해 낸 헤레나는 자리에서 일어나 나의 얼굴을 보곤 한숨을 쉬며 말했다.

"어떻게 내가 일을 할 때마다 찾아드는지 모르겠네."

"허허, 그건 우리가 할 말이라고. 이번엔 또 무슨 일로 프로이브란 백작의 영지까지 온 거야?"

"도둑질."

"그래? 그럼 열심히 챙기라고."

이스트는 그녀의 말에 고개를 끄덕이며 수긍해 주더니 백작의 방을 뒤지며 서류를 찾기 시작했고, 그의 모습에 그녀는 한숨을 쉬며 나에게 다가와 말했다.

"너무해."

그녀는 나의 품에 안기고는 간드러진 음성으로 말했다.

"첫눈에 당신이 좋아졌는데. 이 아리따운 아가씨를 어떻게 때릴 수 있어요?"

"……."

두 손을 들어 나의 얼굴을 잡은 그녀는 가까이 다가와 나의 입술에 키스를 하기 시작했기에 이를 본 이스트는 입을 다물지 못했다.

"뭐 하는 짓이야?"

"귀찮군."

그녀가 귀찮다는 생각에 그녀의 뒷덜미를 잡아 들어 올렸는데, 그 순간 그녀가 입고 있던 얇은 잠옷이 찢어지며 알몸이 드러나고 말았다.

"어머! 성급하시기도 해라."

그녀는 옷이 찢어진 것을 반기기라도 하는 듯했기에 옆에서 보고 있던 이스트의 얼굴은 시뻘게지고 말았다.

근처에 있던 침대보를 든 난 그녀에게 대충 던져 주고는 백작의 침실에 있는 서류들을 뒤져 보기 시작했다.

내가 백작의 서류를 뒤지는 것을 본 그녀는 할 수 없다는 듯이 한숨을 내쉬고는 근처의 책장에서 책을 한 권 빼더니 그 속에 있는 편지를 나에게 넘겼다.

"당신들이 찾는 거, 이거 아니에요?"

이스트는 그녀가 들고 있던 편지를 빼앗듯이 잡아채고는 안에 있는 편지를 읽어보기 시작했다.

누가 보냈는지 이름조차 쓰여 있지 않은 편지 안에는 알 수 없는 암호가 가득 쓰여 있었기에 이스트는 가방에서 몇 가지 책자를 빼어서는 암호 해독에 들어갔다.

"룬 어와 로아냐드 어, 소비에르 어의 삼중 조합으로 이루어진 암호다. 이거 여기선 해독이 어렵겠는걸."

이스트는 편지를 주머니에 집어넣은 후 나갈 준비를 하고 있었는데 어느샌가 옷을 다 입은 헤레나가 자신의 검을 옆구리에 차고는 말했다.

"당신들 때문에 이곳에 있기도 힘들어졌으니 책임지라고요."

"엥?"

이스트는 그녀의 말에 황당하다는 표정을 짓고 있었지만 확실히 우리들이 이곳으로 잠입해 들어와 일을 저질렀그, 그녀도 관여된 이상 두고 갈 수는 없었다.

이스트는 손짓으로 그녀를 죽이는 것을 원하는 듯했지만 난 고개를 저으며 그의 의견을 반대했다. 죽이는 것이 간단하긴 했지만 마음에 들지 않았기 때문이다.

이스트는 그런 나의 결정에 한숨을 내쉬고 방문을 나서 주변을 살피고는 손짓을 했다.

"마음 같아선 죽이고 싶지만 저 녀석이 싫다니 어쩔 수 없군. 괜한 짓거리 하지 말라구."

이스트의 말에 그녀는 간단히 고개를 끄덕이는 것으로 대답을 대신하고는 앞서 복도 끝으로 걸어가기 시작했다.

근처에 느껴지는 기운은 12명 정도, 2성벽 이전까지는 경비에게 발각된다면 빠져나가는 것은 나를 제외하고는 불가능하다고 할 수 있었다.

"시작이다!!"

성을 빠져나온 후 제1성벽 근처에서 경비를 서고 있던 병사 두 명의 목을 끊어버린 후 제1성벽을 넘은 후 빠른 속도로 제2성벽으로 뛰기 시작했다.

"적이다!!"

경비의 시체를 발견한 병사들의 외침 소리가 들리기 시작했다.

장소는 성과 인접한 제1성벽 내였기 때문에 경비병들은 성내로 모일 것이 분명했다. 이 짧은 시간에 제2성벽을 넘어야 했다.

"타앗!!"

블러드 소드를 이용하여 성벽을 올랐을 때 십여 명의 병사들이 눈치를 채며 덤벼들기 시작했다.

　제2성벽의 높이는 대략 10미터, 해자의 넓이가 6미터 정도인 것을 감안한다면 뛰어내리기에는 버거운 높이였다. 또 해자의 물밑 역시 날카로운 창이 서 있었기 때문에 물로 뛰어드는 것도 불가능해 밧줄을 이용하여 밑으로 내려가야 했다.

　현재는 십여 명의 병사들밖에 덤비는 이들이 없었지만 시간이 지나면 그 수는 점점 늘어날 것이 뻔했고, 다크 스피리츠 기사단까지 가세한다면 우리의 일은 실패로 끝날 수밖에 없었다.

　"밧줄로 먼저 내려가라!!"

　나의 말을 들은 이스트는 갈고리를 성벽 위에 걸고 밑으로 타 내려가기 시작했고, 그의 뒤를 이어 헤레나가 뒤따랐다.

　일곱 명 정도의 경비를 베었음에도 병사들의 수는 줄어들 생각을 하지 않고 있었고, 해자를 건너간 이스트와 헤레나에게 궁병들이 활을 겨누며 쏘아대기 시작했다.

　"타앗!!"

　시간을 끌 수 없었기에 블러드 애로우를 사용하여 대여섯 명의 궁병들을 쓰러뜨린 후 성벽 아래로 뛰어내렸다.

　해자의 넓이가 6미터가 넘는다고는 하지만 나로서는 충분히 뛰어넘을 수 있는 거리였다.

　내가 해자를 건너 땅으로 착지하는 모습을 본 헤레나는 황당하다는 표정을 지었지만 지금은 그런 여유조차 없다는 것을 아는지 급히 외벽으로 뛰어가기 시작했다.

　외벽의 성벽 높이는 15미터, 외 성벽 위의 궁병들은 우리를 향해 활을 쏘아대기 시작했다.

성벽문은 강철 창살로 만든 문과 두께 50센티미터 정도의 강철 문의 두 겹으로 만들어져 있기에 공성 병기로도 파괴가 어려운 문이었지만 그것은 밖에서일 뿐 안이라면 충분히 빠져나오는 것이 가능했다.

궁병들이 퍼붓는 화살의 비를 넘어선 이스트는 문을 제어하는 기관실로 들어가 창살 문을 들어 올림과 동시에 강철 문의 잠금 장치를 해제했다.

"하앗!!"

백작의 외 성벽의 문은 높이 8미터, 넓이 10미터의 거대한 문이었기에 10여 마리의 말이 끌어야 간신히 열 수 있는 문이었다.

이것을 알고 있는 경비병들은 천천히 포위망을 좁히고 있었지만 이 정도의 문으로 뒤처질 수는 없었다.

온몸의 마나를 동원하여 두 손으로 강철 문을 당기자 날카로운 강철의 마찰음을 내며 강철 문이 서서히 열리기 시작했다.

"와!!"

헤레나는 인간의 힘이라고는 믿을 수 없다는 듯한 표정으로 탄성을 내지르고 있었고, 문이 열리는 것을 본 경비병들은 일제히 활을 쏘아대기 시작했다.

"간다!!"

어느 정도 사람이 빠져나갈 정도로 문이 열리자 이스트와 헤레나는 성문 밖으로 뛰기 시작했고, 난 블러드 소드에 마나를 집중시킨 후 활을 쏘아대고 있는 경비병들을 향해 검기를 쏘았다.

반원의 모양으로 붉은 빛을 뿜는 검기는 활을 쏘는 궁병들을 양단시켜 갔다.

나의 검술에 겁에 질린 경비병들은 공포로 뒷걸음질치기 시작했고,

나는 그것을 보며 성문을 빠져나와 뛰기 시작했다.

"여기요!!"

헤레나는 외 성벽 밖에 매어놓은 두 마리 말 중에 하나를 몰고 와 나에게 소리쳤고 몸을 날려 그녀가 몰고 있는 말 뒤로 올라탔다.

한 사람이 간신히 빠져나올 수 있을 정도로만 문을 열어놓았기에 백작의 기마병들이 쫓아오려면 상당한 시간이 소비될 것은 분명했고, 성벽 위의 궁병들이 쏘는 화살의 사정거리를 벗어났다는 것을 깨달은 우린 유유히 말을 몰아 도망칠 수 있었다.

"휴우."

어느 정도 안전권에 들어서자 이스트는 이마에 흐르는 땀을 닦아내며 안도의 한숨을 내뱉고는 말했다.

"간신히 빠져나왔군. 지방시로 곧장 갈까?"

"우리의 일은 여기까지. 나머지는 유라이와 스브라인 박사가 해결하겠지."

"좋았어. 어이, 당신은 어떻게 할 거야?"

"백작에게 받아야 할 건 다 받았으니 잠시 동안 당신들 틈에서 몸을 숨길까 하는데?"

"음."

그녀의 말이 마음에 들지 않았는지 이스트는 인상을 찌푸리고 있었지만 언제 프로이브란 백작의 병사들이 찾아올지 몰랐기 때문에 지체하고 있을 수만은 없었는지 아무 말도 하지 않고 지방시 쪽으로 말을 몰아가기 시작했다.

"다크 솔루션인지 뭔지는 모르겠지만 상당히 재밌는 내용이 써 있는데?"

지방시에 도착한 이스트는 편지의 암호를 해독하는 작업에 빠져 삼일간을 밤을 새고는 초췌한 모습으로 나타나 해석이 적힌 양피지를 건넸다.

"능력도 좋네?"

우리와 같이 머물게 된 헤레나는 이스트가 해독한 양피지를 뺏어 읽어 나갔는데, 중간쯤에 이르러서는 놀라는 표정을 지으며 나의 얼굴을 보며 물었다.

"다, 당신이 블러드 스톰인가요?"

안에 무슨 내용이 적혀 있는지는 확실하게 모르겠지만 그녀가 나의 정체를 알아보는 것으로 보아선 나에 대한 내용이 들어 있는 것이 확실했다.

"뭐지?"

난 이스트에게 편지의 내용을 물었다.

"프로이브란 백작과 다크 솔루션의 거래 편지는 아니더라도 상당히 재밌는 편지지. 블러드 스톰, 너에게 보내는 편지가 암호로 적혀 있었다."

"응?"

헤레나의 손에 든 양피지를 뺏어 든 난 편지의 내용을 읽어 나갔다.

보내는 이의 이름은 없었는데 분명 편지의 내용은 나에게 보내는 편지였다.

"함정이다."

"함정?"

"유라이와 블러드 스톰의 사이를 갈라놓으려는 수작이지. 원본이 스브라인 박사의 손에 들어간 이상 녀석들이 파놓은 함정에 보기 좋게 빠진 거지."

"음."

편지의 내용은 3일 후 지방시 북쪽 로페드 구 신전에서 나와 만나고 자 한다는 내용이 적혀 있었던 것이다.

물론 이것을 내가 직접 훔쳐 와 전했다는 점에서 유라이가 나를 의 심할 증거는 되지 않는다. 하지만 인간이란 하나의 의심이라도 생긴다 면 결코 잊지 못하는 동물, 이 편지가 스브라인 박사의 손에서 해독되 어 유라이에게 넘어간다면 나를 대하는 그의 신용은 상당히 멀어질 것 이 뻔한 일이었다.

상사가 부하를 믿지 못한다면 결코 전쟁에서 승리라는 것은 있을 수 가 없는 일이었다.

"철저하게 당했어. 아무래도 다크 솔루션이란 녀석들 만만히 볼 상 대가 아닌 것 같아. 어떻게 할 거야? 로페드 구 신전으로 가볼까?"

함정일 것이 뻔했다. 내가 간다면 뇌검 유라이의 의심은 더욱 증폭 될 것은 뻔한 이치, 하지만 가만히 있는다고 해도 득이 될 것은 없었다.

함정이든 아니든 녀석들을 직접 만나는 것이 나을 것이라 생각한 난 고개를 끄덕였다.

뇌검 유라이, 그는 편지를 받은 후에도 아무런 반응도 없었다. 조금 의 의심이라도 있을 법하건만 믿고 있는 것일까? 물론 아닐 것이다.

유라이 같은 자가 자신의 자리를 넘볼 수도 있는 힘을 가진 자에게 믿음을 줄 리는 없기 때문이다.

삼 일 후 이스트와 난 약속의 장소에 도착할 수 있었다. 로페드 구 신전, 과거 마신 라스타를 숭배하던 소수의 사람들이 세웠던 신전으로 겉으로는 태양신을 숭배하는 듯했기에 100여 년의 시간 동안 아무런 문제 없이 신전을 유지해 올 수 있었다.

하지만 십 년 전 신성교단의 조사단에 의해서 태양신이 아닌 마신을 숭배하고 있다는 것이 밝혀진 후 관련된 신관은 물론 신전의 신도들까지 모두 이단의 형벌인 화형에 처해 사라지고 현재에는 무너져 버린 신전의 일부만이 남아 있을 뿐이었다.

신전 내의 모습. 아직도 그 죽음의 날 흔적이 신전의 벽을 붉게 물들이고 있었다. 이제는 잡초가 벽 사이를 헤집으며 자라나고 있을 뿐 어느 누구의 모습도 보이지 않았다.

"음."

이스트는 신전의 여기저기를 훑어본 후 말했다.

"최근에 누가 다녀간 흔적은 없는 것 같아. 단순히 외진 장소를 선택한 것뿐일까?"

이스트는 근처의 무너진 벽에 앉아 이곳에 나올 다크 솔루션의 인물을 기다리고 있었다. 그리고 얼마 지나지 않아 녀석이 나타났다.

완전히 모습을 드러낸 것은 아니었다. 마나의 느낌으로 추적해 보려 했지만 놀랍게도 느낌은 사방에 흩어져 마나로만 느껴지는 녀석들의 수는 20명 정도였다.

"이스트, 준비해라."

나의 말이 떨어지자 이스트는 허리에 차고 있던 검을 빼 들고는 긴장을 늦추지 않았고 20명 정도의 기운 중에서 가장 강렬하고 슬픈 기운이 모습을 드러냈다.

"슬픔."

마나를 다스릴 수 있는 자들은 그자의 살아온 흔적과 배운 기술에 따라 각자 몸에 흐르는 마나의 느낌이 다르다.

유라이, 리후드, 그리고 내가 풍기는 마나가 다른 것처럼 말이다.

지금 우리에게 나타나는 자의 마나에서 피 냄새는 흐르지 않았다. 조금은 어두운 듯한 느낌의 마나에는 가슴을 자극할 정도로 슬픈 기운이 가득했기에 그자의 정체가 궁금하지 않을 수 없었다.

"오래 기다리셨습니다."

"여자?"

가냘픈 여인의 목소리. 신전의 뚫려진 천장 부분에 한 사람이 모습을 드러냈다.

검은색의 로브를 입고 후드를 뒤집어쓴 그녀의 얼굴은 확인할 수가 없었다. 다만 겉으로 보이는 모습인 160센티미터 정도의 작은 키에 후드 사이로 흘러나온 윤기나는 은색의 머리칼만이 어느 정도 그녀의 특징을 보여주고 있을 뿐이다.

"나를 만나자고 한 잔가?"

여자라고 해도 이 정도의 마나를 풍길 정도라면 상당한 실력의 소유자였기 때문에 긴장을 늦출 수 없었던 난 그녀를 보며 말했다.

"예, 블러드 스톰 씨."

부드럽고 조용한 목소리. 얼굴을 보지는 못했지만 목소리만 들어도 충분히 미녀라고 생각할 수 있을 정도였다. 잔잔히 흐르는 목소리는 무너진 신전을 약하게 울리고 있었기에 똑똑히 알아들을 수 있었다.

"용건은?"

나의 말에 그녀는 가볍게 아래로 뛰어내려 왔다. 10미터가 넘는 높이었지만 부드럽게 내려서는 그녀의 몸은 마치 깃털이 아래로 떨어지는 것과 같았고, 높은 곳에서 뛰어내렸음에도 땅으로 착지할 때 아무

소리도 들리지 않았다.

'굉장한 실력자군.'

나 역시 그 정도는 충분히 해낼 수 있었지만 그녀와 같이 부드럽게 할 능력은 없었다. 마나를 사용하여 주변의 공기를 변화시키는 그 수법은 나와는 다른 마나의 성질을 가지고 있는 자만이 가능했기 때문이다.

내려올 때의 모습을 보아 그녀의 마나는 공기를 조종하는 수법이기에 상대하기 까다로운 자라고 할 수 있었다.

이 정도의 실력자에게 긴장을 늦춘다는 것은 자살하는 것과 같기 때문에 조용히 검의 손잡이에 손을 대고 마나를 불어넣기 시작했다. 공기를 조종하는 자의 경우에는 발검과 같은 시간이 필요없기 때문에 준비를 할 필요가 있었다.

"당신을 해하러 온 것이 아니랍니다."

내가 마나를 검에 주입하는 것을 본 그녀는 조용히 말하고는 두 손을 하늘로 살며시 들어 올렸고 그 순간 주위에 있던 다른 자의 느낌이 모두 사라져 버렸다.

그녀는 손짓으로 주위에 있던 사람들을 물러가게 한 것이다.

"당신이 가지고 있는 블러드 소드는 과거 저희의 검이었다는 것을 아십니까?"

"마신을 숭배하는 잔가?"

블러드 소드는 과거 마족이 지상으로 침공해 왔을 때 마족의 여왕 에베리아나가 사용하던 검이다. 이 검으로 에베리아나는 1,000여 인간의 목을 벴지만 그 후 그녀 역시 자신의 검에 의해 죽임을 당했다고 전해지고 있었다.

내 검의 정체를 아는 것으로 보아 그녀는 마신을 숭배하고 있는 자일 확률이 높았다. 하지만 나의 말에 그녀는 고개를 저으며 말했다.

"저같이 더러운 여자가 어찌 마신을 숭배할 자격이 있겠습니까?"

"……."

스스로를 비하하고 있었다. 하지만 그런 그녀의 마음에 상관할 자격은 없었기에 검을 뽑으며 말했다.

"검을 돌려받으려 왔는가?"

나의 말에 그녀는 다시 고개를 저으며 조용히 말했다.

"피와 함께하는 자, 그 사람이 진정한 블러드 소드의 주인일 수 있습니다. 현재 당신 이상으로 블러드 소드의 주인에 적합한 이는 없으니 검은 당신의 것이겠지요. 다만."

"다만."

"검을 돌려받지 않는 대신 한 가지 일을 해주셨으면 합니다."

"한 가지 일?"

그 순간 날카로운 마나가 사방으로 뻗어 나가기 시작했다. 그녀와 나의 마나와는 다른 기운이 신전에 감돌기 시작한 것이다.

"누구냐!!"

그녀는 자신의 뒤쪽을 쳐다보며 날카롭게 소리치자 그 순간 한 남자의 웃음소리가 신전 내부를 뒤흔들기 시작했다.

"하하하하하!!"

"뇌검 유라이?"

웃음소리의 주인이 뇌검 유라이라는 것을 알 수 있었는데, 그는 신전의 무너진 틈 사이에서 모습을 드러냈다.

"뇌검 유라이."

그녀는 뇌검 유라이의 모습을 확인하고는 분노에 몸을 떨고 있었다. 뇌검 유라이와 정체를 알 수 없는 그녀 사이에는 무엇인가 원한이 존재하고 있었던 듯했다.

"네년이 누군지는 모르지만 부탁할 것은 뭔지 알 것 같군."

"……."

유라이의 말에 그녀는 아무 말도 하지 않고 조용히 가슴을 진정시키는 듯했다. 유라이는 그녀에게서 강한 격동이 흘러나오게 하기 때문이었다.

"예, 당신의 짐작대로예요. 검을 돌려받지 않는 대신 뇌검 유라이의 목을 부탁할 참이었지요."

"크크크, 블러드 스톰이라면 충분히 가능하겠지. 그나저나 이곳 정말로 오랜만인데?"

"……."

유라이는 신전을 잠시 훑어보며 불그스름한 흔적이 남은 신전의 벽을 확인하고는 미소를 지은 채 여인에게 말했다.

"여기군, 대신관 스레인드가 죽은 곳이."

"유라이!!"

그 순간 여인은 더 이상 참을 수 없었는지 유라이의 이름을 크게 소리치고는 두 손을 빠르게 움직여 주변의 공기를 뒤흔들기 시작했다. 자신이 격동시킨 대로 여인이 넘어오자 유라이는 미소를 지으며 검의 손잡이에 손을 대었는데, 그 순간 천장에서 한 명의 검은 기사가 머리 깊숙이 투구를 눌러쓴 채 뛰어내려 왔다.

쿵!!

상당한 무게를 지닌 갑옷인지 그가 땅으로 착지하자 큰 울림과 함께 신전이 흔들릴 정도였다. 2미터가 넘는 거대한 체구에 검은색의 풀 플레이트 아머를 입고 투 핸드 소드, 카이트 실드를 지니고 있었다.

전체적으로 상당한 무게의 갑주를 걸치고 있었지만 움직임은 상당히 민첩했다.

유라이에게 달려가는 여인을 카이트 실드로 막아선 후 그는 그녀의 몸을 끌어왔다.

"무슨 짓이냐!!"

여인은 자신을 막은 것이 화가 났는지 흑기사의 얼굴에 압축된 공기를 쏘았고, 굉음과 함께 기사는 오류 미터 정도 밀려가 벽에 처박혔다.

하지만 그 정도의 타격은 아무렇지도 않은 듯 흑기사는 천천히 몸을 일으키더니 여인에게 다가가 말했다.

"아직은 때가 아닙니다."

"이!!"

그녀는 흑기사에게 분노를 터뜨리려고 했는데, 투구 사이로 흘러내려 오는 핏줄기를 보고는 놀라는 표정을 지었다.

유라이를 공격하려고 준비한 마나를 정통으로 맞은 흑기사가 충격이 없을 리 없었던 것이다. 내장에 상당한 충격을 받았을 우려가 있었지만 그는 조용히 그녀의 곁에 서 있었다.

"미, 미안해."

"괜찮습니다."

"크크크. 아쉽게 됐군."

유라이는 흑기사에 의해 자신이 도발시킨 여인이 안정을 되찾자 입가에 미소를 지으며 키득거리기 시작했다.

"블러드 스톰 씨, 언젠가 다시 만날 날이 있을 겁니다."

여인은 나에게 조용히 인사를 하고는 다시 만날 날이 있을 것이라는 말과 함께 흑기사와 모습을 감추었고, 유라이는 그녀의 모습이 사라지자 천천히 우리 앞으로 걸어오며 말했다.

"어떻게 하지? 자네가 내 비밀의 한 부분에 끼어들었으니 말이야."

강한 살기가 느껴져 왔다.

유라이 그는 나를 죽이려 하는 것일까? 물론 아니었다.

현재는 어느 정도의 침묵을 요구하는 시위를 할 뿐이었다. 오늘의 비밀을 지킬 것인가, 아니면 죽을 때까지 검을 나눌 것인가라는 양단의 선택. 나에게 그것을 요구하고 있었다.

"의미없는 피는 보지 않는다."

"오호."

나의 말에 유라이는 상당히 흥미가 생기는 듯한 표정을 지었다. 의미없는 피, 그것은 유라이와 나 사이에 이유가 생긴다면 그때는 일검을 나누겠다는 말이었다.

나와 같은 능력의 소유자인 녀석과 일검을 나눈다는 것이 조금 꺼려지기는 했지만 살기 어린 협박에 물러서고 싶지 않았다.

물론 언젠가 유라이와 싸우게 될 것이지만 지금은 아니었다.

현재 난 유라이에게 고용된 용병이었고, 유라이를 베어 그들의 사이에 끼어들고 싶은 심정은 없었기 때문이다.

"좋아, 좋아. 그럼 성에서 보자고."

유라이는 손을 흔들어주고는 성 밖으로 몸을 날렸다. 그 역시 나와의 일전은 꺼려지기 때문에 더 이상의 도발을 해오지 않고 있는 것이다.

"휴우. 도대체 뭔 일이야."

이스트는 신전을 휘감고 있는 살기의 기운이 모두 사라지자 막혔던 숨을 터뜨리며 불평 어린 목소리로 지금의 사태를 조망해 보고 있었다.

신전에서의 사건이 있은 후 이스트는 중앙 용병 길드로 일주일간 모습을 감추었다. 뇌검 유라이와 정체를 알 수 없는 여인과의 관계가 궁금해졌다며 그 당시의 사건을 조사하기 위해 모습을 감추었던 것이다.

뇌검 유라이 역시 그 사건 이후 모습을 보이지 않는 상태였기 때문에 현재 지방시의 숙소에는 헤레나와 나뿐이었다.

일이 없는 하루의 대부분의 시간을 명상으로 시간을 때우고 있는 나의 곁에는 언제나 헤레나가 하릴없이 앉아 있었다.

고요한 시간의 연속. 그녀는 나의 옆에서 이스트가 보내온 책을 들고는 읽어주기 시작했다.

"아무런 희망도 없는 절대 권력의 희생자, 축축한 지하의 습기는 살아 있는 모든 것을 썩어 문드러지게 만든다. 살아 있음을 확인하는 소리. 그 소리마저 불규칙함은 삶의 양초가 서서히 타 들어가고 있음을 암시하고 있었다. 부스러지는 오랜 시간의 흔적이 되어버린 벽에는 생을 추구하는 이의 처절한 흔적만이 남아 두 눈을 감지 못한 채 한곳만을 응시하는 희망없는 자의 마지막……."

"뭐지?"

암울한 이야기에 난 흥미를 느끼지 않을 수 없었다.

고통스런 삶의 한순간을 지켜보고 있는 이야기였기 때문이다.

"이스트가 보내온 책이에요. 구 신전에 남아 있던 마지막 사람의 글이라고 적혀 있던데요?"

"음."

과연 구 신전에서 무슨 일이 있었던 것일까? 의문을 아는지 모르는지 헤레나는 이스트가 보내온 책을 계속 읽어 나가기 시작했다.

"족쇄에서 벗어나고자 발버둥 침에 얻은 상처는 이제 처참하게 썩어들어가 감각조차 없었고, 하루에 단 한 번만 볼 수 있는 간수에게 뱉던 한마디는 이제 점점 사그라들어 가고 있었다. 처음 삼 일의 눈물은 이제 영영 돌아올 수 없는 타인의 것인 양 되어버렸기에 나를 쳐다보는 타인의 시선은 이제 의미가 없어진 지 오래이다. 잃고 싶지 않았던 자의 슬픔은 멀리 사라지고 포기한 자의 절망만이 남아 있던 탓일까? 절망마저 사라져 버린다면 나에게 남은 것은 무엇일까? 이 순간 너무 먼 세상 속에서 들리는 발자국 소리에 돌아오기 힘든 무심의 세계에서 눈을 뜨며 나는 천천히 썩어가는 몸을 일으키려 하고 있었다. 하지만 고개조차 들 수 없었기에 작은 쇠창살에 비치는 불빛에 고개를 돌리며 지상의 빛을 조금이라도 더 받고 싶은 생각에 이제 뼈마디만 남아 있는 손을 뻗어가고 있었다."

신관, 그를 마지막으로 보고 있는 신관의 글에는 안타까움이 가득했다.

차가운 강철 문이 열리면서 고통의 주시자일 수밖에 없는 간수의 얼굴이 비추어졌다. 간수는 꿈틀거리는 나를 보며 조용히 말했다.

"영주의 아드님이 태어나셨다. 그 덕에 네 녀석이 풀려났으니 고맙다고 생각해라."

새로운 삶의 탄생, 고귀한 자의 탄생에 풀려난 나였지만 간수의 말은 멀게만 느껴지는 듯했다. 자유의 말에 아무런 감정의 표정도 지을 수 없는 난 썩어가는 상처의 원흉이 되어버린 족쇄가 풀림에도 어떤 개운함도 느낄 수 없었다.

"쯧쯧."

족쇄를 푼 간수는 움직이지도 못하는 나를 보며 불쌍한 듯 혀를 차고 있었다. 나의 앙상한 몸을 들어 올리며 간수는 주위를 잠시 돌아보더니 귀에 대고 조용히 말했다.

"이나마도 영주 부인이 간청해서 가능했던 것이라 들었네."

난 그가 말하고 있는 영주 부인이란 사람이 과거의 기억 한편에서 자리 잡고 있던 그리운 사람이라는 것을 알 수 있었다.

하지만 이제 그리워지지 않는다.

"우리 같은 평민이 무슨 힘이 있겠는가? 억울한 죄나 뒤집어쓰고 살아갈밖에. 젠장할!"

초야권, 영지에 살고 있는 모든 여인은 결혼하기 전 영주에게 몸을 바쳐야 했다. 나의 사랑하는 여인, 그녀는 나와의 결혼 전 영주에게 몸을 바쳐야 했고, 그 후로 모습을 볼 수가 없었다.

난 영주를 찾아가 그녀를 돌려받으려 했지만 나에게 돌아온 것은 알지 못하는 신성교단의 채찍뿐이었다.

생전 들어보지도 못한 마신을 숭배했다는 죄, 고통 속에 울부짖으며 거부했던 나이지만 돌아온 것은 차가운 지하의 감옥 한구석뿐이었다.

그리고 그 모든 것이 지금 끝나가고 있는 것이다.

간수는 나의 몸을 들고 지하 감옥의 계단을 천천히 밟고 있었다. 그의 얼굴에 어려 있는 씁쓸한 표정, 누구의 일도 될 수 있었던 불행이 나에게 온 것에 대한 동정이었으리라. 가진 자의 만용으로 치부될 수 있는 그의 표정이었지만 난 그러한 것조차 느낄 수 없이 추락한 자, 무엇을 원망하려 하겠는가.

어둠에 익숙한 나의 몸을 자극하는 뜨거운 햇살, 난 멍멍해지는 순간 속에서 한 사람의 그리운 목소리를 들을 수 있었다.

"오빠!!"

유일하게 남아 있는 나의 단 하나의 친족, 세 살 아래의 나의 여동생은 눈물을 흘리며 나를 부르고 있었다. 안아주고 싶다. 하지만 간수에게 안겨 있는 채 요동조차 못하는 나에게는 너무나 과분한 소망이었다.

"오빠! 흑흑흑."

나의 얼굴에 흐르는 따뜻한 액체의 느낌, 그제야 난 지옥 같은 지하 감옥을 벗어났다는 것을 느낄 수 있었다. 나의 얼굴을 보며 한없이 눈물짓는 여동생의 얼굴을 보며 난 미소를 지어 보였다.

힘없는 손이 여동생의 부드러운 긴 갈색 머리카락에 닿았을 때 난 오랜 시간 느껴보지 못한 다른 무엇인가를 느낄 수 있었다.

절망에서 벗어난 육체. 그것이 사라지는 때에 난 무엇을 알게 될 것인가.

헤레나가 읽어준 지하 감옥에서의 부분은 여기까지였다.

가진 자의 권력에 의해 희생된 자가 다시 세상에 나섰을 때 그가 느끼게 될 것은 무엇일까.

고통 속에서 벗어난 후의 희망? 그것은 아닐 것이다. 그는 한없는 분노가 쌓이겠지만, 약한 자의 수렁에 빠져 절규 속에서 죽어갈 것이다.

"그자의 이름은?"

"가리안 리프리트, 대신관에게 우연히 전해진 이 책으로 당시 담당 영주와 신관의 비리가 재조사되어 리프리트의 억울한 사정은 세상에 알려졌지만, 영주와 신관에게는 아무런 벌도 내려지지 않았다고 적혀 있네요. 가리안 리프리트라는 사람이 재조사가 시작된 지 일주일 만에 행방불명되어 버린 덕이에요."

"훗."

행방불명. 우스운 일이었다. 가리안 리프리트, 그는 아마 영주와 신관에게 고용된 자들에 의해 어디엔가에서 썩은 시체가 되어 버려져 있으리라.

"다행히 이렇게 끝난 것은 아닌 것 같네요. 삼 년 만에 담당 영주가 의문의 사인으로 죽었고, 영주 부인은 그 후 자살, 영주와 함께 그를 모략한 신관은 영주가 죽은 한 달 후에 창녀의 방에서 검을 맞은 채 살해됐으니 말이에요."

그의 원혼이 그들을 죽이지는 않았을 것이다. 아무 힘도 없는 평민이 많은 경비에게 둘러싸여 있을 영주를 죽이는 것은 불가능했을 터, 그를 돕는 하나의 세력이 있었으리라.

"이스트의 편지에 의하면 용병들 세계에서는 잘 알려진 자인 어둠의 지배자라는 자의 소행일 확률이 높다고 하더군요."

"어둠의 지배자?"

"예. 부패한 귀족들과 관리만을 전문적으로 암살하는 집단이라고 들었어요. 이스트가 보내온 책에 적혀 있는 바에 의하면 이들이 다크 솔루션과 관련이 있지 않을까 추측하고 있는데요."

"이스트가 추측한 결과라면 이유가 있겠지?"

"예. 이 책의 저자인 가리안 리프리트에게는 한 명의 여동생이 있다고 했지요. 그녀의 이름은 에리안. 현재의 이름은 에리안 크드렌이며 황궁에 있는 다크 솔루션의 대외 대리인이라고 나와 있네요. 용병 길드의 특급 비밀 서류에 의하면 황궁에 있던 한 용병이 에리안의 얼굴을 알고 있어 밝혀진 사실이라고 적혀 있군요."

"크드렌이라면?"

크드렌이라는 성, 난 그 성을 들어본 적이 있었다. 루브넨 왕국의 왕도에 위치한 용병 길드의 지부장 덴티스 크드렌의 성과 같았다.

"예. 루브넨 왕국의 왕도에 있는 길드 지부의 지부장 덴티스 크드렌, 에리안은 덴티스 크드렌의 세 번째 부인이라는군요."

"음."

지금까지 이스트가 조사한 내용을 본다면 덴티스 크드렌이 쉽게 황궁의 세력에 친숙해진 이유를 알 수 있었다. 그가 다크 솔루션의 일원이라면 쉽게 고위 귀족에게 접근하는 것이 용이하기 때문이다.

전문 암살 단체인 어둠의 지배자까지 다크 솔루션에 있다면 프로이브란 백작의 저택에서 마주친 암살자의 정체도 어느 정도 짐작해 볼 수 있었다.

"덴티스 크드렌이 속해 있는 용병 길드의 파벌은?"

"알라이어드 파. 그 정도는 용병쯤 되면 다 아는 상식이라고요, 블러드 스톰 씨."

짐작했던 대로다. 케이드. 그 역시 다크 솔루션에 소속되어 있는 용병임이 틀림없을 것이다. 철저하게 우리가 백작의 영지에 침투할 것을 예측했었을 케이드이기에 현재의 사태를 이해할 수 있었다.

편지를 통해 나와 유라이의 관계가 멀어지게 하는 동시에 특급용병 한 명을 자신들의 세력으로 끌어들이려는 생각으로 이 일을 꾸몄을 것이다.

그리고 그 계획의 한 가운데에 어쩌면 나의 앞에 서 있는 헤레나라는 가명의 여자 용병, 그녀가 서 있으리는 생각이 들었다.

헤레나는 무슨 이유로 나에게 접근한 것일까? 단순히 다크 솔루션의 감시자 역할을 하고 있는 것일까? 아니면 새로운 계획의 일부분일까? 알 수 없는 일이었다.

하지만 뒤에 숨어서 일을 꾸미는 것보다 앞에 있는 것이 낫다고 생각한 난 그녀의 정체를 밝힐 생각은 없었다.

언젠가 그녀는 나에게 진짜 모습을 밝힐 것이다.

〈2권에서 계속〉